FURIA ELEMENTAL

LAS GUERRAS BOREALES 2

CLAYMORE

EDICIONES

Furia elemental
Primera edición, abril 2023.
Diseño de portada: Amanda Wegner
Publicación en papel: ©Ediciones Claymore
©R.B. Wegner
Edición: SofíaCastro, Ediciones Claymore

Cada travesía tiene vicisitudes y cada viajero necesita un apoyo, una voz que te devuelva al camino cuando todo parece obscurecerse, cuando crees que has elegido el sendero equivocado, incluso cuando no te has dado cuenta que deberás enfrentar un viaje sin destino, lleno de dificultades y que parece no tener salida. Tú has sido mi faro en esta travesía, la luz que me ha mostrado cuando he debido parar y revisar mi mapa, y aceptar que pude errar en las decisiones que me ayudarán a llegar al final. Gracias por ser mi brújula y por enseñarme que aún tengo mucho por aprender. Tú voz también está en cada una de estas páginas, esta historia también es tuya.

Este libro es para ti Sofía, mi mujer, mi compañera, amiga y apoyo. Gracias por estar siempre...

Islas Elementales

Ase

Mar de Everion

Peña Dragón

Montañas rojas

ento veideo

Después de la tormenta

Habían pasado apenas tres días desde la batalla por Vesladar cuando la nueva administración, encabezada por Nóntar y Unger, ordenó levantar el toque de queda y abrir un punto de distribución de salvoconductos en el regimiento. Desde las torres del edificio se podía ver una larga fila, de más de doscientos metros, en la que comerciantes y extranjeros esperaban para recibir el documento, que les permitiera abandonar la ciudad. El procedimiento era muy poco prolijo, simplemente el solicitante explicaba sus motivos y después de dos o tres preguntas de rigor, recibía el permiso con el cual podría dejar la ciudad. Entre ellos estaban Déras y sus dos acompañantes, quienes esperaban poder retomar sus planes lo antes posible.

La ciudad lentamente volvía a la normalidad. Los días que siguieron al levantamiento fueron ocupados en despejar las calles aledañas a la fortaleza, remover escombros al interior de los patios del palacio, y al traslado de los cuerpos a las afueras de la ciudad. Se preparó una gran fosa en una pequeña colina, a unos trescientos metros de las murallas exteriores, para enterrar a los soldados caídos cuyas familias no vivían en la capital junto con aquellos que no pudieron ser identificados; en el lugar, se levantó un improvisado monolito, como recordatorio de su sacrificio. El resto de los cuerpos, fueron entregados a sus seres queridos, quienes acudieron a la fortaleza para reconocerlos con autorización de Nóntar, que además ordenó funerales oficiales y con honores para Morsten, Durst, Vérdal e incluso Yldor, a pesar de su intento de asesinarlo durante la batalla.

La lluvia, bastante inusual para finales de la tercera estación, hizo la tarea lenta y penosa, pero ayudó a realizar el trabajo en condiciones menos desagradables, que las que hubiera generado el calor habitual de esa época del año.

Aún había hombres trabajando en los últimos detalles de esta tarea, mientras el príncipe se reunía con los ministros, que fueron escoltados desde sus casas y esperaban en el salón de conferencias a que el menor de los Kerstier ocupara la cabecera de la mesa. Todos se miraban entre sí sin decir palabra, bajo la atenta vigilancia de Gânmion, que junto a Harmon más otros tres soldados, se encontraba al fondo de la habitación en actitud amenazante. Solo dos sillas estaban vacías, la de Unger y la de Zat, el resto se preguntaba dónde estaría el primer ministro, aunque todos adivinaban que las mazmorras eran el lugar más probable, sabían que el hombre de confianza del rey jamás aprobaría una administración ilegítima.

En los días previos al levantamiento, Unger había hablado con sus colegas, explicándoles que una rebelión estaba adportas y que habría que cooperar y sostener a los vencedores —fuera quién fuese— si explotaba una revuelta, hasta retomar la normalidad esperando el retorno de Ervand, algo que en verdad no estaba dentro de los planes del ministro, pero que servía como argumento válido a la hora de lograr el apoyo del gabinete.

De pronto, crujió la puerta e ingresaron los dos soldados que la custodiaban, entre los cuales pasaron Nóntar y Unger, el primero cabeza gacha con las manos a la espalda, como meditando sus siguientes pasos. Traía ropa de gala, una armadura de cuero ligera y negra, con incrustaciones de plata en forma de placas pequeñas en la cintura, y una capa también del mismo color con bordados dorados. El ministro lo seguía con rostro confiado y un aire de superioridad que despertó la ira de más de alguno de los miembros del gabinete, que debieron contenerse a duras penas para no pararse y salir del salón. Avanzó junto al príncipe y se quedó de pie a su lado.

—Muy bien caballeros, aquí estamos… en una situación que nadie hubiese querido, pero que al final fue inevitable —dijo Nóntar sentándose a la cabecera de la mesa—. Espero que estemos todos con la disposición de ponernos a trabajar y retomar cuanto antes la normalidad para reorganizar el reino. Antes que todo, necesito de su aprobación para un par de cosas que considero importantes: primero, he decidido nombrar nuevo senescal del reino a Gânmion, quien a pesar de no ser oficial, cuenta con toda mi confianza, además mostró inteligencia y conocimientos militares en la batalla de hace unos días. Por favor, si alguien no está de acuerdo que levante la mano.

Hubo un incómodo silencio, los ministros se miraron entre sí; sin embargo, ninguno se opuso. Nóntar esperó unos segundos.

—Bien, como no hay objeciones, entonces queda aprobado… Gânmion, acércate.

El soldado avanzó hasta la mesa, al tiempo que el príncipe se ponía de pie y ordenaba a uno de los edecanes que custodiaban la puerta, que le trajera una caja de bronce pequeña.

—Gânmion, soldado de Fáistand, como administrador del reino te nombro senescal general, y lo refrendo entregándote el símbolo de este importante cargo —dijo Nóntar, sacando de la caja el medallón del senescal que recogiera del cuerpo de Vérdal tras la batalla.

El aludido recibió la condecoración y haciendo una reverencia regresó al lugar que ocupaba.

—Ahora lo segundo... El ministro Zat ha decidido no cooperar en la ardua tarea que tenemos por delante, es más, se ha mostrado hostil y dispuesto a perjudicar a quienes él considera traidores, por lo tanto, permanecerá detenido en el palacio hasta decidir si es o no trasladado a Torre Oscura. En su lugar como primer ministro y ministro de guerra he decidido nombrar a Unger, quien ocupará la silla a mi derecha desde ahora, considerando que tiene la experiencia necesaria para ejercer la tarea.

Todos miraban en silencio, la mayoría con gesto de desagrado, pero también de resignación.

—Si alguien tiene objeciones sobre este nombramiento, que lo haga saber ahora —agregó.

—Permítanme mi Señor —interrumpió Unger—: Estimados amigos —dijo poniéndose de pie—, estamos en una situación delicada y de consecuencias inciertas. Existe la posibilidad de que esta batalla detone una guerra civil de alcances impensados, pero en lugar de sentarnos a especular, creo que debemos tomar medidas urgentes.

—Esto se podría haber evitado —masculló Kessel, el ministro de comercio, mientras golpeaba la mesa con su anillo.

—Ministro Kessel, entiendo su fastidio, pero creo que nadie podría haber detenido este levantamiento —contestó Unger—. Abogué e intercedí ante ambas partes para encontrar una salida, no obstante la intransigencia derrotó al sentido común. Ahora espero que todos podamos unirnos y buscar una solución.

Nóntar se levantó y caminó rodeando la mesa y mirando a cada uno de los ministros en total silencio. Luego se detuvo e hizo una pausa antes de hablar.

—Entiendo que aún no les entre en sus pequeños cerebros que estamos frente a una decisión fundamental, donde no sirven ni los amilanados ni los indecisos, o están conmigo o en mi contra... La princesa de alguna manera ha logrado huir, me imagino que hacia Acantilado Dolmen o Fértlas a pedir apoyo de los delegados. Debemos estar preparados para toda eventualidad, negociar o defendernos si es necesario.

—Todo dependerá de las condiciones que usted o la princesa, si logró sobrevivir, impongan —argumentó Kessel con gesto de desagrado—. Eso sin considerar como reaccionará nuestro rey cuando se ponga al tanto de la situación.

El nuevo gobernante avanzó unos pasos y puso su mano derecha sobre el hombro del ministro.

—Kessel, viejo amigo, ¿es que aún no entiendes que el rey ya no tiene poder sobre nosotros? ¿No te das cuenta que ahora gobierno yo? Espero no escuchar otra estupidez como esta señores —continúo mientras miraba a todos con expresión segura y esbozando una pequeña sonrisa —. El rey abandonó sus deberes de forma irresponsable, y todos hemos pagado el precio de ello.

»Intenté evitar el derramamiento de sangre, pero muchos hombres han pasado a la noche oscura por la imprudencia de mi hermano. No permitiré que se sigan perdiendo vidas por las malas decisiones de Ervand. Las circunstancias me han puesto ahora a la cabeza de la capital del reino; quienes no estén dispuestos a asumir esta empresa dejen su cargo ahora y abandonen la ciudad —finalizó caminando de regreso a su lugar, al tiempo que un largo silencio se imponía en el salón.

—¿Alguna otra acotación? —continuó—. Si no la hay, entonces prosigamos —dijo guiñando un ojo con actitud irónica—. He decidido encomendar al ministro Unger que encabece una delegación que irá a las Tierras Pardas, para tomar contacto con las tribus de la zona en busca de alianzas que nos permitan enfrentar cualquier agresión futura.

Unger miró sorprendido al príncipe. En ninguno de sus planes estaba alejarse de la capital al menos por un tiempo, y sintió que la garganta se le apretaba intentando sujetar alguna réplica que pudiera indisponer Nontar. Respiró y trató de calmarse.

—¿Una alianza militar con los hócalos? —preguntó Hordon, el ministro de relaciones exteriores.

—Puede ponerle el nombre que quiera Ministro —contestó Nóntar.

—Está bien desde el punto de vista militar, pero creo que debe apelar también a la diplomacia —continuó Hordon.

—Exacto Ministro, y allí es donde usted entra. Mañana mismo partirá a Fértlas a reunirse con el delegado Lemand. No tiene sentido ir hasta Acantilado Dolmen, está muy lejos y además las almenaras ya los habrán hecho sospechar que algo grave sucede... Conozco a Hallrron y siendo realista creo que no tenemos posibilidades con él. Si como creemos la princesa logró escabullirse, se dirigirá hacia la costa y pedirá su apoyo. Lemand en cambio es calculador y se quiere más a sí mismo que a cualquier rey, podría sernos muy útil.

—Entiendo Señor, prepararé entonces el viaje —contestó Hordon resignado al nuevo escenario.

—Te acompañará una guardia encabezada por Harmon, espero que vayas con suerte y nos traigas buenas noticias. Y ahora, el resto de ustedes por favor pónganme al día acerca de aspectos administrativos y financieros, será necesario trabajar un plan de contingencia para prepararnos ante lo que viene.

Ajeno a lo que sucedía en Fáistand, Urbal, instalado en el puerto clandestino de Robirian, miraba desde una elevada peña como miles de anégodos y veideos llegados de todas las Tierras Boreales, trabajaban en la construcción de tres nuevas embarcaciones, mientras unos pocos reparaban los pilotes del muelle. Esas naves, sumadas a las cuatro ancladas en la bahía, conformarían la flota de exploración que llevaría a sus huestes hacia el norte, donde esperaba construir el más grande ejército de la historia conocida.

Las ricas vetas de paladio, los tupidos bosques y demás

recursos de las tierras elementales, serían perfectas para alimentar y ver crecer las hordas que encabezarían una nueva revolución veidea. Hacía ya treinta lunas que el barco que había llevado a una avanzada hacia aquellas remotas latitudes estaba de vuelta. Cien exploradores, bien armados y pertrechados, desembarcaron en el norte para preparar la llegada de Urbal y sus seguidores en la próxima estación.

El plan del viejo hechicero era enviar dos y luego tres naves con unas quince semanas de diferencia hacia las islas, para que las primeras estuvieran zarpando con nuevas tripulaciones al mismo tiempo que las demás salieran de vuelta hacia Robirian a buscar más tropas. Serían unos dieciocho o veinte mil guerreros quienes finalmente llegarían hasta las Elementales para conformar su cuartel general, desde donde prepararían la invasión de sin levantar sospechas.

Entre tanto, en Vesladar se alistaba la rebelión que desencadenaría una gran batalla durante la noche, Urbal ultimaba los detalles de su viaje a Párvenal, tras los confines montañosos para encontrarse con un nuevo grupo de adherentes, entre los que esperaba ver a Déras y sus seguidores.

Dejando a cargo de las tareas a Osjiel, un veideo maduro llegado desde Dárdalos, partió al encuentro del viejo general y sus compañeros que ya contaban tres días de retraso. La impaciencia empezaba a apoderarse de Déras, cuando Bowen regresó hasta El Trono con los tan esperados salvoconductos, que por fin les permitirían abandonar la ciudad.

Unas noches antes, lejos de allí, a orillas del Río Pedregoso, el senescal despertaba lentamente. Tosió un poco y con dificultad abrió los ojos. Una mujer de cabellos negros lo miraba como esperando que reaccionara, mientras con cuidado retiraba los restos de las flechas que aún laceraban su cuerpo. Por un momento, el dolor se disipó frente a aquellos ojos profundos que recorrían sus heridas bajo la luz de la luna.

Dámber se sentía aturdido, y las lesiones, especialmente la del costado donde Twin enterró su espada, lo atormentaban con un dolor punzante, casi insoportable, y le impedía incorporarse. Se sentía débil y consciente que estuvo a un paso de la noche oscura. Aún algo adormilado y sin quitar su mirada de aquella visión, llevó una mano hacia su costado buscando la profunda laceración, pero la mujer lo detuvo.

—Tranquilo soldado —dijo sin mirarlo mientras continuaba revisando al senescal—. Tuviste suerte, esa estocada fue profunda pero al parecer no perforó ningún órgano vital o ya estarías en el otro mundo... Ahora, quédate quieto si no quieres que te deje aquí echado a tu suerte —finalizó sonriendo.

El hombre vio las llamas de una fogata reflejarse en el rostro de la chica. Traía el cabello tomado y un par de mechones caían sobre su frente, le pareció hermosa, aunque a la vez algo hosca. Volvió a relajar su cabeza echándola hacia atrás y la dejó hacer.

—Esta no la contarás dos veces, has tenido suerte de que mi campamento estuviera tan cerca de la orilla. No hables, guarda tus energías, las necesitarás.

Poco a poco Dámber cayó nuevamente en un profundo sueño en el que se cruzaban imágenes del rey, de los bandidos, de Lía. A ratos despertaba y miraba el cielo estrellado, sentía que la fiebre comenzaba a alcanzarlo y observaba a aquella mujer sentada frente a la fogata puliendo una espada, antes de entregarse una vez más al sueño.

De pronto, sintió que alguien levantaba su cabeza y abrió los ojos, ya comenzaba a amanecer.

—Anda, bebe esto soldado, te ayudará con el dolor y la fiebre, no te preocupes, mejorarás.

Sintió el impulso de preguntar por Ervand, pero a tiempo se dio cuenta que revelar su identidad no era lo más aconsejable en esos momentos. Guardó silencio e intentó sentarse con mucho dolor.

—Lo de las flechas sanará pronto, no te astillaron ningún hueso, los dioses te acompañaron, pero la otra herida te dará trabajo amigo... Por cierto, soy Dania —dijo estirando la mano hacia Dámber.

—Le agradezco mucho su ayuda Milady —respondió devolviendo el saludo.

—¿Milady? —replicó esbozando una sonrisa—. No me llamaban así desde hace mucho, la verdad creo que no me queda... ya ves, prefiero una armadura antes que un vestido de la corte. Y dime, ¿qué demonios te sucedió? —preguntó la joven entregándole una cantimplora de cuero para que bebiera.

—Bandidos, fue una emboscada, éramos dos contra unos ocho o diez, no recuerdo bien...

—Bueno, gracias a Los Cuatro no llevabas armadura o te habrías hundido como una jodida piedra. ¿Hacia dónde ibas? Estás bastante lejos de la capital.

Dámber levantó la mirada y pensó antes de responder.

—Iba hacia Mospel, temas personales...

—Entiendo, no necesitas darme detalles, pero pude notar los emblemas del ejército de Fáistand en tu brigandina de cuero, y las hebillas para ajustar una armadura, así que supongo que de franco no estabas. De todas formas no es de mi incumbencia. Voy hacia el norte, si quieres podemos ir juntos hasta Minfal.

Dámber dudó, no tendría sentido ir al norte sabiendo que el rey podía estar escapando o herido. Lo más recomendable era regresar, pero la capital estaba lejos y tal vez ir hasta Acantilado Dolmen para informar a Lord Hallrron sería la mejor opción. Puerta Arrecife estaba cerca, desde allí algún barco podría trasladarlo en poco tiempo al principal puerto del reino.

—No, creo que me dirigiré a Acantilado Dolmen para recuperarme. Iré hasta Puerta Arrecife y me embarcaré lo antes posible.

—¿En verdad quieres ir a esa ciudad sin Dios ni ley?

—Creo que no tengo opción, debo regresar.

—Mira soldado, te seré sincera, en esas condiciones y sin un caballo no llegarás lejos, piensa bien que quieres hacer.

Dámber la observó ponerse de pie y acercase a sus alforjas a recoger algo. Era en verdad una mujer morena y esbelta de unos treinta años, y su armadura ligera de cuero y bronce le daba un aspecto peculiar, algo fuera de lo común.

—Y tú ¿de dónde eres Dania? —preguntó saliendo de sus cavilaciones.

Ella lo miró de reojo al tiempo que desenvolvía algo de pan mientras regresaba junto a él.

—Soy de Vanion, pero llevó años en Mardâla, trabajando aquí y allá, cazando forajidos por encargo de los tribunales de Sáester.

—Que interesante, nunca antes conocí a una mujer cazarrecompensas.

Ella lo miró fijamente.

—Que no te confunda mi rostro agraciado ni mis manos delgadas soldado, tengo lo mío —respondió entregándole un trozo de pan.

—Dime —continuó Dámber, sintiendo que lentamente recuperaba sus fuerzas a pesar del dolor— ¿A quién cazas ahora?

—La verdad a nadie, hice una entrega hace poco en la guarnición de las Colinas Estandarte e iba de regreso a Sáester, a ver si hay alguna nueva comisión, solo me tomé unos días para descansar aquí en Valle Aguado y cazar algo —agregó, apuntando hacia un árbol donde colgaba un ciervo ya destazado.

La mujer tenía razón, aún herido y sin caballo ni dinero ni armas, lograr llegar a la costa sería casi imposible, así que, aunque no esperaba una respuesta positiva, pensó que no perdería nada con preguntar.

—Mira, la verdad mi situación es compleja. Te haré una propuesta... ayúdame a llegar a Puerta Arrecife y te aseguro que serás muy bien recompensada.

Ella lo observó con rostro inquisitivo.

—¿Y qué podría ofrecerme un soldado raso de Fáistand que

me motivara a ir tan lejos?

Dámber dudó, pero a estas alturas no tenía mejores opciones y el tiempo apremiaba. Buscó en su bota y sacó una pequeña gargantilla de la que colgaba una medalla de oro que llevaba guardada durante el viaje, con una réplica del símbolo del senescal del reino. Estiró su mano y se lo mostró a la chica.

—No exactamente un soldado raso, vaniosta.

Dania miró la medalla y la tomó de la mano de Dámber, acercándola a su rostro para observarla mejor.

—El sello del senescal de Fáistand... ¿Y me vas a decir que es tuyo? ¿Quién me asegura que no lo robaste o que saqueaste las pertenencias de tu comandante?

—Es simple, quédatelo, será tu prenda de garantía. Cuando lleguemos se lo entregas a la guardia y sabrás si soy yo o no...

La mujer lo miró y volvió a revisar la medalla antes de apretarla en su puño y llevarla a una pequeña bolsa que colgaba de su cinturón.

—Está bien, es un trato, pero si has intentado engañarme te aseguró que lo descubriré, y desearas haber muerto en ese río. No espero paga por salvarte, pero si verdad y lealtad.

—Soy Dámber, senescal de Fáistand, amigo del rey Ervand... ha pasado algo grave, y debo avisar a lord Hallrron o las consecuencias pueden ser nefastas. Espero que con eso tengas suficiente, por ahora.

Ella lo miró con una sonrisa de incredulidad.

—Termina de comer soldado, tenemos un largo trecho por delante y es mejor partir cuanto antes.

CERROR EN EL NORCE

Dârion se sentía agotado, hambriento y aterrorizado, sus fuerzas lo abandonaban; a pesar de ser un veideo joven y de carácter, adivinaba que sus compañeros veían en sus ojos la resignación de la muerte cercana. Llevaban en esas tierras media estación desde su llegada y solo un poco más de la mitad de los cien veideos, entre guerreros, niños y mujeres, que habían desembarcado allí se encontraban aún con vida, al igual que él, apelando a sus últimas fuerzas, con la incierta y casi nula esperanza de ser socorridos. Después de verse en la obligación de abandonar el campamento base en la costa, las cavernas de las Montañas Rojas eran su último refugio y bastión para resguardarse de esos seres llegados desde los abismos, de formas inimaginables y fuerza descomunal y que parecían prácticamente invencibles.

El comandante se aferraba a la ilusión de aguantar hasta que sus hermanos de armas llegaran con más y mejores recursos para hacer frente a estas abominaciones, que sin duda, ponían en peligro los planes de Urbal. Había que aguantar, esconderse y esperar hasta donde fuera posible, aunque sobrevivir a estas alturas parecía una empresa cada vez más difícil.

Llevaban cinco días alimentándose de lagartijas, topos y otras criaturas que se escondían en los túneles de la montaña, saliendo solo para recoger agua del riachuelo más cercano y algunas raíces.

En esta tarea estaba el comandante junto a tres veideos, cuando sintieron crujir unas ramas desde lo alto de la ribera, que encajonaba el pequeño hilillo de agua contra la falda oeste de la montaña. Se detuvo, y haciendo un gesto de silencio, indicó al resto que lo imitaran; todos se quedaron congelados, casi sin respirar. Los arbustos se movieron en lo alto y algunos pájaros volaron graznando. Ahora, los cuatro tomaban las empuñaduras de sus espadas esperando lo peor, mientras sentían arrastrarse a alguien o algo lentamente entre la espesura.

Decidieron avanzar sigilosamente hasta la orilla, para devolverse hacia la entrada de la caverna que estaba a unos trescientos metros, logrando su primer objetivo. Cuando se internaban entre la vegetación, el egregor saltó hasta la mitad del claro que acababan de dejar. Como el resto de su raza, este era distinto a todo lo que hubieran visto antes, solo los ojos amarillentos y grotescos, además del insoportable hedor, dejaban ver su verdadera naturaleza.

Los egregors eran criaturas que la mayoría del mundo consideraba un mito, tanto como las quimeras o los dragones. Según las leyendas eran guardianes del orden creados por los dioses en tiempos inmemoriales, nacidos de la proyección colectiva de todos los miedos de las razas de las Tierras Boreales y más allá, por lo que siempre eran una mezcla de cosas y pesadillas que provocaban un pavor que muchas veces lograba matar a quienes los vieran apenas cruzarse en su camino.

Este era de color rojizo, con pelaje ralo y sucio que asomaba entre escamas que se extendían por todop su cuerpo. Su tamaño sobrepasaba los tres metros y tenía una cabeza más bien ovalada, coronada con un cuerno en forma de hoz y se trasladaba en cuatro patas, estas últimas cortas y gruesas con largas garras negras tan filosas como las espadas de los veideos.

Askon, disparó dos flechas a una velocidad pasmosa que fueron a dar cerca del enorme hocico del animal que lanzó un agudo rugido de dolor taladrando los oídos de los guerreros, que inmediatamente regresaron al bosque intentando perderse entre la vegetación. Corrieron con todas sus fuerzas sin mirar atrás, mientras sentían los bramidos del monstruo que aún no se recuperaba del dolor agudo provocado por las flechas, pero antes que pudieran darse cuenta, el egregor ya les daba alcance y de un zarpazo despachaba a uno de ellos que fue a dar contra el grueso tronco de una sequoya.

El resto seguía corriendo sin mirar atrás hacia un lugar predeterminado, con la incertidumbre de una posible muerte cercana. Los veideos se internaron en un estrecho sendero entre los árboles y al llegar donde se abría un claro en el bosque, Dârion se detuvo dando media vuelta para observar a la criatura que se abalanzaba sobre él.

—¡Suelten la jodida red! —gritó mirando hacia los árboles.

De inmediato, dos sujetos que se habían encaramado a un par de gruesos abetos cortaron las cuerdas y una tupida red de cáñamo cayó sobre el animal, que a pesar de sus esfuerzos se enredó en la trampa. Los soldados aprovecharon de arrojarle lanzas y flechas, para después acercarse cautelosamente clavando sus espadas en él, hasta que luego de unos minutos, entre chillidos y espasmos se fue desvaneciendo, no sin antes herir con sus zarpas a varios de los atacantes que se dejaron caer agotados y horrorizados.

—¡Odio a estos fenómenos, me asquean! —dijo Askon mientras limpiaba su espada de la oscura y espesa sangre del egregor.

—Ni siquiera sirve como alimento —dijo Dârion por lo bajo—. Ahora regresemos, tenemos un problema menos, pero aún necesitamos cazar alguna presa mayor para alimentar a los niños y las mujeres.

El optimismo de los primeros días, prontamente se convirtió en incertidumbre. A su llegada todo parecía ir bien, los recursos eran abundantes, buena caza, una cantera cercana para extraer piedra, suelos fértiles a no mucha distancia de la costa, una vertiente de agua dulce, y muchos árboles que les permitieron, junto a los materiales traídos en los barcos, construir rápidamente los primeros refugios y una empalizada, fundamental para consolidarse como avanzada de quienes vendrían luego.

Los augurios de Urbal parecían estar del todo acertados y los exploradores se sentían confiados. Pronto se levantaron cabañas que reemplazarían a las improvisadas tiendas de los primeros días, dejando solo la de campaña, que actuaba como una especie de cuartel para Dârion.

Así pasaron unas veinte lunas, todo calmo, sin sobresaltos. Sin embargo, entendieron que las cosas no serían tan fáciles una mañana nublada, cuando escucharon una especie de rugido mientras desayunaban. Los hombres salieron de las chozas con sus arcos buscando el origen, pero nada se veía cerca, ni sentían movimiento alguno entre los bosques que rodeaban el asentamiento. Pasaron así varios minutos, escuchando aquellos aullidos indescriptibles, que parecían venir desde el cielo. Dârion, espada en mano, les ordenó preparar sus armas para prevenir el ataque de algún animal desconocido y allí se quedaron, repartidos en los refugios y atentos a lo que pudiera pasar, con los arcos tensados.

Luego hubo silencio, parecía que lo que fuera que emitía esos pavorosos y guturales ruidos ya se había ido, pero de pronto desde las nubes pudieron observar una criatura que volaba, agitando sus amplias alas, hacia la incipiente aldea con un espantoso grito. Los veideos miraron incrédulos mientras Ambross, el viejo y enjuto maese del campo, gritaba desesperado.

—¡Es una quimera, refúgiense!

Comenzaron lanzar flechas hacia al animal cuando consideraron estar a distancia de tiro, pero este las esquivó sin mayores dificultades y acercándose a ellos cogió a uno con sus grandes garras. El movimiento fue rápido y llenó de pánico a quienes observaban la escena, huyendo a buscar un lugar seguro.

Algunos pudieron verla antes de que se alejara con la misma rapidez con que atacó. Tenía dos cabezas, con alas similares a las que aparecían en los viejos textos cuando se describía a los dragones. Antes de llevarse a su presa, que gritaba en un intento vano de ser auxiliado, lanzó una poderosa bocanada de fuego hacia un grupo de veideos que disparaban sus flechas, abrasándolos entre gritos de dolor. Luego simplemente desapareció atravesando las nubes tal y como había llegado.

Dârion se quedó en medio de la improvisada calle que separaba las chozas, boquiabierto y desconcertado. Observó a la distancia como algunos de sus compañeros ardían inertes entre las primitivas cabañas. No logró reaccionar hasta que Ambross lo tomó por el hombro.

—Comandante, por ahora hay que refugiarnos, podría regresar.

Apenas saliendo de su estupor, Dârion lo miró confundido.

—¿Qué demonios fue eso, Ambross?

—Se conocen como quimeras, una criatura de las llamadas elementales, un engendro salido del averno que nunca creí ver. Lo reconocí por sus dos cabezas, una de león y otra cabra y por su cola que termina también en cabeza de serpiente. No podemos quedarnos aquí, hay que buscar un sitio protegido y dejar una patrulla vigilando por lo menos por un par de días, hasta que sea más seguro.

Dârion seguía perdido en sus cavilaciones. Si esa criatura existía como acababan de comprobar, no sería extraño que otros seres que creía no eran más que cuentos de viejos, pudieran aparecer tarde o temprano.

—Sí... tienes razón. Déjame reorganizar este caos y enviaré un grupo a explorar las montañas aledañas. Por favor, reúnete conmigo en mi tienda de campaña y lleva toda la información que tengas respecto a los elementales, ya no quiero más sorpresas.

Guardó su espada y llamó a uno de los soldados que llegó corriendo.

—Muchacho, apaguen los cuerpos de nuestros camaradas y denles una sepultura digna, luego reúnanse en el centro de la aldea y espérenme allí.

Un rato después de asegurarse que los cuerpos estaban dentro de las fosas que se habían preparado, caminó hasta la tienda, donde Ambross estaba de pie junto a la mesa con varios pergaminos y libros. El sabio veideo lucía el cabello blanco hasta los hombros, una tupida barba, y vestido con una túnica azul cruzada, sujetada sobre el pecho con un broche de bronce. Miró a Dârion y asintió indicándole que estaba listo para mostrarle información que le había solicitado.

—Verá Comandante, en estos tratados que he traído desde Dárdalos se describen varias razas de elementales.

Abrió frente al joven un grueso tomo que mostraba la ilustración de un ser muy parecido al que los había atacado. Dârion lo miró y luego observó al maese con un gesto de incredulidad.

—Esto es una quimera, una criatura de las que se supone deambulaban libremente por los continentes antes de retirarse al norte tras el avance de las civilizaciones que hoy ocupan las Tierras Boreales. Se sabe que la caza y la disminución de su población las obligó a retirarse a territorios más aislados, pero eso es solo una muestra, estamos hablando de varios seres que potencialmente podrían habitar en estos lindes, sobre todo después de lo que acaba de suceder, es una posibilidad real.

Dârion continuaba en silencio observando los detalles de la ilustración, cuando fue interrumpido por Ambross que extendió un ancho y antiguo pergamino frente a él con unos diez grabados en tinta vaniosta.

—Aquí tiene —dijo el viejo mientras apuntaba cada dibujo con su dedo índice—. Tenemos trolls, goblins, hipogrifos, oricuernos, centauros y algunos menos conocidos, aunque estos dos son los peores.

Abrió otro libro donde se veían más criaturas y un círculo de color rojo intenso.

—Ojalá que no nos encontremos con alguno de los que aquí se describen, sería una verdadera calamidad —continuó el viejo—. Este dibujo es de un dragón, se supone que había varias razas de ellos, pero para nuestro pueblo los más conocidos son los azules. Se dice que cuidaban yacimientos de zafiros y paladio... y esta mancha roja... representa un egregor, y la ilustración lo muestra así porque todos son diferentes entre sí, no tienen forma definida, se cree que eran muy temidos, verdaderas pesadillas, solo se les puede reconocer por su olor a carne descompuesta.

Dârion escuchó y se dejó caer sobre el sitial que estaba en la cabecera de la mesa. Aún no articulaba palabra desde que comenzó a revisar los tratados de Ambross. El viejo lo observó juntando sus manos en actitud de espera mientras el comandante lo miraba con preocupación.

—Espero, que al menos algunos de ellos, no sean más que un mito —dijo decidiéndose a hablar—, de otra forma nuestras posibilidades de éxito son mínimas. Desde que llegamos no he visto ninguna tribu ni vestigios de civilización, esto me toma de sorpresa.

—La verdad Señor, si hay quimeras hay que asumir que habrá más habitantes aquí, además recuerde que las llamadas islas son tan extensas que no hay registro de alguna exploración que haya llegado a sus límites. Se les dice así debido a que están en el mar de Everión y porque se asume que son similares a aquellas habitadas por los helembrims, pero no podemos adivinar que se puede encontrar adentrándose en ellas. Los bosques son tupidos y muchos de ellos impenetrables...

—Te voy a pedir que esta información no salga de aquí, no quiero que nuestros hombres entren en pánico, debemos mantener la calma y buscar un refugio más seguro antes que esa criatura venga por su cena, ya sabe dónde estamos, no queremos facilitarle las cosas.

—Entiendo Señor, es lo más recomendable. Por ahora creo que debe apurar la salida de la expedición, cuanto antes mejor.

Prontamente un grupo de diez exploradores salió hacia las Montañas Rojas, llamadas así debido al color de hierro oxidado que se extendía por sus laderas, mostrando abundantes yacimientos de mineral. Dârion pensó que tal vez allí, un tanto más ocultos por la vegetación y las probables cavernas que se suponía existían, estarían más resguardados de cualquier peligro.

Antes que el sol comenzará a ponerse el grupo regresó. Dârion estaba leyendo los documentos que Ambross le había entregado, revisando mapas del territorio explorado de las islas, copias cartográficas realmente antiguas de más de cuatro ciclos que eran los únicos registros conocidos sobre la geografía del lugar.

El líder del grupo de exploración llamado Askon, un veideo de unos cuarenta y cinco años, facciones finas y cabello lacio, se quedó de pie en la entrada de la tienda que estaba flanqueada por dos guerreros con lanzas y armaduras ligeras.

—Señor, hemos regresado y tenemos noticias.

—Pasa Askon, acércate —respondió el comandante mientras servía un par de copas de vino—. Cuéntame qué encontraron.

Askon tomó la copa y dio un trago, se veía algo ansioso. El veideo, llegado desde Sáester, se había convertido en segundo al mando y mano derecha de Dârion, luego de conocerse en Robirian, durante los meses que duró la preparación de la expedición.

—Tengo buenas y malas noticias —dijo sacando de una bolsa un cuchillo de hierro con una empuñadura hecha de hueso—. Alguien ya estuvo en esas montañas. Encontramos varios elementos que nos indican que algún grupo o tribu deambula por el lugar, aunque al parecer de manera esporádica, pero la verdad no logro adivinar qué tipo de seres podrían ser; sin embargo, por el tamaño de esta arma, no deberían distar mucho de nosotros en cuanto a su físico... yo descartaría sigrears al menos.

Dârion tomó el cuchillo y lo examinó con cuidado.

—Es bastante tosco, no se trata de una artesanía muy elaborada, creo que podrían ser tribus más bien primitivas, pero aun así es un indicio claro, habrá que tenerlo en consideración. Bueno, imagino que esas son las malas, ahora dame algo que me sirva.

—Hay lugares en los que refugiarse —respondió el oficial apuntando ciertos puntos en el mapa que se extendía sobre la mesa—. Aquí y en esta zona encontramos una serie de cavernas y túneles que pueden ser de utilidad para nuestro objetivo... la pregunta es si los demás estarán dispuestos a dejar el campamento y meterse en una cueva húmeda y oscura.

—Para ser sincero, creo que no hay muchas opciones. Si no tenemos claridad respecto a que más nos podemos encontrar, lo mejor es prevenir. Por favor, informa a los demás y que preparen el traslado. Tienen dos días.

Mientras Dârion revisaba una vez más los mapas escrutando las posiciones indicadas por Askon, en la parte alta de la empalizada, cuatro vigías compartían una pipa mientras hablaban de lo sucedido aquella mañana, con una mezcla de preocupación e incertidumbre.

A menos de trescientos metros de ellos, entre la espesura de una colina, Gundall, uno de los jefes eneberg, o como se les conocía antiguamente, "padres de trasgos", miraba atentamente los movimientos de los veideos gracias a la luz emitida por las fogatas del campamento.

—Jodidos ojos violeta, de verdad están aquí... se arrepentirán de haberse metido en nuestro territorio... sí, ¡ya verán, putos piel azul! —maldecía bajo la atenta mirada de cuatro de sus congéneres, que asentían entre gruñidos ahogados.

Los eneberg eran seres intraterrenos, considerados de los elementales más antiguos, muy pocas veces salían a la superficie, lo hacían principalmente de noche cuando sus reservas de alimentos o alguna amenaza los obligaba; no obstante, no tenían problemas para moverse a la luz del día cuando no había más opciones. Eran de contextura gruesa en general, con una altura promedio que rondaba el metro ochenta, calvos y lampiños, de piel grisácea y rostros poco simétricos. En verdad eran de aspecto repugnante, no sabían de higiene y se decía que en los primeros tiempos, el olor de los gases en las minas de hierro provenía de sus pútridos alientos.

Se organizaban en tribus sin mayor estructura social, no existía en ellas el concepto de familia y se apareaban solo como parte de su instinto de sobrevivencia y perpetuación. Vestían ropas poco elaboradas de cuero y cuando era necesario las combinaban con piezas de acero bastante toscas como sus armas, para defenderse o atacar según lo requirieran las circunstancias.

—Dígame jefe, qué haremos con ellos —preguntó un eneberg algo más pequeño que su líder, con una mueca burlona.

—Los desollaremos y los dejaremos secarse con sal para tener una buena reserva de alimento estúpido, ¿qué más crees? —respondió otro.

—¡Ya cállense tarados! Yo les diré qué hacer, por ahora regresamos a nuestros túneles, luego veremos cómo deshacernos de ellos —dijo Gundall, mientras les daba un par de golpes en la cabeza—. Caminen imbéciles.

Al día siguiente, Dârion se reunió con Askon y los otros dos oficiales de la expedición, Dolthar y Polmer para organizar la evacuación lo antes posible. Junto a ellos, Ambross revisaba los bosquejos hechos por la avanzada que había encabezado el grupo de exploración del día anterior.

—Nuestro cartógrafo pudo comprobar tras las observaciones que estamos frente a una red de túneles, tal vez antiguas minas abandonadas. Por ahora es imposible saber qué tan extensos son —explicaba Askon al grupo mientras observaba el improvisado croquis.

—Señor, esos túneles podrían no ser seguros —respondió Ambross tomando de la mesa el cuchillo que había encontrado el grupo—, no sabemos qué puede haber en ellos —dijo mostrándoles el artefacto—. Lo más seguro es que allí deambulen seres que vivan en espacios subterráneos...

— ¿Qué tipo de seres? —preguntó Dolthar.

—Hay muchas opciones, desde pequeños trasgos hasta trolls de las cavernas, o incluso un grendell... que Erit Valias nos ampare.

Los oficiales lo escucharon con incredulidad y luego se miraron entre sí. Un breve silencio fue roto por el comandante que retomó la conversación.

—Es mejor ser precavidos. Buscaremos aquellas cavernas que no tengan bifurcaciones o salidas hacia túneles, solo las que muestren límites claros y paredes definidas. Ahora vayan a organizar todo para poder salir lo antes posible. Tienen dos días como máximo. Ni una palabra a los demás de lo que se ha hablado aquí, ya pueden retirarse.

Cuando Dârion se quedó solo junto a Ambross volvió a los tratados que el maese le había entregado la tarde anterior. Miró buscando los seres que mencionó el viejo y lo observó algo contrariado.

—Ni siquiera debiste mencionárselos Ambross, no era necesario.

—Discúlpeme Señor, pero son sus hombres de confianza, el único y más cercano apoyo, creo que es mejor que se hagan una idea de lo que podríamos enfrentar.

—Necesito que tengan la moral en alto, aún falta mucho para que arribe una nueva expedición y debemos mantener la cordura, hay demasiado por hacer antes de la llegada de Urbal y los demás.

—Entiendo lo que dice Señor, pero si no tomamos las medidas de precaución necesarias, esta empresa podría acabarse antes de empezar...

—Lo sé, solo te pido que seas más discreto con la información que manejas... un grendell, ¡mierda... eso sería desastroso!

LA TORRE Y LA ALMENA

Lía y Maynor llevaban más de seis horas cabalgando desde las Montañas Andualas donde la guardia les había facilitado caballos. Cuando los soldados a cargo de la almenara la vieron llegar en la mañana, se arrodillaron al reconocerla por la brigantina de cuero que llevaba. La prenda, finamente decorada con broches de plata, mostraba en su pecho y hombros rosas en relieve, símbolo reservado solo a las reinas y princesas de Fáistand.

Ya sabían lo que estaba ocurriendo en la capital gracias a la avanzada enviada por Vérdal como ordenó la princesa antes de enfrentar la batalla. Suponían que, en caso de ser derrotados, la guardiana del trono podría salir hacia Acantilado Dolmen para buscar refugio siguiendo el mismo recorrido de los soldados, que después de descansar y comer habían partido el día anterior hacia el principal puerto del reino con el objetivo de alertar a lord Hallrron de lo que estaba pasando en Vesladar.

Su tránsito por las Andualas fue breve, ya que Lía quería llegar a su destino lo antes posible, albergando la esperanza de que

Vérdal y sus hombres lograran aguantar un sitio de varios días antes de entregar la fortaleza, ignorando que la caída había sido rápida y devastadora. Sin detenerse, ambos cruzaban los campos salpicados de pequeños bosques en absoluto silencio, parando solo para compartir la cantimplora que Maynor llevaba en las alforjas del caballo.

El astaciano había decido cabalgar detrás de la princesa resguardando sus espaldas, prefería estar prevenido ante cualquier imprevisto y no pensaba deshonrar la palabra empeñada al salir de Vesladar. Consideraba que era su deber y responsabilidad llegar con Lía sana y salva al puerto.

La Torre de Marfil, llamada así porque era la única estructura blanca de piedra caliza que destacaba entre los demás edificios de la fortaleza de Acantilado Dolmen, tenía una posición privilegiada. Ubicada al interior de los muros permitía tener una vista de toda la ciudad y el puerto, la urbe más grande del reino y que albergaba a unas ochocientas mil personas, sin considerar comerciantes y mercaderes que aumentaban su población especialmente en fechas festivas.

Allí, sentado frente a su amplio escritorio de madera y patas de bronce, Hallrron revisaba documentos aún esperando noticias de las Andualas, hacia donde había despachado una patrulla de cinco hombres para averiguar a qué se debía el llamado de alerta. Encendió su pipa y echó la cabeza hacia atrás cuando sintió que golpeaban la puerta.

—¡Adelante! —dijo apagando el tabaco.

Han Alvion, el jefe del consejo miró al delegado con el rostro pálido parado a unos metros de la puerta.

—Señor, la patrulla acaba de regresar, se encontró a medio camino con tres soldados de la capital, y traen noticias poco alentadoras. Además, llegó un ave con un mensaje que lleva el sello real, no lo he abierto... ¿Señor? —dijo Han estirando la nota hacia el delegado.

Hallrron se puso de pie frente a su escritorio algo ansioso tomando el papel, pero siempre manteniendo su actitud serena. Con aplomo rompió el diminuto sello de la nota y leyó:

"Lord Arton Hallrron: En la capital ha habido un levantamiento militar. Como sabe el rey está de viaje, intentaré manejar la situación lo mejor posible, pero le pido estar atento a lo que suceda. Lía Kerstier, Princesa de Fáistand y Guardiana del Trono".

El viejo delegado volvió a leer la nota, lo había tomado por sorpresa y aún no lo asimilaba. Hizo un ademán a su hombre de confianza para que hiciera pasar a uno de los soldados que esperaba fuera del cuarto. Era un sargento joven que había estado a cargo del grupo enviado por el senescal suplente. Ingresó con su casco bajo el brazo y haciendo una leve reverencia saludó al veterano señor de Acantilado Dolmen.

—Lord Hallrron, soy el sargento Lundan de la guardia del palacio de Vesladar. He sido enviado por el senescal suplente Vérdal Únster.

—Bienvenido sargento, por favor, dejémonos de protocolos y dígame qué está pasando.

—Señor —respondió el joven levantando la mirada—. Ha habido una rebelión del ejército en la capital y hemos sido enviados a informarle. No sabemos cómo habrá terminado el asunto, tal vez hubo una batalla que creo era inevitable, o tal vez aún están negociando con la princesa Kerstier, lo cierto es que la situación es tensa y de incierto final.

—¿Batalla? ¿Así de grave?

—Señor, al parecer los comandantes del regimiento pusieron ciertas condiciones a la princesa que entiendo estaban siendo evaluadas cuando salimos hacia las almenaras de las Andualas... y, hay algo más...

—¡Habla de una vez muchacho!

—El príncipe Nóntar estaba encabezando la rebelión.

Hallrron miró al soldado con sorpresa y comenzó a estrujar los dedos de sus manos.

—Supongo que sería estúpido preguntarte si estás seguro de lo que dices, es demasiado grave como para escupir algo así de la nada. ¿Tienes alguna información acerca de la princesa Lía?

—Solo lo que le he explicado Señor —el delegado miró a Han que escuchaba sorprendido de pie cerca del soldado, que se quedó esperando más preguntas o alguna instrucción.

—Han, ve con él a tu despacho, que te dé más detalles, luego envía notas con tus águilas a Fértlas, y a Sáester, tal vez el rey aún no ha pasado por allí y podrán informarle de la situación. Lo mismo con Mospel, debemos reaccionar rápido. Pon al ejército en estado de acuartelamiento, no sabemos que enfrentamos realmente. Muchas gracias sargento, puede retirarse.

Ambos hombres salieron de la habitación mientras Hallrron regresaba a su sitial. Pensaba en la princesa, a quien como al resto de sus hermanos conocía desde su nacimiento. Le tenía un especial cariño, pues cuando apenas alcanzaba los cinco años la instruyó en el arte de la espada y tenían una relación muy estrecha que se había ido profundizando con los años. También sabía que Ervand era un hombre impetuoso y que Nóntar, a pesar de su comportamiento, era inteligente y sagaz, tanto como para saber esperar su momento, lo que hacía la situación aún más preocupante.

Lía pasaba largas temporadas en el puerto y consideraba a Hallrron como su segundo padre, ya que tras la muerte del rey Rodhar, el señor de Acantilado Dolmen había asumido como su responsabilidad velar por los hermanos y por la transición que representó la asunción de Ervand al trono. Los tres sentían por él un gran aprecio, incluso Nóntar, que a pesar de su indiferencia y rebeldía lo tenía en alta estima y en la actual situación, sabía que Hallrron sería un obstáculo muy complicado en los planes que ya comenzaba a delinear.

El viejo tomó un trozo de papel, una pluma, y miró hacia la ventana sorprendido por el aleteo de un cuervo que se paró en el marco lanzando un graznido. Pensó que el ave no podía aparecer en un peor momento, todos en oriente sabían que eran un mal augurio. Lo observó unos instantes en silencio hasta que retomó su vuelo. Respiró hondo y comenzó a escribir:

«Estimado Príncipe Nóntar Kerstier, por la lealtad que le tengo a usted y su familia le solicito que convenza a los líderes de esta rebelión a deponer su actitud o me veré forzado a usar la fuerza para restablecer el orden en el reino, honrando la promesa hecha a su padre en su lecho de muerte, de defender la legitimidad del trono mientras las fuerzas me acompañen».

Dobló el mensaje en varias partes y lo guardó en una pequeña caja de madera sobre el escritorio. Encendió su pipa y masculló...

—Espero que no sea necesario enviar esta nota.

A un día de distancia, Maynor encendía una fogata y miraba a Lía atando su caballo a un árbol. Decidieron descansar un poco, el escolta de la princesa había cazado un par de pequeños conejos que tenía listos para comenzar a asar. Lía, de brazos cruzados, caminaba observando el paisaje y denotaba su preocupación. Luego se dirigió hacia su acompañante que continuó con su faena.

—¿Crees que es prudente perder el tiempo en lugar de seguir? —preguntó la princesa parándose cerca del hombre.

—Mi Señora, lo lamento, pero los caballos necesitan descanso y usted también, no se preocupe, esto será rápido —respondió Maynor acomodando sus presas en unas varas sobre el fuego—. Por favor Majestad, siéntese y tome un respiro, recuerde que los soldados se nos adelantaron y el delegado del puerto ya debe estar en conocimiento de lo que está sucediendo. Le aseguro que si come y duerme un par de horas llegaremos a destino antes del mediodía mañana a galope.

Ella lo miró algo impaciente, pero aquel hombre le inspiraba confianza y seguridad. Se notaba que la vida había sido dura con él y aún recordaba lo que le relatara en el patio del palacio cuando casi pierde la cabeza. Seguro el sufrimiento de verse alejado de su familia lo endureció.

—Está bien Maynor, tal vez tengas razón y unas cuantas horas no hagan mayor diferencia.

—Créame Majestad, la fatiga puede afectar a los caballos, es mejor asegurarnos... Vamos, siéntese y beba —le dijo pasándole una bota con vino que les habían entregado en la almenara—. Comienza a helar, esto le ayudará.

Lía bebió y sintió el calor del líquido en su estómago, que la tranquilizó un poco. Devolvió la bota y sentada en el suelo agachó el rostro. Fue como si todas las emociones de las últimas horas la desbordaban y soltó un leve sollozo que hizo a Maynor mirarla, aunque sin querer intervenir, solo la contempló en silencio mientras continuaba con lo suyo. Ella era orgullosa y contuvo esa sensación de desahogo, intentó recomponerse, se puso de pie dándole la espalda al astaciano y limpió unas pequeñas e incipientes lágrimas que intentaban deslizarse desde sus ojos. Se calmó y miró al hombre.

—Te prometo que tus servicios serán reconocidos como corresponde —dijo con rostro firme y sereno girándose hacia él.

—No es necesario Majestad, soy yo el que tiene una deuda con usted. Si no hubiera sido por su intervención, a esta hora mi cabeza estaría en una canasta o una pica.

—Los hombres reciben lo que siembran, estoy segura que los dioses han predestinado algo para ti, y si estás aún con vida es porque tienes una misión que cumplir, yo solo fui su instrumento.

—Lo cierto es que por ahora debo honrar mi palabra y llevarla a destino, luego de eso usted decidirá qué hacer conmigo.

—¿Yo decidir? No Maynor, una vez cumplas tú encomienda serás libre de tomar el camino que elijas, te has ganado tu libertad.

—Gracias Majestad —respondió agachando su cabeza.

—Mejor apura esos conejos, mi estómago está comenzando a gruñir, y no quiero tener que acabar con la despensa de lord Hallrron.

Furía Elemental

A medio camino entre Fáistand y Sáester se eleva junto a unas lomas la ciudadela de Lanza Antigua, construida sobre unas ruinas que nadie sabe a ciencia cierta a quién pertenecieron, pero con una ubicación privilegiada por el amplio panorama que puede verse desde la "Almena Dorada", encaramada en lo más alto del castillo de lord Simbrad Tundar, señor de la fortaleza, que funcionaba como una especie de territorio independiente, aunque para fines económicos estaba bajo la administración de Sáester.

Lord Tundar era primo hermano del rey de Sáester, uno de sus principales amigos y consejeros en cuestiones de estado, pero iba a la capital solo cuando era requerido. Prefería la tranquilidad de sus dominios en medio de la nada. Rondaba al igual que el soberano los cincuenta años, y su larga y negra cabellera sujetada con un cordón, resistía el embate de las canas que apenas se comenzaban a asomar, al igual que en su tupida barba, dándole un aspecto algo huraño a pesar de sus grandes ojos azules.

Caminaba por los jardines del palacio repasando en su cabeza los últimos detalles de la boda de su hijo Anduas con la heredera de un rico mercader de Puerta Arrecife, Eleas Moldant, el hombre encomendado por Sáester para intentar mantener, dentro de lo posible, el orden en el puerto, dejado un poco a su suerte desde hacía varios lustros por la administración del rey Bealgad.

Su futura nuera era una joven de diecinueve, cuatro años menor que su hijo, de una belleza innegable, cabellos dorados y ojos color miel llamada Irenea. Se detuvo junto a una de las piletas que adornaban el patio central, cuando un soldado llegó hasta el pórtico que daba salida a la siguiente ala del palacio, donde se realizaban los torneos y las justas. Al ver a Simbrad se paró en seco sosteniendo la lanza que representaba el símbolo de la ciudad.

—Señor, dispénseme, traigo un recado de Maese Ian.

El aludido giró sobre sí para mirar al hombre que lo observaba, mientras jadeaba un poco luego de correr hasta el lugar.

—¿De qué se trata que llegas tan intempestivamente?

—Lady Mirnar está en la ciudadela Señor, pero no viene sola, trae un hombre herido y pide que por favor hable con ella porque se trata de un tema delicado. Se encuentra en la sala de conferencias esperándolo.

—Entiendo... está bien, puedes retirarte, voy de inmediato.

El hombre miró el arco rodeado de azaleas por donde acababa de irse el guardia, pensando qué podría estar pasando justo a solo un día del enlace de su primogénito. Esperaba que no hubieran traído problemas demasiado serios a la puerta de su casa en una fecha tan inoportuna. Ajustó la hebilla de su cinturón y caminó hacia el lugar indicado mientras sus pensamientos nuevamente se centraban en la ceremonia hasta que llegó al salón, y desde la puerta vio a su joven sobrina, una mujer de veintitrés años, alta, delgada de cabello rojizo y ojos pardos.

—Mi querida Mirnar, ven aquí y abraza a tu tío, pequeña.

—¿Nunca dejarás de llamarme pequeña, tío? —respondió la joven mientras besaba en ambas mejillas al hombre.

—Sabes que eres mi favorita sobrina, Los Cuatro Dioses no me regalaron hijas, pero si una hermosa princesa sáestereana que lleva la misma sangre que corre por mis venas. Me alegra que hayas llegado bien... ahora dime, ¿de qué quieres hablar que sea más importante que el día en que me desharé de tu torpe primo?

La princesa sonrió y explicó a Simbrad el encuentro con el fáistandiano herido, y que había encontrado entre sus cosas algo interesante.

—Mira tío, este es el anillo de la familia real, hay solo dos opciones, o lo robó o es un Kerstier, así de simple. No es Nóntar, porque a él lo vi hace un par de años en el carnaval de Minfal, lo recuerdo bien. A este estoy segura de haberlo visto, conocí a Ervand cuando era apenas una niña, pero sus ojos se me quedaron grabados. Han pasado unos quince años desde que me lo presentaron, y aunque me costó reconocerlo, tengo la seguridad de que es él. A pesar de nuestro compromiso no hemos vuelto a vernos desde entonces.

Simbrad palideció mientras escuchaba y tomaba el anillo para revisarlo.

—Es el anillo de la alianza. ¿Dónde está el hombre ahora?

—En un cuarto de huéspedes de la guardia.

—Iré con él de inmediato. Tú ve a descansar, ya hablaremos luego.

La princesa se retiró sonriendo, mientras lord Tundar se dirigía al cuarto en donde tenían al extraño visitante. Lo miró de cerca y no tardó en reconocerlo. Ordenó de inmediato que lo trasladaran a una habitación del palacio al tiempo que volvía a revisar el anillo y las prendas del rey. Una vez instalado en los nuevos aposentos, Tundar decidió que no tenía sentido dilatar más el asunto.

—Majestad, Majestad, despierte, ya está a salvo —dijo Simbrad mientras tocaba suavemente el hombro de Ervand.

Kerstier comenzó a abrir los ojos. Lo primero que advirtió fue el blanco techo de un cuarto con adornos de relieve dorados y verdes. Sentía como si hubiera dormido por siglos. Lentamente intentó reaccionar y miró hacia un costado donde lord Tundar lo observaba serio.

—En... en dónde estoy... ¿Cómo llegué aquí?

—Está en Lanza Antigua Majestad, soy lord Simbrad Tundar, mi sobrina lo encontró herido y lo trajo hasta mi castillo.

Ervand intentó incorporarse sintiendo el dolor de su herida. Estaba confundido, pestañeó varias veces para enfocar a su anfitrión y el resto del lugar. Era una hermosa sala de color blanco, con chimenea, sitiales, un escritorio y dos amplias ventanas cuyas cortinas se movían a merced de una tibia brisa. Se sentó como pudo en la cama para responder al hombre que continuaba de pie junto al lecho, ahora con sus manos atrás, sin dejar de observarlo.

—No se agite Señor, su herida no es grave pero perdió mucha sangre, necesita descanso y alimentarse como corresponde.

—No recuerdo demasiado, creo que perdí el conocimiento cuando me crucé con un carruaje sáestereano.

—El carruaje de la princesa Mirnar, su prometida, ella lo trajo hasta la ciudadela, y debe agradecer a la fortuna. Unas horas más y no habría resistido, menos tirado en medio de la nada. Pero no se preocupe, ya está en buenas manos, nuestro maese se ha ocupado de usted, y créame, su medicina es legendaria y envidiada en todo Sáester y más allá.

Lentamente y a medida que iba recuperando los sentidos varias imágenes cruzaron por su cabeza: Lorthan, Twin, Dámber, el encuentro con los sigrear, poco a poco recordó todo. Se enderezó mirando su vendaje.

—Dígame, ¿cómo sabe quién soy?

Simbrad le mostró el anillo.

—Por esto y por eso también —respondió mientras apuntaba una gran cicatriz en la mano y antebrazo izquierdo del rey— ¿Acaso olvida donde se hizo esa herida Majestad?

Ervand observó la marca, claro que lo recordaba. Cuando apenas tenía quince años había asistido en Lanza Antigua a un torneo, la primera y única vez que vio a Mirnar, que en esa época era solo una niña. Fue su debut en una justa, nunca la olvidaría, porque apenas cruzó lanzas con sir Andwel Costier había recibido un golpazo que lo lanzó contra uno de los postes de contención cerca de las graderías. El caballo encabritado pisó su mano y rompió el guantelete que se le incrustó en la piel y le fracturó la muñeca, un recordatorio de que a veces es mejor ser prudente. Había desafiado al caballero más sobresaliente de Sáester, el comandante de la guardia real de Bealgad. Ervand sonrió.

—Cómo olvidarlo mi Señor, pero créame, he aprendido a ser menos desafiante y más observador. Por cierto, usted se ve tal como hace casi quince años.

Tundar le entregó una copa con agua y caminó alrededor de la cama parándose a los pies para quedar frente a él.

—Ahora que ya terminamos con las presentaciones, dígame por favor ¿qué fue lo que sucedió y por qué está herido? Claro, si es que puede saberse.

Ervand dio un trago y respiró hondo.

—Le pido por la lealtad que se tienen nuestras casas y reinos que lo que le contaré no lo dirá a nadie por favor, necesito enderezar las cosas y esparcir rumores no ayudará en nada.

Tundar asintió y observándolo con sus penetrantes ojos azules escuchó todo el relato del rey, desde la invitación recibida de Mospel, hasta su escapada de Lorthan, pasando por la emboscada, el incierto destino del senescal que creía muerto y el intento de asesinarlo de Twin.

—Vaya, vaya, mi Señor, que aventura, y en tan pocos días. Déjeme decirle con todo respeto que al parecer aún le faltan cosas por aprender, además de ser observador a veces la prudencia es la mejor consejera. Veo que aquel encuentro con sir Costier no fue lección suficiente, sigue siendo algo impetuoso por lo que logro adivinar.

—Sí, tiene razón Milord, ahora lo entiendo, mi hermana me lo advirtió y mi senescal también, pero no quise oírlos, y estas son las consecuencias.

—No se preocupe Majestad, le ayudaremos en lo que sea necesario, aunque antes debe recuperarse. Por lo pronto, espero que mañana se sienta mejor y que pueda acompañarnos a la boda de mi hijo.

—Agradezco la invitación Milord, por supuesto que los acompañaré... solo, quisiera ver la posibilidad de enviar un mensaje a Vesladar, debo hacerlo lo antes posible.

—Claro, enviaré a alguien a la brevedad para que le ayude. Pediré que el traigan papel, tinta y lacre, así podrá sellar su mensaje. Aquí tiene su anillo.

El señor de Lanza Antigua estiró la joya hacia Ervand que sonrió asintiendo mientras Tundar se retiraba.

El rey pensó en sus opciones, en su hermana, en como irían las cosas; sin embargo, dentro de aquella maraña de imágenes y preocupaciones recordó que su prometida estaba en la ciudadela y es más, lo había rescatado. Sintió algo de ansiedad y por supuesto curiosidad. Apenas recordaba el rostro de aquella pequeña de trenzas y pecas que conociera hacía tanto. Estaban comprometidos, era cierto, pero no habían vuelto a verse, y hasta entonces, Ervand esperaba que simplemente llegará el día en que la princesa viajara a Fáistand para desposarlo, sin mayores expectativas, a decir verdad.

El compromiso había sido pactado entre sus padres para que se concretara cuando ella cumpliera los veinticinco. Para ello, aún faltaban siete estaciones, y con la única finalidad de afianzar la alianza entre ambos tronos. Sería interesante conocerla antes de llegar al altar y ver si podrían generar un lazo que hiciera más sólida su relación.

¿Quién mueve los hilos?

Nóntar miraba el trono mientras caminaba a su alrededor con las manos en la espalda. Aún no se había acercado a más de dos metros de él y sentía una extraña sensación: mezcla de resignación y ansiedad. Tenía claro que ya no había vuelta atrás y solo le quedaban dos opciones; seguía adelante o huía hasta perderse en algún rincón olvidado de Dárdalos, dejando el caos tras de sí.

Unger le había comentado que era necesario organizar cuanto antes su coronación, ello le daría una base más sólida desde donde administrar la capital y a la población una sensación de orden entre la anarquía provocada por el levantamiento. Los braseros proyectaban su luz sobre la gárgola que remataba el sitial del soberano, dándole un aspecto intimidante. Estaba pensando en sus opciones cuando sintió pasos. Se giró y vio a Unger entrando al salón con actitud cansina, mirándolo fijamente y con las manos metidas en las mangas de su túnica negra.

—Majestad, lo estaba buscando —dijo el ministro.

—Pensé que estarías preparando tu viaje Unger ¿Necesitas

algo?

El viejo avanzó hacia él, creía que el joven estaba muy confundido y por lo tanto vulnerable, arcilla perfecta para moldear a su antojo. Intentaría dilatar lo del "dichoso" viaje. Le preocupaba dejar al príncipe solo a cargo de todo por una travesía que le tomaría al menos veinticinco o treinta jornadas, sin considerar cuanto pudieran durar las negociaciones.

—Majestad, tal vez deberíamos postergar unos días mi salida, creo que sería bueno preparar su coronación y esperar que las cosas se calmen un poco. En el peor de los casos, si los delegados decidieran ponernos a prueba demoraran semanas en organizarse.

—Si te refieres a que decidan usar la fuerza, justamente es por ello que necesitamos aliados lo antes posible. Tenemos unos once mil soldados, en Acantilado Dolmen son más de cincuenta mil, y unos diez mil más en Fértlas ¿No te das cuenta que estamos en un atolladero del que no saldremos solos?

—Claro que lo sé, pero para ser franco creo que necesitará todo el apoyo posible aquí en la capital durante unos días.

El príncipe caminó con la cabeza gacha hasta él.

—Dime, cuál es tu idea entonces —le dijo levantando el rostro muy cerca del ministro.

—Para empezar, hay que decidir qué hacer con Zat Doglan, no debería dilatar más ese asunto, hay que dar una señal clara a quienes busquen oponerse a su administración.

Nóntar caminaba de un lado a otro en silencio. Había decidido evaluar en detalle cada una de las propuestas de Unger y en adelante no sería tan fácil convencerlo de concretar sus planes tal y como los había concebido. El menor de los Kerstier, entendió de inmediato que lo que pretendía el ahora primer ministro era deshacerse lo antes posible de su principal enemigo dentro del gabinete. Estaba claro que no podía permitir que regresara al gobierno después de su última conversación.

—Apenas terminemos aquí Unger, quiero que cites al gabinete y al consejo de lores, haremos una audiencia para decidir sobre

Zat. Infórmale a todos los involucrados que la reunión será a la hora dieciocho en el salón del trono.

—Claro Majestad —respondió Unger con una sensación de satisfacción mientras hacía una reverencia para retirarse.

—Espere Ministro... antes que se vaya, quiero preguntarle algo.

—Dígame mi Señor.

—Qué piensas acerca de Sáester ¿Existe alguna remota posibilidad de que nos apoye?

—Majestad, la respuesta a eso está en cualquier tratado de historia. Sáester nunca se ha involucrado en un conflicto que no los afecte directamente. En la guerra de revolución veidea entraron solo cuando se vieron seriamente amenazados por Karel. Ni hablar de la campaña contra Stauffen, no fueron más que simples espectadores. Dudo mucho que dialogar con ellos en estas circunstancias nos dé algún dividendo.

—Sí, probablemente tienes razón —Nóntar se detuvo otra vez frente a Unger y lo miró directo a los ojos—. ¿Qué crees que es más confiable? ¿Una rata que solo vive para alimentarse y buscar refugio o un gato que está siempre atento a lo que sucede a su alrededor para analizar sus mejores opciones?

Unger lo miró algo sorprendido por la pregunta, que le pareció más una especie de acertijo. Pensó un momento y tras dudar respondió.

—Pues de la rata siempre sabrá que esperar, así que supongo que en este caso el gato es más impredecible Señor.

—Sí... es lo que pensaba... Bueno Ministro, prepare la audiencia y luego hablaremos de su viaje, evaluaré sus apreciaciones al respecto. Puede retirarse.

Unger salió algo confundido y meditando sobre la extraña pregunta de Nóntar.

Se daba cuenta que, desde los episodios que derivaron en la actual situación, el príncipe había cambiado. Tal vez algo estaba despertando en él, y la verdad le preocupaba. Al parecer las cosas ya no serían coser y cantar. Por otro lado la pérdida de su principal aliado, Yldor, quien creía que desde el inicio sería el nuevo senescal, le hacía albergar algún temor. Estaba solo; los ministros, a pesar de aceptar las circunstancias, se mostraban desconfiados y al parecer bastante molestos. Al menos se desharía de Zat, y solo quedaba la audiencia solicitada por Nóntar para darle un corte definitivo a lo que consideraba la amenaza más importante a sus planes.

Tenía la esperanza que fuera enviado cuanto antes a Torre Oscura, aunque por el carácter inestable del príncipe, la decapitación también era una posibilidad, y a pesar de conocer al exprimer ministro desde hacía tantos años e incluso de tenerle respeto y consideración, esta última opción en el escenario actual no le parecía del todo mal. Debería buscar nuevos aliados, la pregunta era quién.

Mientras caminaba por el corredor hacia los patios del palacio, intentaba analizar la situación, pero sin llegar a una conclusión clara. Apenas ahora, que la adrenalina de la batalla se desvanecía, comenzaba a caer en cuenta que su posición no era tan sólida como al principio, aunque con Zat fuera del camino se sentiría más seguro.

También le preocupaba no tener noticias del rey, nada, ni un mensaje. Sabía que Ervand se enteraría más temprano que tarde de lo que sucedía en la capital y por la ruta que estaba recorriendo, pedir apoyo de Sáester no era una idea descabellada. La vieja alianza, a pesar de los años transcurridos, era un elemento a considerar.

La ciudad estaba regresando a la normalidad, la población retomaba sus actividades habituales y las calles nuevamente se llenaban con personas yendo y viniendo de sus trabajos o comprando en el mercado local. Los escombros del ataque seguían acumulándose a las afueras de la fortaleza, mientras decenas de albañiles comenzaban a reconstruir las almenas destruidas, los portones y las torretas de defensa.

Furia Elemental

En tanto esto sucedía y después del obligado retraso, Déras, Bowen y Fardel avanzaban camino a Párvenal, las áridas tierras tras los confines montañosos del sur. El único paso era entre este cordón cordillerano y las ciénagas gladias, a través de las Tierras Pardas, un paisaje desolado donde el viento levantaba la arcnisca que a ratos se metía en los ojos de los veideos, que avanzaban seguidos de Hérbal y cinco jinetes más. Esperaban llegar a su destino en unos dos días e instalar el campamento en un lugar más amigable, dentro de lo posible, cerca de Lásterdan, para esperar a Urbal y al resto de quienes ya estaban en camino al punto de encuentro.

Iban en absoluto silencio, cubriendo sus bocas para protegerse de la ventisca, hasta que fueron interrumpidos por Bowen.

—Señor —dijo dirigiéndose a Déras—, allí, desde las ciénagas se ve un grupo avanzando hacia acá.

Déras detuvo los caballos y observó. Era una caravana que traía tres carretas y venían escoltadas de unos quince jinetes, dirigiéndose hacia el este.

—¿Qué cree maestro? ¿Serán de los nuestros? —preguntó Bowen, mientras Fardel observaba a la comitiva que estaba a unos setecientos metros de distancia.

—Averígualo, sal a encontrarlos y ya veremos.

Bowen asintió y picó espuelas saliendo al galope. Al tiempo que se acercaba al grupo, vio que frenaban sus caballos en actitud alerta. Uno levantó la mano para detener la caravana. El mestizo siguió adelante y cuando estaba a unos cien metros pudo notar que eran veideos, por sus figuras espigadas y el cabello largo. Bajó un poco el ritmo de su trote, pero sin detenerse y cuando entendió que estaba a la distancia adecuada gritó:

—¡¡Erit Valias!!

Los jinetes se miraron unos segundos y el que al parecer encabezaba el grupo respondió.

—¡¡Klaster der ustel!!

Salió al galope hasta donde Bowen se había detenido, y al llegar lo observó algo confundido.

—¿Cómo sabes las palabras humano? —preguntó en tono brusco.

—Soy mestizo, me llamo Bowen, escudero de sir Déras, capitán del ejército de Karel.

El veideo lo rodeó sin dejar de mirarlo y Bowen giró su caballo para no perderle pisada.

—¿Me estás diciendo que con ese grupo viene nuestro líder?

—Puedes averiguarlo tú mismo.

El extraño azuzó al caballo y galopó a toda velocidad hasta donde estaba Déras y los demás, con Bowen siguiéndolo de cerca. A corta distancia del grupo frenó en seco y desmontó llevando su caballo negro azabache por las riendas. Derás y Fardel lo miraban en silencio mientras Hérbal tomaba el pomo de su espada en actitud alerta. El visitante notó el movimiento, pero avanzó sin hacer caso. Una vez que pudo ver a ambos viajeros en el carruaje hincó su rodilla en el suelo.

—¡Erit Valias! Comandante Abner Imbar a su servicio...

—¡Klaster der ustel! Ponte de pie amigo —respondió Derás mientras bajaba para acercarse al veideo—. Dime, ¿cómo me has reconocido?

Hérbal soltó la empuñadura de la espada, aunque sin dejar de observar la escena junto a sus acompañantes, atento a cualquier movimiento.

—Llámelo instinto Señor —respondió Abner—. Nuestro líder en Puerta Arrecife nos dijo que lo reconoceríamos apenas verlo.

—Puerta Arrecife... ¿Dime, como está Cástel, tu maestro?

—A pesar de estar muy enfermo insistió en venir. Lo traemos en una de las carretas, pero la verdad no somos nada optimistas.

Cástel Télias era también un exsoldado de la revolución, unos años mayor que Déras, y había estado junto a él en la batalla de Kaibel y durante el confinamiento en Sáester, pero al no ser un oficial, se le permitió salir del destierro para quedarse en Puerta Arrecife. Hacía ya varios meses que no asistía a los encuentros en

Fértlas y se comunicaba con la resistencia en Fáistand solo por correo; sin embargo, y a pesar de estar muy deteriorado físicamente, había salido al punto de encuentro sin dudarlo junto a sus discípulos. Déras se sorprendió al saber que su viejo amigo había venido con el grupo, ya que estaba enterado de su convalecencia.

—¡Quiero verlo! —exigió Déras.

—Por supuesto, Señor. Sígame por favor.

Hérbal bajó de su caballo en actitud más relajada y saludó al extraño mientras le entregaba las riendas a su líder, que montó y salió cabalgando tras Abner de regreso a la caravana. Bowen se les unió.

Cuando llegaron hasta el grupo, Abner se detuvo y le hizo un ademán a otro veideo, que saludando en actitud de sumisión al ver a Déras, abrió la puerta de lona de una de las carretas en donde Cástel yacía dormido. El líder veideo desmontó y fue a donde le habían indicado, allí vio al viejo soldado en extremo delgado que dormitaba en una cama improvisada. Tomó su mano y lo observó sintiendo que su final estaba cerca, tocó su frente y el veideo reaccionó mirándolo con algo de confusión.

—Déras... ¿En verdad eres tú amigo?

—Tranquilo compañero, no te agites, necesitas descansar.

—¿Descansar dices? La verdad ya no tengo tiempo para eso —los ojos del exorgulloso guerrero dejaron deslizarse un par de lágrimas— ¿Ya estamos cerca?

—Sí soldado, estamos cerca de nuestro lugar de reunión, ahora iremos juntos —respondió Derás sonriendo y sin soltar su mano.

—Claro Comandante, claro que sí, juntos como hace tanto.

—Así es, ahora descansa, ya tendremos tiempo de hablar.

—Sí amigo, así será.

El comandante asintió y lo dejó para volver a montar, indicándole a los demás que avanzaran y se reunieran con su grupo. Al trote alcanzaron a la comitiva de Fértlas en unos minutos. Fardel observaba en silencio escudriñando a los viajeros que se les unían, y por un momento se había quedado algo embobado mirando a una joven veidea que aparentaba unos dieciséis o diecisiete años.

—Vamos chico, ven acá, quiero presentarte a alguien —le dijo el maestro llamando su atención.

Fardel se acercó algo dubitativo. Cuando estuvo a la vista de aquel hombre, este intento enderezarse, pero no tuvo fuerzas. Derás acomodó una cabecera para ayudarle y Cástel observó el rostro de Fardel. Sintió un estremecimiento que lo hizo titubear, una especie de temblor que recorrió todo su cuerpo. Miró a Déras como si buscara alguna respuesta, luego estiró su mano para tocar el brazo del joven que guardaba silencio bajo la mirada de su mentor, quien le indicaba dejar hacer a aquel anciano.

—Quiero presentarte a mi nuevo discípulo Cástel, él es Fardel.

—Esa mirada... casi podría jurar que la conozco —dijo el viejo con algo de esfuerzo—. Es un placer joven. Soldados como tú serán los que nos devuelvan la libertad, así como también mis hombres darán hasta la última gota de sangre por la causa cuando llegue el momento.

—Él es Cástel Télias, Fardel, soldado del ejército azul, estuvo conmigo en Kaibel y ha llegado hasta aquí a pesar de su enfermedad para unírsenos.

—Es un honor señor —respondió Fardel dirigiéndose al viejo soldado.

—Lo es para mí, joven —dijo el anciano mirando los ojos del muchacho como si intentara escudriñar más allá de ellos—. Hay algo en ti... no sé bien lo qué es, pero avizoro que serás un gran general hijo.

Fardel miró a Déras como pidiendo una explicación a las palabras del veideo moribundo, aunque el comandante no hizo ningún gesto.

—Déras, fue un placer volver a verte... dame mi espada amigo...—dijo Cástel.

Déras tomó el arma que estaba enfundada en una hermosa

vaina junto a la lona donde el hombre se encontraba postrado y la dejó sobre su pecho. El viejo la asió por la empuñadura apretando también la mano de su antiguo comandante contra la misma.

—Por la eterna gloria de nuestra gente, que volverá algún día a brillar como la luna de la cuarta estación, juro lealtad a mi capitán y a la memoria del hijo del fuego azul —dijo Cástel con tono firme antes de aflojar el arma y lentamente cerrar los ojos para siempre.

Déras lloró en silencio junto al cuerpo bajo la mirada confundida de Fardel, que por primera vez veía a su maestro mostrando algo de debilidad, pero en el fondo entendió que la lealtad forjada en la batalla podía hermanar más que la propia sangre. El comandante cubrió el rostro de su camarada y tomando del hombro a su discípulo caminó hacia Abner.

—Se ha ido amigo, te agradezco haberle ayudado a llegar hasta aquí, pude despedirme de él.

Fardel caminó junto a su maestro entre los jinetes y lo miró de soslayo.

—Me pregunto qué quiso decir con eso de que había algo en mí, maestro.

—No le des importancia muchacho, son palabras de alguien que está mirando la muerte de frente.

El joven asintió, pero aquella corta frase se quedó dando vueltas en su cabeza por un largo rato. Antes de subir de regreso a la carreta, volvió a observar a aquella chica que sujetaba las riendas de un carretón cargado con provisiones.

—¡Vamos Breenad, es hora de continuar hija! —gritó Abner cuando la joven cruzaba miradas con Fardel algo ensimismada y ambos sonrieron mientras ella chasqueaba las riendas.

Nóntar acababa de ingresar al salón del trono, pero aún no podía sentarse en él, no hasta después de la coronación, aunque no estaba absolutamente convencido, por ahora el título de "Guardián del Reino" le quedaba más cómodo. Solicitó que instalaran un sitial a los pies de la escalinata que daba acceso a la silla de la gárgola asignada al rey. Caminó con su ropa de civil desde las amplias puertas por el pasillo central hacia el sitio que debía ocupar para encabezar la audiencia, bajo el absoluto silencio de los asistentes. Solo se oían sus pasos sobre la loza.

Se sentó con aire de autoridad y el resto lo imitó. A su derecha estaban los sillones donde se acomodaban los ministros, a su izquierda una gradería baja en la que se ubicaban los representantes de las casas del reino. De pie junto a él, el primer ministro Unger que observaba la escena con satisfacción, por fin llegaba el momento que había esperado, sacarse del zapato la última piedra que le estorbaba.

—¡Qué pase el acusado! —dijo Nóntar levantando la voz.

Nuevamente se abrieron las dos altas hojas de la puerta rechinando para que ingresara Zat, engrillado de pies y manos, escoltado por dos soldados. Avanzaron hasta unos diez metros de donde se encontraba Nóntar que levantó su brazo derecho para que se detuvieran.

—Muy bien, no me gusta perder el tiempo, así que iremos al grano. Zat Doglan, se te acusa de no querer cooperar con la nueva administración, de rechazar el ofrecimiento de sumarte al gabinete hecho por el ministro Unger y de calificar como traidor al nuevo guardián del reino. ¿Qué tienes que decir sobre estas acusaciones?

El hombre esbozó una sonrisa irónica.

—¿Acaso lo que diga servirá para salvar mi pescuezo? ¡Unger ha logrado lo que siempre quiso, estar a la cabeza del gabinete y sabe que soy un estorbo para él!, ¿¡qué sentido tiene defenderme!?

—Zat, no seas testarudo viejo amigo, esta es tu oportunidad de elegir —dijo Unger en voz calma, mientras Nóntar le daba una mirada algo molesto.

—¡Silencio Ministro! —dijo el príncipe—. Lord Doglan, dígame por favor, ¿existe una remota posibilidad de que pueda retomar un asiento en el gabinete y ayudarnos a salir de este predicamento? Le aseguro que su experiencia y consejo serían bien valorados bajo la nueva administración.

—Juré lealtad a su padre, y luego a su hermano. No puedo romper esa promesa, la palabra de un hombre vale más que una corona, Señor. Lo siento, pero no cooperaré con este levantamiento, que no ha sido más que una maniobra política gestada en la cabeza de Unger para hacerse con el poder.

Se escucharon murmullos que luego fueron subiendo en intensidad. Nóntar miraba fijamente a su interlocutor, como pensando en qué decir a continuación.

—¡Suficiente señores, les pido decoro! —dijo finalmente— Ministro, si esa es su posición no me deja alternativa. Escribano anote por favor: Debido a sus actos de rebeldía, nula colaboración y actitud beligerante respecto de las medidas adoptadas por las nuevas autoridades, decreto...

Un tenso silencio siguió aquella frase, los segundos parecieron eternos, el aire podía cortarse con una daga mientras todos esperaban el veredicto.

»Que por orden y mandato de la corona de Fáistand queda sujeto a reclusión domiciliaria, no podrá salir de su hogar sin autorización, menos aún de la ciudad. Se le prohíbe usar correos u otros medios de contacto con el exterior. Por consiguiente, pierde sus derechos políticos y le advierto que si no cumple con estas medidas será enviado de inmediato a Torre Oscura.

Unger escuchó con el rostro pálido y desencajado, al tiempo que Zat daba un suspiro de alivio.

—¡Pueden llevarlo hasta su casa, ahora sáquenlo de mi vista! —finalizó Nóntar.

Zat miró a Unger con una mueca algo burlona, he hizo una reverencia antes de retirarse junto a los soldados. La audiencia estaba en absoluto silencio, incrédulos ante la actitud benevolente del príncipe que golpeteaba con sus dedos en el brazo del sitial, como pensando en sus siguientes pasos. Unger lo observaba aún incrédulo por lo que acababa de pasar. Estaba seguro que su excolega perdería la cabeza y ya no sería una preocupación y, aunque anulado políticamente, seguía representando un peligro latente para llevar a cabo sus planes.

De pronto, Nóntar se puso de pie, caminó a lo largo del pasillo mirando uno a uno a los ministros, mientras Unger continuaba parado a la sombra del trono.

—¡Señores! —dijo Nóntar observando a los asistentes—, lo que aquí hemos vivido ha sido desde todo punto de vista una tragedia. Por mi parte nunca pensé verme en esta situación, primero porque el derecho de sucesión al trono dependía de la muerte de mi hermano, algo que aunque muchos duden jamás desearía y segundo, porque hace tiempo que perdí todo interés en los asuntos del reino, pero eso no significa que no me hubiera preparado ante una posible eventualidad.

»Créanme, estoy seguro que nadie en esta sala ha leído y se ha instruido más que yo en asuntos de administración del tesoro y las artes de la política. Mucho más incluso que el propio rey, que ha demostrado su inoperancia, llevándonos a un punto sin retorno. Si me compraron por tonto —hizo una pausa— y un hombre fácil de manipular, pues lamento decirles que se han equivocado. Ni el vino, ni las putas del patíbulo, ni las apuestas me han hecho olvidar como se manejan los hilos de la política, ni la suciedad de las cloacas donde se mueven las ratas buscando un lugar para estar bien protegidas de los vaivenes de la corona, deambulando en los sumideros que arrastran la mierda de las ciudades.

Nuevamente se levantaron algunas voces que murmuraron por lo bajo. Unger estaba paralizado y descompuesto por lo que escuchaba y no auguraba nada bueno.

—Los libros de historia están entre mis favoritos —continuó el príncipe— y sé de estratagemas, traiciones… en fin, del juego y las cartas que se suelen tirar a la mesa en cuestiones de Estado. Sé, por ejemplo, que la derrota de los veideos en Dárdalos fue en gran parte gracias a onironautas usados como arma para volver loco el rey de los ojos violeta. ¿Fue así, no Unger?

El ministro dudó guardando silencio y comenzó a sudar, estaba cada vez más incómodo, se sentía descolocado.

—… Y créanme que sé reconocer cuando las leyendas tienen algo de verdad —agregó Nontar—. Amigos, estamos en una situación delicada, creo que de más está decirlo. Debido a ello he hecho algunos movimientos que, aunque sutiles, me han servido para darme cuenta de ciertos asuntos, que finalmente me han llevado a decidir algunas cosas que les parecerán bastante interesantes —sonrió y caminó hacia Unger—. Ya nos hemos desecho de la rata ministro, creo que el gato ya no es necesario en este palacio... ¡Soldados!

—¡Pero Majestad yo...!

Nóntar hizo un gesto y dos guardias tomaron a Unger de los brazos llevándolo al lugar donde antes estaba Zat. El que hasta hacía unos momentos parecía ser la mano derecha del guardián del reino, sintió que sus piernas flaqueaban bajo las voces y comentarios de quienes observaban la escena, impactados por aquel repentino cambio en la situación. Los demás ministros miraban incrédulos, pero con cierta satisfacción.

—¡Diré esto solo una vez y espero que quede claro! —retomó Nóntar—. Si pensaron todo este tiempo que yo no era más que una marioneta de Unger, han cometido un gran error. Piénsenlo —dijo tocando su sien con el dedo índice—, revisen lo que ha pasado y evalúen quién es ahora el titiritero del reino.

Los miembros del consejo no lograban entender del todo lo que estaba ocurriendo, y el príncipe los miraba con gesto burlón caminando de un extremo al otro del salón, como si disfrutara de la escena y los rostros confundidos de la audiencia. Finalmente se detuvo y abrió los brazos como si fuese a elevar una plegaria.

—¡Ahora Unger Molen, te acuso de conspiración contra el rey, de instigar al ejército a levantarse, desconociendo la autoridad de la princesa, y decreto que seas encerrado en las mazmorras de la guardia hasta que yo decida qué hacer contigo!

Después de dar la orden, caminó hacia el ahora acusado, que se mantenía incrédulo y al borde del colapso, sujeto por los guardias. Una vez frente a él se acercó para hablarle al oído ante la atenta mirada de los demás ministros y lores.

—¿Acaso creías, tarado, que no entendía cuáles eran tus verdaderos motivos? Ya lo sabe mi Señor —continuó en tono irónico—, todas las traiciones terminan volviéndose contra el instigador, nada es gratuito... Ya no me eres útil excepto para expiar mis errores... ¡Llévenselo!

Unger, sin poder aguantar más, cayó de rodillas y vomitó sin poder sostener más las náuseas. Nóntar lo miró asqueado y sonrió mientras se retiraba escoltado por Gânmion.

—Bueno, lo primero está hecho —dijo en voz baja—, ahora sí comienza la partida.

PUERTA ARRECIFE

Puerta Arrecife era una ciudad de grandes dimensiones, rodeada de muros levantados después de la revolución para protegerla de potenciales conflictos futuros. Albergaba a casi un millón de personas, y a pesar de ser el principal puerto y corazón del comercio de Sáester, mantener el orden en sus calles y alrededores se hacía muy difícil, por momentos imposible. Regularmente era escogido por piratas y criminales de todas las Tierras Boreales para reunirse a hacer negocios y planificar sus andanzas en el mar occidental, y la corona se había resignado a que gastar valiosos recursos en armar y mantener una guardia robusta y permanente, era un desperdicio.

Así, el condestable —como nombraban en Sáester a los encargados de las ciudades del reino—, debía resignarse a arreglárselas lo mejor que podía con lo que tenía a mano, y tratar de mantener buenas relaciones con los contrabandistas que pululaban en sus dominios, todo con tal de tenerlos controlados y a raya, haciendo vista gorda de muchas tropelías.

De hecho, lord Eleas Moldant había dejado de pedir más hombres para su regimiento hacía ya varios años, y contaba ahora con una guardia de siete mil soldados, del todo insuficientes para cubrir las reales necesidades que exigirían hacer una "limpieza" o al menos disminuir la cantidad de crímenes que eran pan de cada día. De todas formas, de vez en cuando, pedía ayuda a Lanza Antigua, que por su cercanía y por la amistad que lo unía con Simbrad era una elección obvia.

Su futuro consuegro había invertido tiempo y recursos en contar más que con una simple guardia, con un respetable ejército de más de quince mil hombres, algo casi exagerado para una ciudadela de menos de sesenta mil habitantes, pero contaba con el apoyo absoluto de su primo el rey, ya que ambos sabían que en caso de incursiones extranjeras desde el puerto, Lanza Antigua sería el primer escudo del trono de Sáester. Sin embargo, Moldant contaba con un elemento que era su garantía ante cualquier posible amenaza, la "Armada Ígnea" o flota de fuego, como también era conocida en todos los rincones de Mardâla, la fuerza de mar de Sáester. Fondeada en Puerta Arrecife contaba con trescientas embarcaciones de diferentes calados, armadas hasta los dientes y que se pensaba era prácticamente invencible.

Estaba a cargo del almirante Damon Amivill, un hombre soberbio que no intervenía en los asuntos administrativos ni políticos de la ciudad a no ser que recibiera órdenes directas del rey Bealgad. Decía que sus hombres habían sido preparados para la batalla, defender el reino y luchar bajo los códigos de honor militares, no para perseguir delincuentes ni gastar recursos en controlar proxenetas, apostadores o asesinos de poca monta. Moldant no tenía autoridad alguna sobre él, pero la presencia de sus barcos era un elemento de intimidación importante que lo ayudaba, sino a evitar el desorden generado por los delincuentes, al menos a persuadir a quienes tuvieran la intención de atacar el puerto.

En lo más alto de la montaña que coronaba la ciudad, se

levantaba la fortaleza central, con un perímetro redondo que contaba con diez torres dispuestas a la misma distancia una de otra y una sola entrada bloqueada por un gran portón, que se abría únicamente por orden del condestable. Era vigilada por unos mil soldados y en ella, además de lord Molnadt, vivía su familia formada por dos hijas y su mujer, los sirvientes y el comandante de su guardia, un robusto hombre de unos cuarenta y cinco años, con bastante sobrepeso y una avanzada calvicie de nombre Bascant Rimbrandt, o como lo conocían sus solados "el Jabalí", aunque solo lo decían por lo bajo, ya que el avezado militar era famoso por su mal humor y espada rápida.

Dámber, aún muy dolorido, cabalgaba sentado tras Dania tomado de su cintura. Observó la imponente muralla del puerto. Desde allí afuera nadie pensaría que sus calles eran un hervidero de ladrones, esclavistas, burdeles y otras miserias que habían forjado su fama.

Atravesaron calmadamente la arcada que daba ingreso a la ciudad. La mujer observaba con atención todo lo que la rodeaba. Al entrar, la calle principal se dividía en otras más pequeñas, en una de las cuales pudo ver dos sujetos saqueando el cuerpo de un hombre en una de las aceras, dándose de golpes por alguna de sus pertenecías. Unas prostitutas se paseaban enseñando sus senos en las afueras de una taberna donde los borrachos salían a orinar dejando el aire impregnado a amoniaco.

—Qué ciudad de mierda, nunca cambiará —dijo la cazarrecompensas rompiendo el silencio.

—Creo que las historias son ciertas, apenas entramos y ya me hago una idea —respondió Dámber.

—He visto muchas cosas soldado, no me impresiono con facilidad; sin embargo, no puedo negar el desagrado que me causan lugares como este... Por eso prefiero la soledad —dijo Dania.

Dámber solo observaba el cabello de la mujer moviéndose al viento y sentía los movimientos de su firme vientre meciéndose al compás del trote de su caballo. El panorama no cambiaba, cantinas, calles sucias con todos los desperdicios posibles de imaginar. Hasta "El Patíbulo" le pareció un lecho de rosas en comparación y lo empeoraba el dolor que aún era agudo, sobre todo donde Twin había clavado su espada. Él estaba consciente de que haber sobrevivido a esa estocada era casi milagroso, como también sabía que hubiera muerto desangrado de no ser por Dania.

Habían demorado cinco días en llegar a su destino, y durante todo el trayecto debió depender de ella para curar sus heridas. Cada vez que se detenían ella revisaba, cambiaba las vendas y los ungüentos, le daba de beber infusiones de hierbas para aliviar el dolor, pero apenas pudo sacarle palabra. La vaniosta era más bien reservada, y no se refería a sí misma o las circunstancias que la llevaron a Mardâla. Las pocas veces que intentó sonsacarle algo, más que nada por curiosidad, ella desvió el tema, parecía no querer recordar.

—Y ahora qué Senescal, dime... ¿Vamos directo al puerto?

—No Dania, llévame a la fortaleza, allí conozco a alguien que podría ayudarme. Necesito informarle a lord Moldant lo que ha ocurrido y debo enviar mensajes. Desde allí podré hacerlo.

—Entiendo y me imagino que recibiré mi paga.

—La recibirás, pero en Acantilado Dolmen.

—¡No iré a Acantilado, no tengo ni las ganas ni la obligación!

Dámber sabía que en sus condiciones, y por más ayuda que le prestara Moldant, necesitaba algún apoyo para finalizar el viaje. En primer lugar, no podía quedarse muchos días para sanar sus heridas, era urgente regresar a Fáistand, el paradero del rey era su prioridad. Considerando aquello, sabía que blandir una espada en caso de ser necesario le sería difícil o casi imposible.

Apenas podía levantar su brazo derecho para defenderse de alguno de los delincuentes que iban y venían del puerto si las circunstancias se lo exigieran. Además, estaba seguro que a pesar de que no tendría problemas en ayudarlo a despachar los mensajes que necesitaba y de recibirlo cordialmente, el señor de Puerta Arrecife no estaba en condiciones de apoyar su viaje con alguna escolta hasta llegar a su destino, y Dania era la única persona a la que podía acudir ahora.

—Dania, aquí no tengo como pagarte, necesito regresar a Fáistand, me prometiste ayudarme a llegar, esta es solo la mitad del camino. Ese fue el trato.

—Pues no recuerdo esa parte del contrato —respondió mirándolo hacia atrás algo molesta.

Dámber la miró de perfil, por un momento se quedó observando esos vibrantes ojos pardos fijamente antes de responder.

—Por favor, te prometo que recibirás la paga que mereces, después de todo te debo la vida.

—Pues sí amigo, tienes una gran deuda, y créeme que siempre las cobro. Pero no lo sé... déjame pensarlo.

—Está bien, es tu decisión.

—Trescientos boreales fáistandiano, ni una moneda menos— respondió después de unos segundos

—Hecho Milady, cuente con ello.

—Muy bien soldado, que quede sellado... pero ahora muero de hambre, sujétate, apuraré un poco el tranco hasta la fortaleza.

Después de recorrer algunas callejuelas donde el panorama no cambiaba demasiado, vieron los portones del muro que protegía al palacio. Dámber sintió que sus circunstancias comenzaban a mejorar. Esperó que Dania se acercara y bajó a duras penas del caballo pidiéndole a la mujer que aguardará por él y caminó hacia uno de los guardias que custodiaban el ingreso, quien lo miró de pies a cabeza.

—¿Qué necesitas? ¿Acaso no sabes que no puedes entrar aquí mugroso?

—Cuida tu lengua soldado, hablas con el senescal de Fáistand —respondió.

Los centinelas se miraron entre sí y soltaron una carcajada.

—¡Les exijo que avisen de inmediato a su capitán sir Rimbrandt, que Dámber Orlas necesita hablar con él!

—¡Vete de aquí vago, no estoy para tonterías! —respondió el soldado.

Dania, aún sobre el caballo, sacó de su bolsa la medalla que le había entregado el senescal y se la lanzó al guardia.

—¡Te meterás en un lío gordo imbécil! —dijo la mujer sonriendo.

El hombre tomó la medalla en el aire y la observó. Luego levantó la cabeza y miró nuevamente a Dámber.

—¿Quién me dice que no la has robado?

—Tienes dos opciones, o te quedas con la duda y una patada en las bolas o llamas a tu capitán. De todas formas si estoy mintiendo me darán al menos una paliza que creo te compensará el esfuerzo —respondió Dámber con actitud soberbia.

Luego miró a Dania y asintió en un gesto de agradecimiento. De malas ganas, el centinela ordenó a su compañero informar la situación a sir Rimbrandt entregándole el emblema. Solo pasaron un par de minutos cuando asomó por una trampilla del gran portón la imponente figura del "Jabalí". Se acercó a Dámber con expresión de pocos amigos llevando en sus manos la medalla hasta quedar frente a él con sus intimidantes dos metros de altura y lo tomó del cuello. El senescal lo observó sorprendido al tiempo que el hombre lo escudriñaba con mirada amenazante.

—Te ves como un montón de mierda Orlas, parece que te pasó un tropel de caballos por encima —le dijo cambiando su actitud bravucona por una sonora carcajada, mientras le daba un fuerte abrazo que hizo a Dámber soltar un quejido por el dolor debido su herida —¡¿Qué demonios te pasó y qué carajos haces aquí?!

—Larga historia amigo, pero ya te contaré, por ahora te pido algo de comida y un baño si no fuera demasiada molestia.

—Y sí que lo necesitas, apestas a cloaca —respondió el comandante mientras de reojo miraba a Dania —¿Y esta preciosura viene contigo?

La vaniosta hizo un gesto con su dedo al Jabalí para que se acercara mientras le sonreía coquetamente. Rimbrandt la miró con grandes ojos y caminó hacia la mujer que se bajó del caballo, quedándose de pie hasta que lo tuvo frente a frente. El obeso militar tomó el mentón de la chica levantando su rostro.

—No me digas que estás con este mequetrefe amor. Si es así te diré que en solo media hora lo cambiaras por mí.

—¿Media hora? —preguntó Dania—. Te aseguro que no me aguantarías ni cinco minutos, hijo de puta.

Acto seguido le propinó un fuerte puntapié en la entrepierna que hizo al hombre caer al piso revolcándose de dolor mientras ella lo miraba con una gran sonrisa.

—Siempre serás un tarado Rimbrandt.

—Y tú siempre serás una maldita perra Dania, pero no me daré por vencido —respondió Bascant entre quejidos.

—Nunca me tendrás así bastardo, pero sabes que igual te estimo —le dijo ayudándolo a ponerse de pie.

Dámber observó la escena algo confundido y entendió que ya se conocían. Seguramente Dania había atrapado a más de algún forajido para las autoridades de Puerta Arrecife. Bascant se incorporó a duras penas, ahora riéndose, mientras se apoyaba en el hombro de la cazarrecompensas.

—Pasaste de los traficantes a los senescales, que gran avance —dijo Rimbrandt.

—Ya cállate y entremos de una vez, quiero descansar... y no te preocupes por recompensas, es él quien me la debe esta vez —respondió Dania.

Unas horas después, tras haber sido revisado por el maese de la fortaleza, darse un baño y descansar, Dámber se dirigió al salón del guardián donde su anfitrión lo esperaba bebiendo vino. El senescal entró y caminó hasta Bascant que le sirvió una copa. Le relató lo sucedido con todo detalle, sobre la incertidumbre acerca del paradero del rey y de la necesidad de regresar pronto a Fáistand para poner al tanto a la princesa sobre lo sucedido.

—¡Uy amigo, creo que eso estará difícil! —lo interrumpió el comandante— Dámber hizo un gesto de extrañeza ante el comentario—. Sabes que las noticias malas son siempre las primeras en volar. Acomódate bien porque esto no te gustará nada: en Vesladar se amotinó el ejército, al parecer el príncipe Nóntar está con ellos, creo que hubo una batalla y ahora es él quien controla tu ciudad.

Dámber palideció y sorbió un trago dejando la copa para ponerse de pie.

—¿Es una broma Bascant? Si es así te juro que es de muy mal gusto.

—¿Broma? Si quieres te muestro la nota que llegó desde Minfal, lord Hallrron informó sobre la situación a nuestro rey. La tiene Moldant, y de hecho creo que ya es hora de que te presentes con él.

—Lía —dijo en voz baja— ¿Sabes algo de la princesa?

—Ni puta idea viejo, lo siento, es todo cuanto sé.

Dámber afirmó sus brazos en el escritorio mientras mil imágenes pasaban por su cabeza. Lía, Ervand, todo era un caos. Nóntar… eso no le parecía tan descabellado, el trato que había recibido el príncipe de parte del rey siempre fue despectivo, al igual que el que le daba su padre, y eso se había estado acumulando por años. Sin embargo, nunca imaginó que podría levantarse contra su propia hermana.

¿Estaría involucrado con el ataque al rey? Y Lía, ¿estaría encerrada en una mazmorra, relegada a sus aposentos, muerta tal vez? Ese solo pensamiento lo hizo palidecer y su corazón se aceleró.

—Debo partir cuanto antes.

—Con eso no solucionarás nada, pero si crees que es lo mejor, puedo hablar con un comerciante del puerto que zarpa mañana temprano, aunque te advierto que su tripulación no es de los trigos muy limpios.

—No me importa, no puedo perder más tiempo.

—Como quieras, ahora vamos con el condestable, él te dará más detalles.

Belder llevaba días caminando por las calles de Vesladar, durmiendo acurrucado en algún rincón, pensando que todo aquel esfuerzo por recuperar a su familia fue en vano. Había estado recogiendo fruta desechada del mercado, y hasta peleado por comida con algún perro desde marmitas sucias y fétidas, para poder alimentarse. Con el esfuerzo en la batalla, su herida se había reabierto en varias partes, a pesar de las curaciones que recibiera en el palacio a su llegada, y sangraba constantemente tiñendo su sucia blusa. Comenzaba a tener fiebre otra vez, lo que se sumaba una indigestión, que a estas alturas no le permitía ni siquiera retener el agua que intentaba beber de la pileta de la plaza para no deshidratarse. Se sentía mugriento, perdido y sin saber qué hacer.

Intentar viajar de regreso a Mospel a esas alturas era un imposible, aún herido, cansado, hambriento y sin dinero no llegaría muy lejos y el salvoconducto no era más que un pasaje a la incertidumbre. Al menos dentro de la urbe había más posibilidades de sobrevivir, o eso pensó en un inicio; sin embargo, ahora no le quedaban opciones. El davariano había logrado escurrirse entre los edificios de la fortaleza hasta las calles de la ciudad, llorando por la pérdida de su padre y hermano, pero al menos salvando su vida.

Ahora, apenas se sostenía en pie, avanzando por las callejuelas del Patíbulo, abandonado a su suerte, casi resignado a morir como cualquier animal tirado en alguna esquina. A ratos pensaba dejarse llevar y esperar que la noche oscura le llegara en algún rincón de la capital, ya no le quedaban fuerzas ni físicas ni mentales para seguir luchando.

Se acercó a un edificio que tenía un alero para resguardarse de la lluvia que comenzaba a caer y allí se quedó, sentado y con los ojos cerrados, casi resignado a que sus opciones de sobrevivir eran inciertas y escasas. De pronto sintió que alguien tocaba su hombro.

—¡Hey tú, davariano, despierta!, no puedes estar aquí en la calle, estorbas.

Belder abrió los ojos y vio a un soldado que patrullaba la zona.

—No tengo a dónde ir —respondió en un hilillo de voz.

El hombre lo miró levantándolo por su tabardo y lo observó con más detención.

—Espera... Tú estabas hospedado en la guardia, eres uno de los davar que Vérdal alojó... ¿Me equivoco?

Belder levantó la mirada y dudó antes de responder, pero ¿qué le quedaba?, si aquel hombre decidía dar cuenta de él al menos ya no seguiría sufriendo penurias, estaba harto de todo.

—Sí, soy uno de ellos.

—Soy Dasten, soldado de la guardia, era parte de la defensa del palacio pero entregué mi espada cuando ya acababa la batalla. El príncipe nos ha dado la oportunidad de sumarnos a la nueva administración... así que... ¿Qué demonios hago contigo? Abandonarte aquí sería dejarle tu cuerpo a los perros... si te llevo, al menos en las mazmorras tendrías un techo sobre tu cabeza. Por otro lado, algo de mano de obra gratis no nos vendría mal en los trabajos de reparación de los muros.

El davariano no respondió, solo pensó en que sus opciones se habían terminado y que lo mejor era aceptar su suerte, de todos modos, si decidía dejarlo moriría allí tirado.

—Está bien, ya veremos. Salvé mi vida por muy poco, tal vez Los Cuatro Dioses sentirán que una buena acción podría pagar en parte esa deuda... En su memoria Comandante Vérdal... —dijo Dasten mirando al cielo—. Ya vámonos.

Tomó a Belder y prácticamente lo arrastró hasta su caballo para subirlo sobre la montura, mientras se encaminaba de regreso a la fortaleza. Fueron solo unos minutos —pero que a Belder le parecieron eternos—, hasta arribar a la guardia. Al verlo llegar algunos soldados miraron con extrañeza el cuerpo del joven que colgaba desde la montura. Dasten lo tomó y lo dejó caer a un costado del caballo.

—¿Y para qué traes a este pedazo de mierda?, míralo, es un despojo —le dijo un militar acercándose a él.

—Cuando sobrevives a una batalla es bueno devolver el favor ¿No crees? —respondió Dasten.

—¿¡Que está pasando ahí!? —gritó Gânmion entrando al patio central.

Se acercó a los hombres y miró al davar que estaba prácticamente desvanecido en el suelo. Observó a Dasten con rostro confundido. El soldado, evitando la mirada de su nuevo capitán, le explicó que el muchacho había estado alojándose en la guardia con su familia por órdenes de Vérdal. El recién nombrado senescal caminó alrededor de Belder sin dejar de observarlo.

—No tenía idea que había norteños en la guardia, me parece extraño, creo que habrá que interrogarlo. Si Vérdal los acogió algo tuvo que haber pasado, aquí no se reciben huéspedes porque sí. Llévenlo a la enfermería, cuando se recupere me lo hacen saber, necesito hablar con él.

Ambos hombres asintieron y se llevaron a Belder a rastras hasta el sitio indicado. Había logrado oír parte de la conversación, y al menos entendió que no lo matarían, lo que fue un alivio, pero ya tendría que ver después qué pasaría, no era muy optimista, aunque al parecer aún había esperanzas.

Tomándolo por las manos y los pies, prácticamente lo dejaron caer sobre un camastro de madera y paja mientras reían, y luego se fueron dejándolo allí. Belder sintió por primera vez en días algo blando y suave bajo su espalda, y a pesar sabía que no era exactamente la cama de un rey, fue reconfortante y cayó en un profundo sueño.

ꞰOTICIAS DEL SUR

Lía, entró a la torre de Marfil seguida de Maynor junto a dos guardias, estaba nerviosa y pensando en cómo explicarle de la manera más detallada a Hallrron lo sucedido en la capital. El señor del puerto, ya advertido de la llegada de la joven, la esperaba sabiendo que sus temores se habían hecho realidad. Si la princesa viajó hasta allí era porque se vio obligada a huir de la capital. Recordaba la nota que había escrito a Nóntar y que guardaba en aquella caja a la espera de más noticias, noticias que estaba a punto de conocer de primera mano.

El delegado observaba la puerta esperando algo impaciente, cuando uno de los guardias ingresó luego de llamar.

—Milord, la princesa Lía Kerstier está aquí.

—Hazla pasar de inmediato.

Lía entró con su acompañante que se quedó de pie junto a la puerta. Ella miró a su anfitrión y se acercó a él abrazándolo.

—Tío Arton, lo siento, lo siento, perdí la capital —explicó con voz temblorosa bajo la mirada del delegado, a quien llamaba tío de cariño—. Todo está perdido, vendrán tiempos difíciles.

—Tranquila hija, aquí estarás segura, ya veremos qué hacer —dijo observando a Maynor, pero creyó que no era momento de interrogar a la princesa, simplemente la abrazó intentando reconfortarla—. Lo arreglaremos Lía, créeme, siempre hay alguna solución. Necesitas descansar, luego verás todo con más claridad y me darás los detalles. Solo quisiera que me adelantarás algo... ¿Nóntar tomó el control del reino?

—No sé si Nóntar, o más bien Unger. El ministro logró convencerlo de apoyar el levantamiento. El palacio estaba a punto de caer y la batalla perdida cuando Vérdal me obligó a salir de la ciudad. Él es Maynor, me ayudó y escoltó todo el camino, ha sido un leal compañero.

Hallrron lo miró asintiendo y le habló al guardia.

—Llévalo al comedor del regimiento, que se alimente y descanse. Estamos muy agradecidos de su servicio, será recompensado como merece.

Maynor asintió bajando la mirada y caminó tras el soldado. Una vez que salieron, Hallrron tomó de los hombros a la princesa y la miró directamente.

—Ese gordo siempre ha sido un ave de rapiña, tu padre estaba ciego cuando lo nombró primer ministro... Créeme, Nóntar no es la persona manipulable que muchos piensan, estoy seguro que sabrá buscar una salida a la situación con el menor daño posible para todos.

—Tío, sabes que él no es un hombre de Estado, más bien...

—En eso te equivocas —la interrumpió el delegado—. Mientras tu hermano Ervand cazaba y entrenaba sus habilidades de lucha y tú cuidabas de tus padres, Nóntar dedicaba su tiempo a instruirse. Sabe lo que hace, y te aseguro que aunque luego haya perdido el interés en estos menesteres, lo que le enseñaron los escritos de la biblioteca y sus maestros está latente en él. Esperemos que decida con sabiduría y que si se ve dueño del poder sepa utilizarlo. Debemos concentrarnos en evitar una guerra interna.

—Lo lamento, no pude cuidar lo que se me encomendó, le he fallado al rey y todos los fáistandianos.

—No Lía, hiciste lo correcto, tu muerte solo hubiera empeorado las cosas. Ah, y antes que lo olvide, dime ¿cuántas personas te vieron?

—Los cuatro guardias que estaban en el ingreso de la fortaleza, me reconocieron de inmediato y me trajeron directo a tu despacho.

—Muy bien, yo hablaré con ellos, tu presencia aquí debe guardarse bajo estricta reserva, si te buscan es mejor que nadie sepa en donde estás. Ahora ve a tomar un baño, come algo, y luego hablaremos. Yo informaré a Lemand lo que acabas de contarme, es necesario ponerlo al tanto cuanto antes. Él es bastante impredecible, hay que adelantarse a Nóntar.

Lo que Hallrron no sabía era que Nóntar ya había despachado mensajes tanto a él como a Lemand, mensajes que estaban a punto de llegar...

En Lanza Antigua, Tundar abrió la carta que traía el sello de real de Minfal. Cuando leyó el papel se quedó en silencio observando las llamas de la chimenea de su despacho. Entendió que indudablemente lo sucedido en Vesladar, estaba relacionado con la inesperada visita de Ervand y el intento de asesinato en su contra; sin embargo, intuía que el propio rey ni siquiera sospechaba lo que estaba pasando en su ciudad capital. Se preguntaba si era el momento adecuado para informarle la situación, aún estaba débil y necesitaba recuperarse. Por otro lado, el rey Bealgad había informado a sus condestables sobre estos acontecimientos, pero recalcando que debían mantener su neutralidad ante cualquier hecho relacionado con ello, y tener alojado en la ciudadela al rey de Fásitand en persona, podría traerle complicaciones. Debía sopesar entre el sentido común o la estricta obediencia.

Ervand, ya más recuperado, se vistió con las ropas que le habían dejado los sirvientes y se encontraba de pie junto a la ventana observando los jardines. Era un día hermoso de cielos azules. Respiró profundamente el perfumado aire que subía desde los patios a la fortaleza, cuando sintió que llamaban a la puerta del cuarto.

—Adelante...

Mirnar entró y haciendo una elegante reverencia saludó al rey.

—Majestad, me alegra verlo más repuesto. Soy la princesa Mirnar.

Kerstier la observó más que sorprendido, era realmente hermosa. Hasta ese día ni siquiera había sentido curiosidad por volver a ver a la que en poco tiempo sería su reina. Solo recordaba aquella niña pecosa de cabello trenzado que no le llegaba ni al hombro cuando él ya estaba en su adolescencia.

Desde pequeño, Ervand había mostrado más interés en los torneos, la arquería y la caza que en las chicas o en los libros, al contrario de Nóntar que pasaba largas horas en la biblioteca del palacio antes de entregarse a placeres más mundanos. Sabía que llegaría el día de la boda, pero prefería disfrutar lo que le quedaba de soltería sin preocuparse por lo que vendría en el futuro; no obstante, al ver a su prometida frente a él, se sintió algo descolocado aunque en parte aliviado, pensaba que la joven superaba desde todo punto de vista sus expectativas.

—Milady —dijo acercándose y besando la mano de Mirnar—. Es un verdadero placer volver a verla Alteza.

Ella sonrió tímidamente.

—Majestad, es un alivio ver que está más recuperado.

—Gracias a usted. Si no me hubiera auxiliado probablemente habría muerto desangrado en esas praderas.

—Los Cuatro Dioses fueron benevolentes, y como usted sabe siempre tienen un plan.

—No le mentiré, no soy hombre de oráculos o templos, pero esta vez le daré a Los Cuatro el beneficio de la duda —respondió sonriendo—. ¿Me acompañaría a caminar por los jardines? Necesito algo de aire y el día está radiante.

—Si se siente mejor, será un placer Majestad.

—Muchas gracias, y dime Ervand por favor, después de todo estamos prometidos, ¿no?

Mirnar se tomó de su brazo y caminaron saliendo de la habitación. Bajaron por la escalera de caracol de la torre de los aposentos y llegaron al patio central, bajo la mirada de Simbrad, que desde su balcón vio como la pareja recorría el lugar, mientras meditaba de qué forma y en qué momento informar al rey sobre las noticias que acababa de recibir. Pensó que permitirle recuperarse de sus heridas sería mejor que ponerlo al tanto inmediatamente de algo que seguramente lo empujaría a viajar de inmediato.

Regresó a su escritorio y le pidió a un sirviente que estuviera atento a los movimientos de Ervand y que lo mantuviera informado en todo momento de sus actividades. Pensaba que lo más probable era que intentara regresar a Fáistand apenas se enterara de lo sucedido, pero viajar a la capital no era lo más recomendable en esos momentos, más bien Acantilado Dolmen era la alternativa obvia. Seguramente debería embarcarse desde Puerta Arrecife, tal como lo tenía planeado Dámber que en el puerto se encontraba con el condestable hablando de este asunto.

El senescal confirmó las noticias que le había dado Rimbrandt acerca del levantamiento y la batalla, lo que no hizo más que aumentar su urgencia por viajar cuanto antes.

—Nuestro rey nos ha pedido neutralidad Sir Orlas —dijo el señor de Puerta Arrecife—, lamento no poder ser de más ayuda. Lo invito a pernoctar aquí y descansar antes de seguir su camino, pero que quede claro, está por su cuenta. Si quiere regresar a Fáistand o prefiere seguir hacia Sáester bajo el actual escenario, es su decisión. Solo podría ofrecerle llevarlo conmigo hasta Lanza

Antigua en el caso que considere pedir asilo a nuestro rey. Mi hija se casa en dos días allí y saldré mañana a primera hora.

—Agradezco el ofrecimiento, pero debo regresar cuanto antes, creo que lord Hallrron es mi mejor opción ahora —respondió Dámber, ignorante que el rey se había refugiado en la ciudadela donde se realizaría el enlace—. Rimbrandt me ayudará a conseguir una embarcación.

—Entiendo, le deseo la mejor de las suertes. Ahora por favor adelántese a mí, nos vemos en el comedor, he pedido que preparen la cena.

Dámber se sentía bastante mejor, aunque la herida era profunda comenzaba a bajar la intensidad del dolor. Se dirigió al comedor del condestable, un amplio salón que estaba vigilado por cuatro chimeneas alineadas a cada lado y que mostraba una abundancia digna de reyes. Allí, parados cerca de una mesa que estaba repleta de numerosas botellas de licor, conversaban algunos invitados, la familia de Lord Moldant, sus dos hijas, una de las cuales era la flamante novia, Irenea, su hermana Marghell y la esposa del condestable, la robusta y vivaz lady Isalban. También estaba Rimbrandt, y otras damas que no conocía. Se acercó hasta el Jabalí, que lo recibió con una gran sonrisa. Le entregó una copa de vino rosado para brindar y solo alcanzaron cruzar un par de palabras cuando el guardián del puerto golpeó con el codo al senescal indicándole que mirara hacia la puerta.

—Dime que no es una maravilla de la naturaleza —le dijo en tono socarrón.

Al mirar hacia donde le indicaba Bascant vio a Dania. Llevaba un traje de seda celeste con un broche dorado en su hombro izquierdo. El vestido caía en ondulados pliegues hasta sus pies, y su rostro se veía despejado ante el cuidado peinado que lucía, con pequeños bucles cayendo sobre su cuello. Dámber quedó sorprendido por el brusco cambio. Era cierto, al conocerla de inmediato notó la belleza salvaje de aquella mujer, pero ahora se veía absolutamente radiante.

—Qué puedo decirte Bascant... se ve realmente increíble.

—Te lo dije, es lo más hermoso que verás en Sáester ¡Que impotencia! —dijo golpeando su copa con la de Dámber mientras lanzaba una risotada.

Dania se acercó sonriendo.

—Me gusta verte sufrir Bascant, es mi forma de vengarme por haberme quitado a ese ladronzuelo el año pasado.

—Nunca me lo perdonarás, ¿verdad?

—No, a no ser que me des el dinero de la recompensa.

—Solo hacía mi trabajo, yo no recibí nada.

—Lo sé, además de un ingenuo soñador, eres un soldado sin fortuna —le respondió riendo.

Dámber miraba la escena divertido, mientras la vaniosta pasaba entre ellos tomando una copa para seguir de largo a saludar a la familia de Moldant.

—Además de belleza tiene un gran carácter ¿No crees Orlas? Toma, antes que me embriague —agregó entregándole una nota—, aquí está el nombre del comerciante que te llevará a Acantilado, la ubicación de su embarcación en el puerto y sus honorarios. Cuídate amigo, ellos trasladan mercadería de contrabando, y digamos que sus hombres son un poco bruscos.

—Dania irá conmigo.

—¿Hablas en serio? Demonios Orlas, eres un puto afortunado. Te aseguro que con ella estarás más seguro... eso sí, págale lo prometido o te seguirá hasta las Islas Bastión si es necesario.

—No tienes que decírmelo, puedo imaginarlo.

Al día siguiente y luego de despedirse de su anfitrión, Dámber se preparó para salir apenas amaneció. La velada había sido agradable y por momentos pudo olvidar lo que pasaba y sacar de su cabeza las preocupaciones. Bebió, comió y rio antes de irse a la cama. Estaba tan agotado que apenas posó su cabeza en la almohada se quedó dormido, a pesar del torbellino de sensaciones y acontecimientos que lo atormentaban.

Luego de colgarse la vaina de espalda que le había entregado Bascant con una no muy hermosa, pero si efectiva hoja sáestereana, se dirigió al patio para encontrarse con Dania. Se quedó allí hasta verla asomar por la puerta de la torre central, acomodando una daga al cinto y la espada anégoda que portaba.

Sonrió al verla llegar entallada nuevamente en su armadura ligera, sentía que las cosas irían mejor cada vez que miraba el rostro de la mujer, era como si su presencia le hiciera olvidar lo que tendría que enfrentar en adelante. En estos pensamientos se encontraba cuando desde la guardia salió el Jabalí, como siempre sonriendo, y se acercó a él mientras la mujer tomaba las alforjas de su caballo.

—Cuida a este animal Bascant, volveré pronto por él —le dijo la chica al Jabalí mientras le entregaba las riendas.

—No te preocupes, aquí estará bien —respondió Bascant dándole un abrazo a Dámber—. Cuídate amigo, vendrán tiempos aciagos para ustedes. Espero que pronto podamos comernos un venado a orillas del Tres Brazos.

—Yo también lo espero Rimbrandt, extraño esas cacerías, gracias por todo.

Ambos salieron bajo la mirada del comandante del puerto que los vio irse con algo de impotencia, pensando en lo que deberían enfrentar solos. Realmente hubiera querido ayudar más, pero sus instrucciones fueron claras, no involucrarse. Volvió a la guardia para ultimar los detalles de la comitiva de Moldant que partiría en menos de una hora a Lanza Antigua.

Los visitantes se fueron caminando por la avenida principal en silencio. Dania cargaba sus alforjas y Dámber la miraba de reojo a medida que avanzaban.

—Se ve que Bascant está loco por ti —dijo rompiendo el silencio, ella rio.

—Le tengo mucho cariño, lo conozco hace tiempo, pero no el tipo de cariño que él quisiera.

—Bueno, permíteme decir sin afán de ofenderte que no lo

culpo.

—Cállate Senescal, no intentes iniciar una conversación que luego no sabrás como terminar —respondió la mujer—. Mejor apuremos el tranco, ya aclaró, no queremos llegar tarde al muelle.

Dámber asintió tratando de ir a la par de Dania, a pesar de que a cada paso el dolor de la herida en su muslo lo aguijoneaba aún causándole bastantes molestias. Casi al llegar al amplio muelle del puerto observó el gran movimiento que ya había a esa hora de la mañana. Pescadores, comerciantes de todo tipo, algunos de muy mal aspecto y ni siquiera un soldado de la guardia haciendo rondas preventivas, el lugar era ideal para que los delincuentes hicieran de las suyas. En las afueras de una cantina a unos cincuenta metros del sendero que daba paso a los atracaderos, dos tipos se peleaban algo borrachos, después seguramente de una noche de juerga. Los miró al pasar pero, su corazón dio un vuelco al reconocer al más alto de los tipos.

—¡Maldito, ahora verás! —gritó abalanzándose sobre Roric, quien hasta hacía unos días había sido la mano derecha de Twin.

El bandido alcanzó a ver cuando el senescal sacó con gran esfuerzo su espada enfundada en la espalda acercándose, pero el dolor no lo dejaba moverse demasiado rápido, dándole tiempo suficiente a Roric de desenvainar también su espada para defenderse y alcanzar a rechazar el golpazo lanzado por Dámber.

—¿Cómo es que estás vivo infeliz? —preguntó Roric.

Dania negó con la cabeza y soltó sus alforjas mientras se acercaba.

—El viaje aún no comienza y ya se mete en problemas —dijo molesta.

Los hombres intercambiaban espadazos y solo el aturdimiento normal del alcohol, le permitía a Dámber no ser despachado por el bandido ante su testarudez, pero la rabia que había guardado contra aquellos tipos lo cegaba, y sin pensar en las consecuencias simplemente quiso cobrarse revancha.

—¿¡Dónde está mi compañero imbécil!? —gritó mientras

recobraba un poco el aliento antes de atacar de nuevo a Roric, que sonrió y escupió como respuesta.

—No se me da la gana decirte nada soldadito —dijo lanzándose sobre él con todas sus fuerzas, haciendo a Dámber caer de espaldas y dejándolo a su merced preparando una mortal estocada, pero cuando levantaba su espada, una filosa y aguda daga se clavó en su hombro. Dando un grito de dolor retrocedió y observó a Dania mirándolo con una amplia sonrisa.

—Odio ensuciar mis armas en imbéciles como tú.

Sacando una segunda daga, igual a la anterior, se la lanzó hacia un oído cortándolo limpiamente para luego clavarse en el tronco de un árbol bajo las risotadas de quienes se habían detenido a mirar el espectáculo.

Roric soltó su arma para llevar sus manos hasta la herida.

—¡Maldita perra infeliz!

—¡Repite eso de nuevo pedazo de mierda! —dijo la mujer acercándose al tiempo que ponía la punta de su filosa espada en el cuello del bandido—. Párate Dámber, y lo que quieras saber de este hijo de puta ya pregúntaselo de una vez.

El senescal, bastante avergonzado y boquiabierto por las acciones de su compañera de viaje, se puso de pie y miró a Dania tomando la empuñadura de la daga que aún continuaba en el hombro de Roric.

—¿Qué pasó con mi compañero? —repitió mientras giraba la daga generándole un agudo dolor.

—¡Aaahhhh, está bien, está bien... ya detente!

—Habla o la señorita te rebanará el cuello.

—No lo sé. Twin fue tras él pero nunca regresó. Lo esperamos un día y medio y luego nos separamos.

—¡No mientas maldito! —dijo Dámber.

—¡Es la verdad, ya déjame en paz!

—¿Por qué nos seguían? ¿Quién los envió?

—Fue Unger, el ministro, él nos contrató. Dijo que quería tu cabeza y la del rey.

Dámber sintió como si el corazón se le subiera a la garganta y sus piernas flaquearon al escuchar a Roric. Titubeó, aunque prontamente recobró el aplomo.

—Ese maldito gusano, solo estaba esperando su oportunidad.

Pero, ¿dónde estaba Ervand? Seguramente si lo hubieran cazado ya irían camino a Vesladar para entregarle a Unger alguna evidencia de que el encargo había sido exitoso; sin embargo Roric viajaba solo, y aunque con algunas dudas, le creyó. Tomó una pequeña soga de su bolsa y ató las manos del bandido en su espalda.

—Tú vienes con nosotros, si me estás mintiendo me encargaré que tu cabeza ruede. Además te necesito como testigo, la traición del ministro no puede quedar impune.

—¡Está bien, está bien, ya cálmate! —respondió Roric.

Dania escuchó y miró al senescal bastante molesta, lo que menos quería era otro estorbo del que hacerse cargo en el viaje. Además, llevar un prisionero podría generar desconfianza en el dueño de la embarcación negándose a que abordarán la nave.

—¿Estás seguro de lo que haces Orlas? —preguntó la cazarrecompensas.

—Es necesario, sé que es un problema extra, pero es la única persona que puede dar fe del intento de magnicidio contra el rey.

De malas ganas la mujer asintió y sacó su daga del hombro del bandido que emitió un quejido. Sangraba bastante del oído y Dania rompió un girón de la propia blusa de Roric y la amarró en su cabeza tapando la herida para detener la hemorragia, mientras le susurraba de cerca.

—Intenta cualquier cosa cabrón y te vuelo esta oreja también.

Luego de revisar que no llevara más armas ocultas, se encaminaron con Roric delante de ellos, sujetándolo con la cuerda que ataba sus manos. Rápidamente llegaron hasta el lugar indicado por Bascant, y subieron al barco que se suponía era el que los llevaría a su destino. Una vez en cubierta un hombre tuerto de muy mal aspecto les salió al paso preguntándoles qué querían allí.

Dámber le explicó que eran pasajeros y que Rimbrandt había hablado sobre el asunto con el dueño de la embarcación. El tipo, con un gesto de desagrado, se fue a buscar a su capitán, que contra todo pronóstico era un pequeño calvo barbudo y gordo de aspecto bonachón. Dámber y Dania se miraron algo confundidos.

—Así que son ustedes —dijo el hombre mirándolos de arriba a abajo—Hablamos de dos, no de tres, y menos de prisioneros.

—No se preocupe, no dará problemas —respondió Dámber.

El hombre dudó mientras seguía observándolos.

—Cincuenta boreales más o no hay trato —espetó.

El senescal notó que Dania lo miraba atentamente y pensó unos segundos.

—Hecho, ciento cincuenta boreales en total, una vez que lleguemos a destino.

—¡Si no cumples te aseguro que te arrepentirás! —dijo el viejo, cuyo tono no tenía nada que ver con su aparente simpatía—. Soy el dueño y capitán de este barco, me llamo Yael, y con que sepas eso basta. Ahora bajen a la bodega y aten bien a ese sujeto, no quiero inconvenientes... y ustedes tampoco se los aseguro...

En oriente, suele decirse que cuando las noticias traen calamidad, vuelan como cuervos regándose por todos los rincones de Mardâla. Sir Asten Lemand, el anciano pero sagaz delegado de Fértlas, ya estaba al tanto de lo sucedido en la capital, aunque no tenía mayores detalles de la conclusión del asunto. Había recibido el mensaje enviado por la princesa informando de la delicada situación en Vesladar, y ahora, en el gran edificio que albergaba la delegación, Lemand se reunía con sus dos hijos para evaluar los acontecimientos.

—Debemos intentar averiguar en que terminó todo este embrollo, creo que tarde o temprano, dependiendo de cómo hayan salido las cosas, tendremos que tomar una decisión sobre a quién apoyar. Está claro que el reino acaba de dividirse en dos bandos, vislumbro una guerra interna, es casi seguro —dijo el delegado sentado en su escritorio.

—Es cierto padre —dijo Emont el mayor de sus hijos—, si hubo un enfrentamiento y la princesa perdió, tendremos que evaluar nuestras opciones. Si se generara una guerra civil habrá que tomar partido. Sabemos que en términos militares Acantilado Dolmen lleva la delantera, pero bastaría tan solo que la corona congelara los recursos del tesoro para ponerlos en una situación complicada. A veces una firma puede ser más poderosa que cualquier ejército.

El hombre, que rondaba ya los cuarenta años, caminaba de un lado a otro de la habitación con los brazos cruzados en actitud preocupada, mientras su hermano Tormen, de veintiocho años, observaba a ambos en silencio. Eran tipos grandes y fuertes como lo había sido su padre que ya comenzaba a menguar, de cabellos rubios y barbas incipientes y ralas. Muy parecidos físicamente entre sí y que también habían heredado los ojos verdes y vivaces de Lemand.

—Sabes lo que pienso hijo —respondió el delegado— y mi lealtad es con la gente, no con alguien en particular, mi interés es que nuestra ciudad pueda transitar conflictos como este sufriendo el menor daño posible, eso será lo que guiará mi decisión. Necesitamos esperar más noticias.

—Pienso que más allá de lo que pase debemos mantener el apoyo al rey. Tarde o temprano padre, todos los usurpadores terminan pagando un alto precio —dijo Tormen bajo la mirada dubitativa de su hermano.

—Aún eres joven hijo, la experiencia me ha enseñado que para tener mejores oportunidades y salir airosos en las ventiscas de la política, hay que estar siempre del lado correcto, y con correcto no me refiero a buenos o malos, sino a quienes llevan la ventaja. En estos casos es mejor ser frío y calculador para sobrevivir. Los caprichos de los gobernantes y políticos suelen ser insondables, pero los años te enseñan a leerlos.

—¡Señor! —dijo un soldado asomándose a la puerta—, llegó un mensaje para usted, es de la capital.

—¡Trae acá! —respondió el viejo algo molesto—. Veamos qué demonios pasa ahora —rompió el sello y leyó en silencio bajo la mirada de sus hijos y el soldado—. ¡Ya vete muchacho, déjanos solos!

Se puso de pie acercándose a la ventana y releyó el mensaje antes de girarse, hacia los dos hombres que lo observaban con ansiedad.

—Bueno, las cosas están peor de lo que pensaba, Nóntar ha tomado el poder ante la, según dice aquí, inoperancia de sus hermanos para evitar un levantamiento en contra del trono y la desidia del rey, al salir de la capital en un momento delicado de la administración.

Los hombres se miraron sorprendidos.

—Nos pide reunirnos con el ministro de relaciones exteriores a la brevedad para evaluar la actual situación, ya viene en camino. Déjenme solo, necesito pensar.

—Pero padre, creo que podríamos... —comenzó Emont.

—¡Dije que salieran!, ya los llamaré.

EN LOS EXTREMOS DE
LAS TIERRAS BOREALES

Fardel, recorría el gigantesco campamento levantado a orillas de una laguna en aquel paraje casi desértico, el esperado punto de reunión. Estaba apenas salpicado por algunos arbustos y un par de riachuelos que bajaban desde los confines montañosos del sur, hasta perderse en el horizonte. Pensaba en la dura vida que debieron llevar en ese lugar los exiliados después de la derrota de Karel, en cómo su maestro pudo sobrevivir allí tantos años sin esperanza, hasta que Urbal tocó a su puerta aquella noche, cuando todo recomenzó.

Más de veinte mil veideos habían levantado coloridas tiendas y caminaban de un lugar a otro preocupados de sus cosas, al calor de una fogata o compartiendo una comida. Él se sentía algo observado, notaba que entre todo aquel bullicio muchos lo miraban como si buscarán en él alguna respuesta y eso lo confundía. En verdad no sabía si tendría un rol importante en los desafíos que se avecinaban, pero algo le decía que debería enfrentar muchas pruebas y estaba nervioso, a pesar que su seguridad y temple habían ido asentándose cada vez más bajo las enseñanzas de su mentor y el duro entrenamiento al que Bowen lo sometía.

Déras le había dicho que el viejo maestro de Karel ya estaba en el campamento y que lo conocería en el momento indicado, así que esperaba el encuentro con una mezcla de ansiedad e incertidumbre. Una incipiente barba comenzaba a cubrir su rostro y las enseñanzas de Bowen le volvieron más hábil, resistente y menos confiado. Era como si de golpe hubiera madurado y escapado de aquella burbuja de tranquilidad y paz que siempre fue su hogar, en donde pensaba vivir aprendiendo a ser un gran artesano como su padre, pero ahora eso era una triste ilusión que se le hacía cada vez más lejana.

Mientras caminaba entre aquella muchedumbre, que se veía entusiasta y decidida a emprender la lucha, se encontró con una carpa en la que varios hombres hacían una fila espada en mano. Supuso que allí habría algún herrero, ya que por una abertura de la tienda salía un tenue hilillo de humo. Se acercó pensando que no le vendría mal a su daga una pasada por la piedra de afilar. Se paró detrás de tres veideos que estaban esperando su turno, hablando animadamente de la forma en que habían salido de sus ciudades sin despertar sospechas y de la necesidad de llegar pronto a Robirian, para emprender el viaje hacia el norte.

Fardel miró al interior de la tienda y tal como imaginó se veía una forja en la que el mismo hombre que se había encontrado con ellos y unido a la caravana, trabajaba golpeando el acero con ímpetu. A unos metros de él, estaba la chica que llevaba las riendas de la carreta del herrero —que había logrado entender era su hija— afilando las armas de aquellos hombres que esperaban su turno. Pacientemente Fardel aguardó hasta que pudo acercarse a la joven.

—Hola de nuevo —dijo entregándole su daga.

Ella levantó la mirada secando el sudor de su frente. Por un momento guardó silencio.

—¿De nuevo? ¿Acaso ya nos habíamos saludado? No te vi durante el resto del viaje —respondió con indiferencia.

—Ah, sí, perdón, es que mi maestro no me dejaba ni a sol ni a sombra. Pero desde que llegamos está menos aprehensivo.

—Ni que fueras un niño ¿Ya estás grandecito no?

—La verdad también creo que exagera, pero tendrá sus razones... ¿Breenad? —dijo entregándole su arma.

—Una hoja muy fina en realidad, es raro ver aún armas de paladio —contestó mirando la daga.

—Jamás imaginé que trabajaras en esto —dijo Fardel sonriendo.

—Si esperabas encontrar a una delicada damisela te equivocaste... ¿Perdón, cuál es tu nombre?

—Fardel, Fardel Dáelas.

—Muy bien Fardel, intentaré dejar tu cuchillo listo para cortar hasta el aire.

El joven se quedó mirándola con una sonrisa que pensó se veía algo estúpida, mientras Breenad cuidadosamente trabajaba con su hoja sobre la piedra. Ella, al contrario de muchas jóvenes de su edad, llevaba puesto pantalones bajo unas escarcelas, brazaletes de cuero y un peto del mismo material con hebillas adelante. El cabello claro recogido con un simple lazo, dejaba caer unos mechones en su frente. Se notaba de inmediato su destreza en el oficio, delicadamente deslizaba la cuchilla sobre la piedra.

—¿Sabes qué? —dijo la chica sin sacar sus ojos del arma—, las hojas son como las personas tímidas, suelen ser silenciosas, pero si buscas con cuidado puedes sacar su mejor lado —dijo tomando un paño para después deslizar la daga sobre el género, que sin resistencia se cortó limpiamente—. Solo la agudeza de algunos sabios es más afilada que el paladio —finalizó, devolviéndosela a Fardel.

—Vaya, podría rasurarme con ella —respondió el joven pasando un dedo por el filo.

—Son dos boreales.

Fardel, la miró mientras buscaba unas monedas en su bolsa.

—Aquí tienes.

—Bien… y ahora que esperas, aún hay muchos en la fila.

—Sí claro… Es solo que… me gustaría que me enseñarás algo de tu oficio, uno no siempre tiene a mano a alguien que pueda…

La muchacha por primera vez lo miró fijamente y esbozó una pequeña sonrisa.

—En dos horas tomaré un descanso, ven si quieres y veremos.

—Bien, muchas gracias —dijo Fardel un poco avergonzado antes de salir.

Cerca de allí, Déras entró a una tienda que se encontraba algo más aislada de las demás, custodiada por dos guardias en armadura ligera. Los saludó con un ademán e ingresó. Sentado junto a una mesa y revisando unos documentos estaba Urbal, el viejo hechicero había llegado una semana antes que el excomandante y al saber de su arribo lo mandó a buscar para darle la bienvenida, de eso hacía dos noches.

—Adelante viejo amigo, siéntate conmigo y bebamos algo —dijo vertiendo vino en un par de copas de cristal y bronce.

Déras se adelantó sentándose a la mesa frente al viejo.

—Bueno maestro, me dijo que viniera hoy ¿Ya decidió hasta cuándo esperaremos?

—Tranquilo Comandante, faltan tres noches para la luna menguante, cuando aparezca en el cielo será el momento indicado. Gracias a Erit llegaron a tiempo, si no esta espera se habría alargado varias semanas más y no podemos darnos ese lujo.

—Sé lo que debemos enfrentar, aun así, aunque me siento listo, quisiera saber si existe otra forma de lograr lo que buscamos.

—Déras, se trata de un asunto imposible de esquivar. Según los escritos antiguos de nuestro pueblo, para recuperar la esencia de un líder que ha sucumbido a su propia mortalidad se necesita una chispa, algo que encienda su espíritu aletargado para que finalmente logre volver, pero de una forma diferente. Aun así, quien reciba este poder no verá sus sentimientos alterados, solo será una suma de características, y siempre su propia personalidad se impondrá sobre la que estaba en latencia, recogiendo únicamente los rasgos más marcados del corazón que recibirá, en este caso seguramente el arrojo, la valentía, las ansias de libertad. No obstante, deberemos tener cuidado con la arrogancia e imprudencia, que ya sabes a donde nos llevó la última vez.

—Lo sé, es por eso que todavía siento dudas. A pesar que estoy absolutamente comprometido, temo que todo termine precipitándose nuevamente a un despeñadero —dijo Déras sorbiendo de su copa.

—Ten fe, esta vez no pienso fallar, dedicaré todo mi esfuerzo y lo que me quede de vida para guiar al hijo del fuego azul. Han sido ciclos, ni siquiera centurias, ciclos de dependencia y servilismo, ya es tiempo de volver a ser lo que fuimos.

—Solo espero que entiendas, es normal que esté inquieto y que la incertidumbre muerda mi conciencia. No te preocupes, podré superarlo.

—Tienes un rol fundamental en esto, tu destino está marcado desde hace mucho Déras, desde que Karel te eligió como amigo, yo solo te he ayudado a llegar hasta aquí.

—Karel... siempre me pregunto qué habría pasado si las cosas hubiesen sido diferentes.

—¿Diferentes?

—Me refiero a que los acontecimientos no lo hubieran empujado a buscar la venganza por cualquier medio, si tan solo el dolor...

—Las cosas fueron como fueron Comandante, eso ya no puede cambiarse. Ahora debemos mirar hacia adelante y dejar atrás los errores del pasado.

—Solo espero haber preparado bien a mis discípulos, que hayan aprendido a no cegarse ante la pérdida o la desilusión...

Ajeno a las aprehensiones de su mentor, Fardel había regresado a la tienda del herrero y esperaba a Breenad, que martillaba una espada junto a la fragua.

—La verdad no tengo ganas de hacerle clases a nadie esta tarde amigo, estoy algo cansada, preferiría caminar un rato —dijo soltando la hoja y secando el sudor de su frente.

—Está… está bien, como gustes.

La muchacha se quitó el delantal de cuero y ambos salieron. Abner los miró con rostro serio cuando la joven le aviso que daría un paseo antes de la cena.

—Ve, pero regresa pronto, mañana tenemos mucho trabajo —dijo el herrero mirando a Fárdel con rostro parco.

Mientras recorrían los senderos entre las tiendas, observaron cómo algunos hombres conversaban animadamente compartiendo comida o vino. Además de los veideos, vieron a varios mestizos. Déras le había explicado que se estaba formando un destacamento con ellos a cargo de Bowen, que era conocido como "Los Desterrados". Los veideos solían bautizar a cada uno de sus pelotones con un nombre elegido por los mismos soldados.

—Cuando nuestro maestro murió estabas junto a él ¿Qué fue lo que te dijo? —preguntó Breenad rompiendo el silencio.

—Nada, solo recordó la época en que había sido compañero de armas del comandante y le juró su lealtad —respondió Fardel mirando a los soldados que trasladaban pertrechos y pulían sus armaduras.

—Pelearon juntos en la revolución según me explicó mi padre. Ya quedan pocos de aquella época, aunque dicen que Urbal supera las tres centurias, ver para creer —dijo la muchacha sonriendo.

—Sí, me dijeron que solo lo han visto algunos maestros y su guardia desde que llegó. Pero bueno, ya se mostrará. Dime Breenad, ¿qué edad tienes?

—¡Que mal educado muchacho!, esa es una pregunta prohibida para una dama aquí o en cualquier otro reino...

—Disculpa, es que te ves muy joven para ser una herrera.

—No te engañes, tengo veintidós, pero es verdad que luzco menor, mi padre dice que es porque me hechizó para que nunca creciera y así no me fuera de casa, obviamente eso es una tontería.

—Vaya, solo un año menos que yo.

—Tú al contario con esa barba te ves mayor si me permites decirlo amigo.

Fardel se sintió algo avergonzado mientras pateaba unas piedrecillas. Ella solo miraba hacia adelante, intentando contener la risa. Aquel joven no parecía ser muy diestro socialmente, más bien denotaba mucha inexperiencia con el sexo opuesto, se veía que no tenía claro qué hacer o decir. Así continuaron por un rato, hablando de cosas más bien triviales, hasta que llegó la hora de regresar y Fardel la acompañó a la tienda de su familia. Le llamó la atención que la chica no le preguntara más sobre sus circunstancias o porque era tan apegado a Déras. Tal vez simplemente le había parecido un tipo tonto y no se interesó en él, quién podía saberlo. La cuestión es que sin darse cuenta había quedado prendado de la joven herrera casi de inmediato.

—¿Probarías tu daga ahora? —dijo Breenad antes de despedirse —quisiera saber si estás conforme con mi trabajo.

—¿Probarla? ¿Cómo?

—Muy simple —dijo ella sacando un puñal desde su bota y poniéndose en guardia—. Trata de poner a prueba su filo.

—No... No haré eso, es peligroso.

—Te aseguro que no llegarás a tocarme.

—Cuánta confianza señorita.

—¡No seas cobarde, vamos, ataca!

Fardel dudó, pero habría sido bastante humillante no aceptar el reto, así que desenfundó su daga y comenzó a rodearla en círculos, mostrándose bastante seguro gracias a su entrenamiento.

—¡Vamos hombre, esto es un duelo, no un baile!

La chica recogió su cabello y se quedó inmóvil siguiendo sus movimientos con mirada desafiante. Fardel titubeó y se lanzó sobre la mujer que lo esquivó con facilidad haciéndolo pasar de largo, mientras algunos veideos comenzaban a reunirse alrededor mirando la escena. Ella, sin dejar de sonreír, retrocedió y le hizo un ademán para que lo intentara de nuevo. Por segunda vez arremetió contra ella. Ágilmente giró sobre sus pies para quedar tras él y tomarlo por el cuello poniendo el puñal justo en su yugular.

—Creo que tendrás que evaluar su filo cortando fruta Fardel, pero te aseguro que no te decepcionará.

Quienes miraban soltaron carcajadas y aplaudieron. Fardel también rio cuando lo dejó ir, y la miró haciendo una reverencia.

—Ha sido un gusto herrera, ya tendré la oportunidad de cobrarme revancha —dijo enfundando nuevamente su arma—. Una batalla breve, eres muy hábil, creo que mi instructor se sentiría realmente decepcionado.

—No te sientas mal amigo, yo nací haciendo esto. Bueno, ya debo irme —se acercó a un oído del muchacho susurrándole—. Espero que la revancha sea pronto —finalizó, para luego guiñarle un ojo y alejarse lentamente.

—¡Qué mujer, amigo! —gritó uno de los tipos que observaba.

—Es toda una guerrera —respondió mientras la miraba perderse entre las tiendas antes de decidirse a regresar a la suya.

Se fue pensando en Breenad, y en cómo haría para poder tener más tiempo con ella, definitivamente quería conocerla mejor. Lo había impresionado su belleza y su fuerza.

Después de cruzar el campamento, llegó hasta donde Bowen se encontraba cocinando en una marmita.

—¿Qué tal muchacho?, ¿en dónde te habías metido?

—Dando un paseo. Estaba algo aburrido, ya sabes que no puedo quedarme mucho rato quieto, comienzo a desesperarme.

—Y que lo digas. El episodio de Vesladar me dejó claro que debes aprender a controlar tu ansiedad. Precipitarse nunca termina bien.

—Lo sé Bowen, no te preocupes, no se repetirá.

El mestizo atizó el fuego y miró a Fardel sonriendo. Cada vez que el joven cruzaba la vista con él, sentía una sensación de familiaridad difícil de explicar.

—Yo también era bastante impulsivo ¿sabes? Cuando era pequeño me metí en muchos líos por eso, y por lo mismo me llevé algunas buenas reprimendas de parte de mis padres. La paciencia es una gran consejera chico, debes escucharla, siempre.

—¿Podría preguntar cuántos años tienes? Sé que los mestizos son mucho más longevos que un hombre común, te ves de treinta y cinco, no más.

—Aunque no lo creas soy un tipo centenario, nací justo al final de la revolución.

—Vaya, eso sí es bastante, vivirás tanto como cualquier veideo.

—Eso espero, no tengo intenciones aún de morir —respondió Bowen sonriendo.

—A todo esto ¿Dónde está el maestro?

—Llegó hace poco y pidió que no lo molestarán, creo que se sentía algo agotado. Es mejor dejarlo hasta que él mismo nos llame si nos necesita.

—Claro —respondió Fardel, tomando dos platos de greda —. Muero de hambre.

—Entonces, ¿qué esperamos? Llenemos esas tripas —dijo Bowen acercándose a la marmita.

Déras observaba la tenue luz de una vela sentado en su tienda mientras pellizcaba un trozo de pan. Estaba nervioso y acongojado, como si estuviera cerca de enfrentar una incierta batalla.

—Ha pasado mucho tiempo amigo —dijo una dulce voz que parecía salir de la nada. Déras la reconoció de inmediato a pesar los años. Miró alrededor pero no vio a nadie.

—¿Alaria? —dijo poniéndose de pie.

Entonces, pudo ver como lentamente la silueta de una hermosa mujer asomaba desde un rincón. Era alta, de cabello azul y ojos

Furia Elemental

lila. Llevaba un báculo dorado, usados por los magos zafiro, algo que muy pocos tenían el privilegio de ver durante sus vidas. Sin embargo, para el comandante, esta no era su primera vez.

—Tranquilo Déras, no te asombres por mi visita, después de todo sabías que en algún momento volvería.

—¿A qué has venido?

La mujer se acercó y se sentó en una poltrona justo frente al veideo.

—Veo que Urbal ha logrado envenenarte nuevamente. Has vuelto a caer bajo su influjo como hace ya tanto tiempo, y una vez más te ha convencido de emprender una carrera sin destino.

—Te equivocas Alaria, nuestro pueblo está retomando la lucha, soñando con la libertad en los dos extremos de las Tierras Boreales.

—La lucha… Tus palabras no hacen más que confirmar mis temores. Solo espero que hayas sabido guardar nuestro secreto, al menos con eso, no daré todo por perdido.

—Te di mi palabra, "él" está protegido, nadie más sabe, ni sabrá nada de ese tema.

—Entiendes que si Urbal llega a enterarse de este asunto hará lo que sea para sacárselo de encima. Cualquier cosa que represente para él un problema puede ser objeto de su ceguera. Lo que te he pedido resguardar tiene un rol fundamental en lo que se avecina.

—Más allá de si estamos de acuerdo sobre lo que viene en adelante, puedes quedarte tranquila, me lo llevaré a la tumba —dijo Déras mirando fijamente a la mujer.

—Ella se puso de pie y acercándose tomó su rostro con ojos piadosos.

—Déras, mi querido Comandante. Sé que eres un veideo de honor y leal, y no te culpo por dejarte convencer por un hechicero que al parecer no cejará en llevar adelante sus anhelos —dijo tomando una de sus manos—. La libertad es un fin loable, claro, pero el camino que ha elegido Urbal es el que está lleno de espinas, porque imponer esa libertad por la fuerza solo arrastra calamidad.

Ahora debes enfrentar tu prueba final y ya no hay vuelta atrás; sin embargo, tal vez ello sea un precio necesario para enderezar las cosas.

—Tus palabras no hacen más que confundirme Alaria.

—Has tomado la decisión de asumir los designios del hechicero y abrazar su causa, pero Déras, debes entender que la libertad requiere paz, de otra forma, nunca será realmente imperecedera, siempre estará amenazada, porque los derrotados buscarán venganza y más temprano que tarde volverán para recuperar lo que han perdido. Avizoro una guerra cruenta y que costará miles y miles de vidas, pero nuestra esperanza está en el muchacho, él será quien traiga paz a estas tierras. Demasiada sangre ya ha sido derramada y Erit demanda que las rencillas terminen de una vez.

—Él no está destinado a la grandeza —dijo dubitativo—. Hay otro joven, uno que…

—Sí Déras, sé de quién hablas. Él será muy importante también, pero no tiene en sus manos el poder de construir una nueva era, solo una persona puede hacerlo y lo conoces. Te pido que hasta que enfrentes tu prueba final no reveles nada, ya me encargaré de eso yo misma —dijo la maga con tono conciliador.

El viejo comandante la miró y por un momento recordó su último encuentro hacía ya tantos años.

—He cumplido mi parte. Confía, nadie sabrá de este asunto hasta que tú decidas lo contrario.

—Gracias, amigo —dijo Alaria sonriendo, antes de comenzar a desvanecerse poco a poco hasta desaparecer—. Te veré en Valias.

Déras se quedó con el corazón en la garganta. Se sentía usado, como si toda su vida no hubiese sido más que instrumento para otros y ahora al menos, pensaba que podría estar en paz. Cayó sentado sobre su sitial justo cuando escuchó la voz de Fardel.

—Perdón maestro, ¿puedo pasar?

El viejo intentó reaccionar, aunque sus manos aún temblaban.

Ni siquiera estaba seguro si aquella aparición había sido real o un simple reflejo de su mente atormentada.

—Sí muchacho, entra…

Fardel asintió acomodándose en un banquillo junto al comandante.

El veterano soldado lo miró a los ojos por unos segundos antes de comenzar.

—Escúchame con cuidado, y mantente sereno por favor. Ya soy un anciano y es probable que pronto Erit me llame a sus mansiones.

—No diga eso maestro, aún tiene mucho por hacer.

—Sí eso sucede —continuó Déras—, debes completar tu instrucción, y para eso, el primer paso es asimilar la fortaleza de nuestro recordado líder. En dos días te llevaré a conocer a Urbal, tus dudas se terminarán, y los velos que sientes que aún cubren tu futuro caerán para dejarte ver con claridad la misión que se te ha encomendado. No será fácil, pero quiero que si algo me pasa, confíes en Bowen, él siempre estará a tu lado ayudándote en cada paso, hasta que estés listo para tomar las riendas de tu propio destino. Confío en ti, y tú también debes hacerlo, solo cuando lo hagas, tu entrenamiento habrá acabado.

Fardel guardó silencio. Su maestro ya le había dicho algunas de estas cosas, pero ahora sonaba diferente, era como si todo por lo que hubiera luchado estuviera a la vuelta de la esquina, incluso se veía más cansado, parecía estirar los años para cumplir su cometido. Lo notaba más débil, agotado, a pesar que como veideo podría aún vivir muchos años más.

—Maestro ¿Se siente bien?

—Mejor que nunca, estoy feliz de haber llegado hasta aquí contigo. Pronto ya no me necesitarás, pero recuerda, haz de la prudencia tu mejor arma, creo que después de la experiencia de la revolución casi está de más decírtelo, pero en momentos de decisiones trascendentales, esa arma puede ser derrotada por la soberbia. Debes ser sabio hijo, usa lo que sabes para protegerte a ti y a tu gente.

—Lo haré Señor, cuente conmigo, no lo defraudaré.

ASEDÍO NOCTURNO

Los hombres de Dârion se preparaban para evacuar la improvisada aldea y retirarse a buscar refugio en las montañas. Todo estaba preparado para salir de madrugada hacia el lugar escogido. Cuatro veideos, lanza en mano, vigilaban los alrededores desde lo alto de la empalizada, oteando de vez en cuando los oscuros cielos de la noche que ya caía, aún temerosos de aquella quimera que había acabado en unos segundos con algunos de sus compañeros.

Dârion y Ambross ultimaban detalles antes de la salida, sin sospechar que una horda de más de doscientos enebergs, seguían sus movimientos atentamente entre los bosques de las colinas cercanas. La vista de estos seres, por vivir en túneles y cavernas subterráneas, era privilegiada en las tinieblas, por lo que solían atacar bajo el resguardo y la ventaja que les daba la oscuridad. Gundall mantenía a raya a sus "soldados", con armas mal terminadas pero poderosas, armaduras sin pulir y que solo cubrían las partes más sensibles y los hombros. Más bien era una horda de montoneros, aunque aquella inferioridad tecnológica la suplían con una fortaleza y resistencia solo comparable con la de los sigrear.

El comandante de la exploración se dirigió hacia la empalizada junto con su lugarteniente, Askon, mientras evaluaba sus posibilidades. Muchas alternativas no tenían, o se protegían entre los bosques y cavernas o se quedaban allí con la certeza que la reciente visita de aquel ominoso animal, pudiera repetirse de un momento a otro.

—Espero no cometer un error, temo que a pesar de estar más protegidos en las cavernas, nos encontremos con otras aberraciones. Me preocupa que podamos fracasar, y yo seré el responsable —dijo Dârion a su compañero.

—No estás solo en esto amigo, los hombres y mujeres de esta expedición estamos comprometidos con nuestra empresa, si fallamos, fallamos todos. No te eches toda la responsabilidad sobre los hombros, solo lograrás angustiarte, y la angustia nubla la razón.

Ambos caminaron hasta los portones de la empalizada, y por rutina los revisaron, aunque sabían que contra una amenaza como la que ya conocían eran absolutamente inútiles. Subieron ambos por las escaleras hasta la parte alta donde los hombres vigilaban.

—¿Todo tranquilo muchachos? —preguntó el comandante.

—Está todo en calma Señor, no se ve nada fuera de lo normal —respondió uno de los centinelas.

—Muy bien, sigan atentos, cambien de guardia cada cuatro horas, necesitan descansar para la travesía de mañana. Bien Askon, regresemos, al parecer no habrá sobresaltos por ahora.

Descendieron por las escaleras ignorantes que el peligro acechaba de muy cerca. De pronto, desde un punto indefinido, se escuchó el agudo sonido de un cuerno. Los veideos sobresaltados se observaron mutuamente confundidos. Askon miró hacia lo alto, donde los guardias se movían intentando buscar el origen de aquel llamado.

—¿¡Qué está pasando soldados!? —gritó el lugarteniente.

—¡No sabemos Señor, no podemos ver nada a lo lejos!

—¡Avancen tarados, y recuerden, no despedacen los cuerpos, los queremos para las despensas! —ordenó Gundall, mientras los enebergs salían de sus escondites lanzando gritos guturales que alarmaron a los guardias, que hicieron sonar la campana de alerta.

En unos minutos, todo era caos y confusión. Los centinelas intentaban adivinar de quiénes eran aquellos bramidos horribles que rompían el silencio de la noche junto con un ruido atronador, similar al de un tropel de caballos cuando huye a la desbanda, haciendo temblar el suelo hasta donde se encontraban a la espera de lo desconocido. Aguardaban inmóviles, tensando las cuerdas de sus arcos y atentos a lo que pudiera aparecer. Sentían el aroma de tierra seca levantándose al paso de aquello que aún no lograban descifrar.

Adentro de la empalizada comenzaban a reunirse los guerreros que no superaban los setenta y cinco, descontando a las mujeres y niños. Incluso los herreros y encargados del rancho estaban mandatados para unirse a la compañía en caso de necesidad y recogían espadas y escudos desde la armería que habían construido hacía tan solo unos días.

Askon se quedó paralizado junto con no más de doce arqueros en lo alto de la empalizada, esperando ver lo que se abalanzaba sobre su campamento. Estaban confundidos y temerosos, pensando en qué nuevas criaturas podrían aparecer desde las profundidades de aquellos bosques impenetrables.

—¡Tranquilidad muchachos, mantengan sus posiciones y esperen! —ordenó Askon intentando adivinar lo que se movía cada vez más cerca de ellos.

La intensidad de los gritos aumentaba, y bajo la tenue luz de las antorchas que coronaban los puestos de vigilancia, a unos quince o veinte metros de distancia, comenzaron a advertir como arremetía sobre sus posiciones un tropel desordenado de individuos, algunos corriendo y otros, que podría asumirse lideraban el ataque, montando lo que parecían ser búberins. Se miraron entre sí sorprendidos e incrédulos frente a la anárquica visión que tenían ante ellos.

—¡Disparen carajo, rápido! —exclamó Askon.

La docena de arqueros despachó sus flechas sobre los atacantes para luego cargar rápidamente y soltar otra andanada, que logró detener a algunos de los enebergs que intentaban levantar escaleras hacia lo alto de la empalizada.

—¡Qué está pasando allá Askon! —gritó desde abajo el comandante.

—¡No sé qué serán pero parecen salvajes, hay que proteger el campamento!

—¡Vamos, arriba, tomen sus arcos y apoyen la defensa! —ordenó Dârion a algunos de los soldados que ya se reunían frente a los portones, preparados para repeler a quienes pudieran ingresar.

A pesar de los esfuerzos de los defensores, al menos dos escaleras lograron consolidarse lo suficiente como para que varios enebergs subieran hasta lo alto del muro. Cuando los veideos vieron de cerca a aquellas criaturas de aspecto extraño y repulsivo no entendían que podrían estar enfrentando, pero debieron reaccionar rápido y dejando sus arcos cogieron las espadas para intentar rechazarlos. En tres puntos diferentes los veideos luchaban encarnizadamente dando certeras estocadas a los enebergs que, entre gritos de dolor y maldiciones, se precipitaban desde lo alto sin poder alcanzar su objetivo; sin embargo, algunos veideos también sucumbían al ataque, aunque en menor número.

Dârion ordenó a la mitad del contingente que aún esperaba en el interior, subir a apoyar la defensa. Askon giraba sobre sí mismo acabando hábilmente con tres atacantes sin mayor esfuerzo, para luego retomar su posición amenazante, sosteniendo su espada con ambas manos. Los norteños continuaban subiendo por las escaleras, mientras los pocos que habían logrado superarlas, blandían sus toscas cimitarras que caían con fuerza contra los veideos, que se defendían a duras penas con sus escudos de las tremendas embestidas, para poder reposicionarse y contraatacar.

—¡Qué ni uno solo logre pasar soldados! —exclamó Askon, repartiendo golpes de espada a los que intentaban sortear las vallas de madera.

Dârion también se había posicionado a unos metros de él, repeliendo a los que lograban encaramarse en un punto cercano al portón, matando e hiriendo a varios enebergs. La lucha era encarnizada y los invasores peleaban desordenadamente, pero con una fuerza inusitada, solo después de tres o cuatro estocadas se dejaban vencer. Ninguno lograba aún sobrepasar la línea defensiva cuando se escuchó nuevamente el sonido del cuerno, y tan rápidamente como habían aparecido, retrocedieron hasta perderse nuevamente en las penumbras.

Agitados y temblorosos, los veideos se quedaron en silencio observando la repentina retirada, incrédulos ante lo que acababan de ver. Askon se acercó a uno de los enebergs y tomándolo del ralo y apelmazado cabello levantó su cabeza para verlo con más detención.

—¡¿Pero, qué demonios es esto?! —dijo bajo la atenta mirada de los soldados que examinaban los cuerpos de los atacantes, rematando a algunos que a pesar de sus heridas todavía respiraban. No eran demasiado altos, pero sí de contextura fuerte y fibrosa, con una musculatura respetable.

—¡Tú, Benckerang, ve por Ambross, lo necesito aquí de inmediato! —dijo Dârion acercándose a Askon.

El joven salió corriendo a cumplir la orden, mientras el comandante se agachaba para mirar a la criatura.

—Parece un goblin —dijo Askon sosteniéndolo aún por el cabello.

—Imposible, son demasiado grandes, los goblins con suerte superan el metro de altura. Ambross sabrá qué demonios son estas cosas... Te aseguro que regresarán. Reorganiza a los demás, quiten los cuerpos y córtenles las cabezas. Luego ensártenlas en picas y levántenlas fuera de la empalizada, al menos eso podría intimidarlos. A los nuestros déjenlos junto a los establos, los heridos a la enfermería, ¡rápido Askon, necesitamos estar listos para cuando regresen!

El lugarteniente salió presuroso a cumplir las órdenes. Había allí al menos unos once cadáveres de enebergs y cinco veideos, más otros seis heridos, pero no de gravedad. Abajo reinaba la confusión, y Askon intentaba poner calma entre los soldados entregando las órdenes de su líder. Unos minutos después, Ambross llegaba hasta el centro del campamento donde un par de soldados ya comenzaban a decapitar los cadáveres. Dârion bajó a reunirse con el viejo maese, luego de dejar catorce arqueros vigilando. Se acercó a él y lo llevó hacia un lado, notando que contemplaba la escena en silencio y con rostro desfigurado.

—S... son padres de trasgos... —masculló con tono sombrío.

—¿Padres de trasgos?

—Sí... Se les conoce como enebergs o subterráneos, son más grandes que los goblins o los trasgos. Al parecer se retiraron de los continentes en tiempo inmemoriales, y se dice que viven escondidos bajo tierra —explicó Ambross.

Dârion lo miró en silencio mientras limpiaba su espada sobre las rústicas ropas de uno de los cadáveres.

—Son muy salvajes, difíciles de vencer —continuó el viejo—, además de carnívoros temibles, que se sabe recurren incluso al canibalismo en tiempos de necesidad. Tenemos que salir de aquí cuanto antes, este campamento es una ratonera, nos asediaran hasta que no nos queden fuerzas para resistir.

—Debemos aguantar al menos toda la noche, seguramente el día será un aliado para nosotros.

—Es posible, pero yo no me confiaría de ello. De todas formas, intentar escapar de manera desordenada en la oscuridad sería un suicidio. Nuestra sobrevivencia ahora depende de la fortaleza de tus hombres Dârion, deben aguantar hasta donde sus fuerzas se los permitan, ellos no se quedarán así.

… De pie sobre una roca, cimitarra en mano, Gundall veía con ansiedad como regresaban sus combatientes, esperando el primer reporte. Thrum llegó corriendo agitadamente hasta su posición. Era un eneberg de mediana edad, increíblemente fuerte, algo torpe para ser líder, pero lo suficientemente competente como para secundar a Gundall, quien lo miró de soslayo esperando las noticias.

—No son muchos, pero parecen bien entrenados. Perdimos a unos diez y tenemos varios heridos. Creo que cayeron seis o siete de los suyos.

—¿Seis o siete? ¡Realmente no me explico como pudimos acabar con los jodidos trasgos con tan una tropa tan inepta! —dijo molesto.

—¿Y ahora qué jefe?

—Déjalos, deben estar desorientados y asustados, no les será fácil reorganizarse. En dos palmos de luna hacia el oeste atacaremos nuevamente. Usaremos la vieja táctica de entrar y salir, así nunca sabrán cuántos somos en realidad.

—¡Entendido Señor!

Luego de revisar a los heridos, Dârion ordenó a varios hombres salir de la empalizada e instalar las picas con las cabezas de los enemigos abatidos a unos quince metros de los portones. Lo hicieron de manera rápida y ordenada, bajo la vigilancia de los arqueros que, desde las rústicas almenas hechas de troncos cubrían sus posiciones, atentos a cualquier movimiento. Después reunió a todos en el centro del campamento, dejando solo a los catorce centinelas en la parte alta.

—¡Compañeros, enfrentamos seres desconocidos, parecen ser fuertes y desalmados, tenemos que resistir hasta la mañana para poder salir como teníamos presupuestado!, ¡les pido entregar todo lo que tengan y aguantar durante el asedio, cuento con ustedes!

Los guerreros lanzaron un sonoro grito golpeado sus espadas contra los escudos.

—Askon, suban los tres escorpiones hasta las torretas de inmediato, no hay tiempo que perder.

—Sí Comandante, pero eso demorará un rato, usted sabe que aún no se han ensamblado.

—¡Entonces qué esperas, da la orden!

El lugarteniente salió corriendo a entregar las instrucciones y unos momentos después, bajo la supervisión de los dos ingenieros de la expedición, los soldados ensamblaban los escorpiones en las torretas de madera construidas para ello, pero que debido a la tranquilidad de los primeros días no habían sido montadas por considerarlo innecesario. A toda velocidad, los guerreros armaban las piezas de artillería, mientras otros traían los pesados proyectiles de acero en forma de flecha con cuchillas a lo largo de su astil para tener todo preparado.

Luego de ordenar a Ambross reunir en la tienda de comando a las diez mujeres y trece niños que formaban parte de la expedición, Dârion se dirigió a revisar las posiciones de defensa. Ya los escorpiones estaban prácticamente listos, y los encargados dispuestos para usarlos. También habían cubierto muchas flechas con lino y aceite para lanzarlas e iluminar el campo apenas sintieran algún ruido que les indicara que los enebergs se acercaban de nuevo. Se paró en una de las torretas pensando en sus opciones cuando una mujer vestida con ropas de hombre se le acercó.

—Comandante, no me quedaré a esperar la muerte escondida en una tienda, quiero pelear.

Dârion la miró, era una mujer veidea de unos treinta años, de cabello rubio, casi blanco y grandes ojos violeta que lo miraba con intensidad espada en mano.

—¿Eres la nieta de Ambross cierto? ¿Cuál es tu nombre?

—Sí Comandante, mi nombre es Beriel.

—¿Acaso tu abuelo lo autorizó?

—Está avisado, con eso es suficiente, sabe que cuando tomo una decisión, intentar convencerme de lo contrario es solo perder el tiempo.

—Deberías ayudarlo a ocuparse de los heridos.

—Señor, mi espada al luchar es tan hábil como mi aguja al suturar, y hay tres maeses encargándose de ellos.

Dârion estaba algo impresionado por su vehemencia, y luego de unos segundos asintió. Ella sonrió y enfundando su espada tomó uno de los arcos lista para usarlo cuando llegara el momento.

El silencio era absoluto. Los defensores se miraban entre sí, como buscando fuerza en la presencia de sus compañeros, intentando pensar que este era solo un inconveniente y que no podrían ser derrotados por una horda de salvajes inferiores.

Askon llegó hasta el lado de su comandante, una vez que se aseguró que los otros dos escorpiones estuvieran ya listos para ayudar a repeler cualquier nuevo ataque. Miró algo confundido a la mujer, pero guardó silencio. Dârion, flanqueado por su lugarteniente y por Beriel, se quedó inmóvil, esperando lo que vendría.

Al otro lado del valle, Gundall respiró hondo y ordenó a sus guerreros que se preparan para el segundo ataque.

—¿Está listo el jodido grendell? —preguntó con tono de hastío a Thrum.

—Listo jefe ¿Quiere usarlo ya?

—No aún, antes veremos la reacción de los violeta, ya decidiré luego, pero ténganlo listo. Si lo enviamos de manera innecesaria no encontraremos más que despojos cuando esto acabe. Solo lo usaremos en caso de absoluta necesidad.

Acto seguido hizo un gesto al eneberg del cuerno para que diera el toque de asalto, y se quedó sobre la roca viendo como avanzaban con una sonrisa irónica.

—Veamos de qué están hechos realmente ojos violetas.

—¡Ya vienen! —gritó Askon— ¡Enciendan sus flechas!

Esperaron la orden para disparar bajo el ruido del avance de los enebergs, que aullaban como una jauría de lobos mientras se adelantaban rápidamente. Cuando los veideos calcularon que estarían a unos cincuenta metros de su posición, Askon ordenó lanzar las flechas. El cielo se iluminó con los proyectiles que bajaron rápidamente y cayeron sobre los asaltantes. Pudieron ver que no era un grupo tan numeroso, lo que tranquilizó un poco a Dârion que dio la orden de disparar a discreción.

Las flechas seguían cayendo dando cuenta de varios atacantes que caían heridos, aunque no muertos, una sola no era suficiente para acabar con ellos, pero si servía para mermar sus fuerzas. El comandante ordenó a Askon usar los escorpiones, que escupieron sendas lanzas de hierro que atravesaron con facilidad a varios de los enebergs, que sorprendidos ante aquella arma se detuvieron. El ataque de los tres escorpiones simultáneamente había prácticamente partido a la mitad a por lo menos diez de ellos y a un par de búberins que chillaban horriblemente por el dolor de sus heridas, escupiendo sangre a borbotones.

Dudaron unos momentos, observaron las cabezas de sus congéneres adornando las picas veideas y entendieron que no sería una tarea fácil, más aún, cuando notaron que los escorpiones volvían a apuntar hacia ellos; entonces, comenzaron a retroceder desordenadamente, huyendo en pánico.

—¡Alto! —ordenó Askon— ¡No disparen de nuevo, se retiran!

Dârion lo miró asintiendo con gesto de satisfacción.

Gundall vio como sus montoneros regresaban corriendo lo más rápido que sus piernas les permitían. Desde su posición observó el efecto de la artillería en sus huestes, aunque no alcanzó a adivinar que era realmente lo que habían utilizado los veideos. Se giró hacia Thrum con rostro furioso.

—¡Qué venga de inmediato Harg!

El eneberg corrió al lugar donde se reunían los que regresaban de la fallida incursión y el primero en llegar fue Harg, que desmontó del búberin lanzando maldiciones y pateando el suelo. Thrum le hizo un gesto para que se acercara.

—¡¿Qué demonios fue eso?!

—¡Tienen artillería los muy hijos de perra! —respondió el jinete.

—El jefe te llama...

A sabiendas de la reacción que podría tener Gundall, caminó hacia el lugar algo nervioso y sujetando la empuñadura de la cimitarra que colgaba de su cinto. Al llegar notó la expresión del líder, que mostrando su molestia, se le acercó en silencio, hasta que estuvo a centímetros de su rostro.

—¡Por qué no atacaste estúpido mal parido!

—No pude hacer nada, los demás corrieron despavoridos cuando los veideos usaron la artillería.

Gundall lo rodeó, era el más alto y corpulento de todos, temido por su ferocidad y mal humor. Fueron segundos interminables para el eneberg que sujetaba su arma, temeroso de que su líder decidiera desquitarse con él.

—¡Está bien, de todas formas nos habrían hecho mierda! —. Ahora vete y reorganízalos, y cuenten cuántos quedan, tal vez necesitemos refuerzos.

Le dio un golpe con la mano abierta con todas sus fuerzas al soldado en su calva cabeza que casi lo hizo caer.

—¡Ahora desaparece antes que me den ganas de partirte en dos!

Quedaban aún cerca de tres horas para que comenzara a amanecer, pero hasta el momento habían resistido de buena forma la inesperada incursión de los norteños. Sin embargo, Dârion no se confiaba, aunque sabía que los escorpiones le habían dado una importante ventaja táctica y psicológica, también tenía claro que estaban solos en una tierra donde podría haber miles de aquellos seres, y era cuestión de tiempo antes que se decidieran a ir sobre ellos con todo. Esperaba que su último fracaso lograría confundirlos de tal forma que demoraran bastante tiempo en recomponerse.

—Iré a revisar a los heridos Askon, no volverán a atacar tan pronto, creo que los sorprendimos —dijo el comandante—. Cualquier novedad me la informas de inmediato.

—Voy con usted Señor —agregó Beriel dejando el arco apoyado en la empalizada—. También quisiera evaluar como están.

Dârion asintió y ambos bajaron las escaleras para ir hasta la enfermería levantada con unas precarias lonas sobre postes de acacias, dispuestos en forma de barraca y abierta en su parte delantera. Allí se veían las lámparas de aceite y los hombres a cargo de Ambross, atendiendo a los guerreros lesionados. Entraron en silencio y la mujer revisó uno por unos a los hombres y el trabajo de los maeses. Luego se acercó a uno de ellos.

—Bien hecho, veo que tienen todo bajo control —el hombre sonrió y retomó sus tareas.

—¿Qué puedes decirme de su estado? —preguntó Dârion.

—En general son heridas leves, nada grave, de hecho creo que por lo menos cuatro de ellos podrían regresar a unirse a los demás cuando terminen de hacerles las curaciones. Me preocupa que las armas de eso engendros estén contaminadas, por su aspecto no me extrañaría que provoquen infecciones graves, quién sabe para qué más las usan, pero por ahora lo importante es detener las hemorragias y cerrar las heridas, después veremos cómo evolucionan.

—Muy bien, creo que habrá tiempo para eso, lo pensarán dos veces ahora antes de regresar.

—Seguro que sí Señor.

Varios enebergs luchaban por mantener controlado al grendell al que tenían sujeto con grandes cadenas que aprisionaban sus pies y brazos. Era un gigante de aproximadamente siete metros de altura, piel oscura, lampiño y que arrastraba sus largos brazos que en ocasiones usaba para impulsarse y dar grandes saltos. Era la artillería de los subterráneos y por generaciones se habían dedicado a amaestrarlos. De inteligencia muy reducida, a pesar de sus características antropomorfas, no tenían un lenguaje claro, pero lograban generar lazos con sus propietarios, quienes los preparaban para realizar tareas pesadas y luchar cuando era necesario. No usaban armas, no las requerían, solo su fuerza bruta les bastaba para arrasar con pelotones completos cuando había enfrentamientos de las diferentes tribus de enebergs. En este caso su amo era Thrum, y solo a él le obedecía. No era su único grendell, se dedicaba a entrenarlos y venderlos.

El segundo de Gundall, llegó hasta donde se encontraba junto a una estaca, atado a ella con una gruesa cadena desde un collar que rodeaba su cuello. Se veía molesto e impaciente cuando Thrum llegó hasta él.

—¡Háganse a un lado tarados! —dijo a los que lo sujetaban—. Ven aquí Igrim.

El grendell se calmó acercando su rostro al caudillo que le entregó una pierna de carnero que la criatura devoró en un santiamén.

—Llegó la hora de divertirse amigo. Ustedes, descansen, pronto atacaremos nuevamente.

Las órdenes de Gundall eran reordenar a sus dirigidos y una hora antes del amanecer lanzarse con todo lo que tenían. Les quedaban unos ciento cincuenta guerreros, que estarían liderados por el gigante que intentaría abrir una brecha en la empalizada, para permitir el ingreso de los subterráneos y terminar de una vez con su objetivo.

En el campamento todo era silencio. Una fuerte ventisca se había levantado y resoplaba entre los troncos que formaban la barrera defensiva. Los veideos no quitaban su vista del valle, que al parecer era lo único que los separaba de sus enemigos. Askon, caminaba entre los arqueros revisando que todo estuviera preparado para la próxima embestida. Ni siquiera se les pasaba por la cabeza que los enebergs se hubieran retirado tras su última intentona.

Luego de acabar su ronda, Dârion regresó junto a Beriel hasta lo alto de la empalizada y allí se quedaron, esperando. Pasaban los minutos sin ninguna novedad, algunos soldados mostraban indicios de agotamiento, pero sacudían la cabeza para mantenerse alertas ante cualquier movimiento.

Beriel miró las montañas y notó que una tenue luz comenzaba a recortar los perfiles de las mismas, dejando ver que el amanecer ya no estaba tan lejos. Tenía la secreta esperanza que la escaramuza hubiera terminado, cuando otra vez sintieron el cuerno, los aullidos y el suelo temblando.

—¡Aguanten! —gritó Askon levantando su mano— ¡Esperen a mi señal!

Pasaron los segundos y los nervios se apoderaron de algunos defensores. Uno de ellos giró para mirar a Askon y al quitar la vista de su arco, sumado a la ansiedad, soltó la ardiente flecha que se elevó sorprendiendo a los demás, que ante la duda prefirieron imitarlo.

Cuando los aguijones caían sobre las tropas de Gundall, pudieron ver que esta vez eran muchos más, pero como aún se encontraban a unos cien metros, no tuvieron absoluta claridad de ello.

Dârion intentó reaccionar rápido ordenando que cargaran y volvieran a disparar, justo cuando sintieron que la tierra temblaba junto a un gran estruendo. En el momento en que las flechas caían nuevamente, vieron cómo se abría paso entre los enebergs la figura del grendell que se abalanzaba a toda velocidad hacia ellos. Algunos quedaron paralizados ante aquella ominosa visión y demoraron en reaccionar. Askon gritaba con desesperación para que los veideos retomaran su aplomo y continuaran disparando. Las flechas cayeron sobre el gigante que dio algunos bramidos pero no se detuvo. En una especie de arnés que tenía algo similar a una montura tras el hombro derecho del grendell, Iba Thrum dirigiendo el ataque.

Era una visión digna de una pesadilla y pronto entendieron que rechazarlos esta vez no sería nada fácil. Prepararon los escorpiones y cuando el alba ya empezaba a asomar tímidamente, permitiendo tener una mejor visión de lo que enfrentaban, uno de ellos disparó su proyectil sobre el imponente ser, que sin mucho esfuerzo desvió la lanza de hierro cubriéndose con su antebrazo con una rapidez que espantó a los veideos, que seguían disparando.

Un nuevo tiro de escorpión falló su objetivo principal, pero hizo volar por los aires a un grupo numeroso de enebergs que, lanzando gritos de dolor, cayeron regando sangre y miembros mutilados por el valle, acobardando a algunos.

Mientras los dos primeros escorpiones cargaban nuevamente, el tercero disparó y esta vez voló directo hacia el brazo derecho del grendell cortándolo de cuajo desde el hombro y lanzando lejos Thrum. El gigante dio un bramido aterrador y se detuvo mirando la herida, ahora caminaba más lento, algo confundido. Ya no tenía a su amo con él y comenzó a buscarlo, hasta que lo vio aturdido unos metros detrás, pero cuando giró para recogerlo, varios jinetes pasaron por sobre el eneberg montados en los búberins, pisoteándolo hasta dejarlo agonizante.

Los defensores miraban la escena espantados, pero con algo de alivio al ver que el grendell detenía su marcha. Furioso, por la casi segura muerte de su amo, tomó a uno de los jinetes en el aire lanzándolo sobre otros tres que rodaron formando un tumulto, contra el que fueron a chocar por lo menos diez jinetes y sus búberins.

Unos cincuenta subterráneos seguían avanzando y lograron llegar hasta la empalizada colocando nuevamente las escaleras, bajo una lluvia de flechas que los hacía retroceder pero solo los herían, excepto los que eran alcanzados por Beriel, que con una destreza increíble mandaba sus disparos justo en la frente o en los ojos de las criaturas que caían de inmediato. A lo lejos se veía al gigante agachado sobre el cuerpo de Thrum que agonizaba. Luego lo levantó y corrió hacia el bosque perdiéndose en sus lindes. Askon notó aquello y ordenó a los soldados que no estaban en la parte alta salir a través de una trampilla para rodear a los asaltantes, encerrándolos entre ellos y los arqueros. Unos cuarenta y cinco veideos salieron y comenzaron una caótica batalla cuerpo a cuerpo, superando en rapidez y destreza por mucho a los atacantes que sucumbían, aunque no sin antes llevarse por delante a varios defensores. La batalla se había instalado ahora en las afueras del campamento y comenzaba, contra todo pronóstico, a inclinarse a favor de los veideos.

Gundall observaba descompuesto desde su posición, lanzando maldiciones. Sus escoltas se miraban con temor hasta que le ordenó a uno de ellos traer a su búberin.

—¡Si alguno sobrevive me lo llevan al cuartel! —ordenó furioso montando al animal, para luego chasquear las riendas y retirarse.

En el campo de batalla era claro que los enebergs estaban sobrepasados, y algunos huían hacia la retaguardia.

—Bien —le dijo Dârion a su lugarteniente—, asegúrate que dejen a alguno vivo para interrogarlo. Ya es hora de comenzar a preparar la evacuación —luego miró a sus hombres con satisfacción—. ¡Victoria veideos, Erit Valias los saluda con orgullo!

Los que ya dejaban el combate regresando hacia el campamento, respondieron con vítores y golpes de espada, mientras algunos aún remataban a los últimos subterráneos que no alcanzaron a huir.

Habían ganado una batalla, y a pesar de sentirse aliviado Dârion sabía que sus problemas apenas comenzaban.

ENCUENTROS

Nóntar, caminó lentamente hacia las mazmorras, seguido de Gânmion, por la larga escalera de caracol que descendía desde la torre de vigilancia de los celadores. Los calabozos estaban a más de veinte metros bajo tierra, en una estructura adosada al cuartel de la guardia real cerca del palacio, donde unos días antes se había preparado la defensa de la fortaleza. Allí estaba también la trampilla a través de la cual Lía y varios soldados huyeron hacia fuera de la ciudad; sin embargo, Vérdal fue cuidadoso, la cubrió muy bien con paja y tierra, poniendo nuevamente la mesa sobre la entrada a los túneles.

Cuando ya se acercaba al primer nivel de la prisión, sintió un olor asqueroso, mezcla de suciedad, humedad y podredumbre, que lo hizo contener una arcada. Era realmente un pequeño infierno, y se preguntó si en verdad Torre Oscura era más castigo que aquel repugnante sitio, en donde se encerraba de manera temporal a los delincuentes que esperaban sus juicios, sin más compañía que las ratas.

Al acercarse a las celdas, le hizo un gesto a su escolta para que lo esperara, y preguntó a uno de los celadores donde estaba encerrado Unger. El guardia era un tipo gordo, tuerto y de aspecto imponente, llevaba colgando de su cinturón un gran manojo de llaves. Al ver llegar a Nóntar, se inclinó respetuosamente y sin decir nada lo guío hasta donde se encontraba el exministro, sentado sobre una manta mugrosa que cubría un montón de heno. El guardián del reino se acercó a la reja y le indicó al celador que se retirara.

—Perdón por dilatar tanto mi visita Unger, pero tenía muchas cosas que atender antes —dijo el príncipe en tono sereno.

Unger lo escuchó y miró hacia la reja, sorprendido y algo descompuesto. Se puso de pie con dificultad, debido a la debilidad generada por la mala alimentación y la incomodidad del improvisado camastro en el que apenas lograba conciliar el sueño.

—Majestad, solo dígame por qué me ha puesto en esta situación, mi único pecado fue ayudarlo a...

—¿Ayudarme a qué Unger? ¿A meterme en un lío del que luego me fue imposible salir? Vamos Ministro, ambos sabemos cuál era su real objetivo en todo esto, simplemente vio la oportunidad y se lanzó sobre ella, yo no representaba para usted nada más que un instrumento que le permitiera llevar adelante sus planes. Si cree o creyó que era un borracho ingenuo, déjeme decirle que cometió un grave error.

—No entiendo a lo que se refiere, Señor —respondió el prisionero bajando la mirada.

—Unger, a pesar de todo creo que te debo una explicación, aunque tal vez ni siquiera es necesario en las actuales circunstancias, te haré ver algunas cosas que ayudarán a despejar tus dudas —respondió Nóntar—. Hasta antes del viaje de mi hermano, todo lo relacionado con la administración del reino me era absolutamente indiferente, no me interesaba, sabía que nunca lograría llegar al trono, lo había entendido hacía mucho y por eso me dediqué a disfrutar de mi insignificante existencia entregándome a "los placeres de la vida". Creía que toda mi preparación en cuestiones de Estado había sido una pérdida de tiempo, y eso me frustró al punto de ni siquiera querer estar en el palacio, más aún cuando Ervand me miraba por encima del hombro. Todo cambió al comprobar que la situación respecto a las demandas del ejército era en realmente grave, pensé que era mi deber intervenir, a pesar que las cosas ya se habían salido de control. No te mentiré, el levantamiento me tomó por sorpresa, pensé que aún podría evitarse, pero de pronto ya estaba en medio de una disputa que inexorablemente iba a explotar tarde o temprano.

Unger escuchaba en silencio. De verdad quería saber a qué se enfrentaba. La incertidumbre de la reclusión sin tener claridad sobre las verdaderas razones del príncipe, lo hacían sumirse en la angustia más profunda ante el nuevo escenario.

Nóntar, con las manos en la espalda, le indicó al guardia que abriera la reja y entró parándose justo frente al exministro.

—Creo que lo que viene debo decírtelo a la cara y no con esos barrotes en medio, después de todo, has servido por muchos años a la corona, mereces aún algo de respeto —dijo Nóntar con gesto serio antes de proseguir—. La verdad amigo es que me subestimaste. Te aseguro que sé mucho más de política que mis hermanos, los miembros del gabinete o tú mismo, que a pesar de ser un hábil estratega en estos asuntos, sueles cegarte por tu ambición. Cuando ya vi que la situación no tenía vuelta atrás, decidí seguirte el juego, no era el mejor momento para tomar decisiones, pero tenía claro que cuando las cosas se calmaran, tendría que reordenar algunas piezas.

Nóntar hizo una pausa y Unger solo lo observaba, meditabundo, pensando bien en que responder cuando tuviera la oportunidad.

—No creas que pasé por alto lo del oráculo, sé cuál era tu intención, usaste a esa bruja para meterte en mis sueños. Como dije en la audiencia de Zat, conozco a la perfección el arte de los onironautas... Dicho eso, creo que iré al grano.

Nóntar se acercó al viejo mirándolo fijamente a los ojos, lo que logró intimidar a Unger que seguía escuchando en silencio sin siquiera atinar a defenderse.

—No eres confiable Unger, solo buscas tu beneficio y hacerte con el poder a cualquier precio. Si hay algo que ha hecho mi hermano que pudiera considerarse sabio, a pesar de su falta de visión, es haberte sacado del puesto de primer ministro. Ambos sabemos que intentarías deshacerte de mí cuando consideraras que ya no te era útil. Ahora... me imagino que te preguntarás por qué te nombré primer ministro a pesar de todo. Pues es sencillo, fue mi particular manera de despertar el odio hacia ti entre el resto del gabinete, de esta forma nadie se opondría a tu arresto llegado el momento, y como habrás comprobado mis cálculos fueron certeros. No pensaba resolverlo tan pronto, pero tu insistencia en deshacerte de Zat, me dio la oportunidad perfecta y no quise desperdiciarla. En el afán de precipitarte hacia la eliminación de tus enemigos, no hiciste más que poner el último clavo de tu ataúd. Además, necesitaba la vacante de primer ministro para otros planes, así que maté dos cuervos de un solo tiro. Pero tranquilo, lo digo en sentido figurado, por ahora tu cabeza se quedará sobre tus hombros, quién sabe si en algún momento podrías serme útil.

Unger le sostuvo la mirada y por fin se decidió a hablar.

—Está bien Señor, veo que lo que haga o diga no cambiará nada. Solo le diré que lo que se le viene encima no será fácil y espero, a pesar de todo, que Los Cuatro lo acompañen, por el bien del reino. Después de aclarar esto, le agradecería que me dijera qué va a hacer conmigo de una vez por todas.

—Aún no lo decido —respondió Nóntar esbozando una irónica sonrisa—. Lo que sí te puedo asegurar es que mientras yo esté a cargo de la administración de Fáistand, tú mi amigo —dijo tocando el pecho del prisionero con su dedo índice—, no volverás a ver la luz del sol. Ahora, si me permite Lord Molen, debo atender otros asuntos. Espero haber acabado con la tortura de la incertidumbre y hacer menos penosa su reclusión... Disfrute de su estadía —finalizó Nóntar haciendo una pequeña reverencia antes de irse.

Cuando subía las escaleras para regresar, ordenó a Gânmion citar al gabinete a la brevedad. Por su parte, Unger se quedó sentado en el suelo, aunque aún algo incrédulo, intentando asimilar sus nuevas circunstancias. No tenía aliados, ni amigos a los que acudir, sus ansias de poder le habían hecho aislarse, y la muerte de Yldor lo dejó irremediablemente en una posición de absoluta soledad. Las cartas estaban jugadas y su mano no fue suficiente para ganar la partida. Tenía aún una última y secreta esperanza, y a ella se aferraría de momento.

Mientras tanto, el canciller o ministro de relaciones exteriores, Hordon Drummer acababa de arribar a Fértlas para entrevistarse con lord Lemand, quien había estado sopesando la situación y analizando sus opciones. Una alianza era necesaria, pero con quién. Todavía no había noticias del rey, podría estar incluso muerto, nada tampoco de la princesa, probablemente la única opción que podría darle algo de certeza era Nóntar, parecía obvio, pero no descartaba una férrea oposición de parte de Hallrron, lo conocía bien, y difícilmente aceptaría apoyar el levantamiento del ejército en la capital.

Se encontraba en su despacho esperando, hasta que Hordon entró saludando parsimoniosamente a su anfitrión.

—Milord, agradezco el haberme recibido a la brevedad.

—Adelante Ministro, creo que la actual situación exige premura, vamos al asunto que nos convoca.

Hordon se sentó frente al delegado de Fértlas con rostro serio.

—Le traigo un mensaje del príncipe Nóntar, nuevo guardián del reino.

—Guardián del reino... bueno, ya me dará los detalles, por ahora me interesa saber que dice el mensaje.

El canciller sacó desde un cilindro de cuero, un pergamino que puso sobre el escritorio del viejo con el sello de la alianza.

—El príncipe quiere evitar un inútil derramamiento de sangre, y para eso necesita que los delegados entiendan la gravedad de la situación. Ambos sabemos que probablemente Hallrron no aceptará condiciones y más bien las querrá imponer él. Es por eso que su majestad me ha enviado para pedirle apoyo en cuanto a recursos y disposición a negociar con la finalidad de que este episodio no derive en una guerra civil.

—¿Es lo que dice el papel?

—Eso... y algo más...

—Hable de una vez Ministro.

—El príncipe le ofrece el puesto de primer ministro de la corona, con todos los privilegios que conlleva, asegurándole inmunidad y protección para usted y su familia ante todo evento.

Lemand lo miró en silencio algo incrédulo, rompió el sello y comenzó a leer bajo la atenta mirada de Hordon, que esperaba su reacción un poco nervioso. Luego se puso de pie y caminó hacia la ventana del despacho sin hablar, hasta darle la espalda al canciller.

—¿Se sabe algo del rey o la princesa?

—Nada, por lo menos cuando dejé la capital no había noticias. Por eso es importante reorganizar el reino lo antes posible, antes que caiga en la anarquía.

—La verdad creo que ese viaje del rey fue bastante imprudente, no era el momento, y menos aún la forma. Si detrás de esto hay algún tipo de conspiración no me extrañaría que incluyera deshacerse de alguna manera de Ervand.

—De hecho Lord Lemand, el príncipe ha acusado de conspiración al ministro Unger Molen y lo ha puesto bajo arresto.

Recién después de aquellas palabras, Lemand giró sobre sí para darle nuevamente la cara a su huésped.

—¿Acusado de conspiración? Eso es... Unger... creo que comienzo a entenderlo todo. La verdad no me extrañaría que así fuera. Pero ese es otro asunto. Entonces, si me ofrecen este cargo es porque Zat está fuera de escena ¿Qué ha pasado con él?

—Fue destituido por rebeldía, no quiso participar del nuevo gobierno y se ordenó para él reclusión permanente en su domicilio.

—Ya veo... Necesito pensar en esto, por favor, descanse, mañana le haré saber mi decisión, no es algo que se pueda tomar a la ligera.

—Por supuesto Señor, solo espero que elija con sabiduría, hay que evitar un enfrentamiento interno a cualquier precio.

Se acercaban tiempos convulsos y tanto Lemand como Hallrron lo sabían. Sobre cómo reaccionaría el "Señor del Puerto" ante los acontecimientos, no había muchas dudas, todos quienes estaban al tanto de la situación y lo conocían pronosticaban que no se hincaría ante otro que no fuera el rey Ervand. Con el respaldo de su ejército podría ser una gran amenaza a los planes de Nóntar y por sobre todo, respecto a las posibilidades de buscar una salida pacífica. Era un hombre sabio y curtido en estas lides que seguramente intentaría negociar antes de levantar la mano contra la capital, pero si se veía obligado, era casi seguro que respondería militarmente.

En la Torre de Marfil, Hallrron revisaba el documento que escribiera a Nóntar, aquel que había guardado en una caja a la espera de más detalles de lo ocurrido y justo después de recibir —desde Vesladar—, el mismo mensaje enviado a sir Lemand en Fértlas, solo que al delegado del puerto no se le anunció la visita de emisario alguno, sino que se le ordenaba esperar novedades e instrucciones respecto a las decisiones de las nuevas autoridades. Ante ello, decidió de inmediato responder al príncipe, solicitando que entregara la administración y que como servidor de la corona no aceptaría un gobierno ilegítimo. Ahora estaba claro que más allá de lo que pudiera haber pasado antes, durante y después del levantamiento, Nóntar era quien lideraba Fáistand, a lo menos parcialmente.

Destruyó la nota en la que le pedía al príncipe convencer a los supuestos usurpadores de deponer su actitud, cambiándola por una en la que le expresaba directamente la necesidad de reunirse con ambos delegados para decidir la mejor forma de administrar el reino hasta tener noticias de Ervand. El mensaje, que sería despachado de inmediato, era corto, preciso y no dejaba espacio a cavilaciones, era acceder o simplemente no aceptar la propuesta.

La princesa continuaba escondida en la fortaleza, aislada del resto, Hallrron había insistido en la necesidad de mantener en secreto su llegada, y los pocos soldados que vieron a Lía fueron advertidos de mantenerlo en reserva, bajo la amenaza de ser castigados por cualquier filtración referente a su presencia en el puerto.

Ni siquiera había vuelto a ver a Maynor luego de su arribo, solo lo mandó a llamar cuando estaba con lord Arton en la sala de conferencias del castillo de la ciudad varias jornadas después. El astaciano, que también era observado de cerca por dos soldados asignados a la tarea, se sentía intranquilo. Llevaba días recluido en un cuarto, aunque bastante cómodo. Solo se le permitía bajar al comedor de la guardia cuando los soldados ya habían acabado de usarlo, siempre acompañado de la pareja de hombres que no lo dejaban a sol ni a sombra.

Estaba leyendo un tratado sobre armería naval cuando uno de los guardias le informó que se requería su presencia a solicitud de la princesa y de lord Hallrron. Maynor, caminó flanqueado por los soldados, avanzando por el impecable y cuidado pasillo que llevaba desde las habitaciones a un vestíbulo gigantesco, cubierto de pinturas y tapices, en donde solían celebrarse los bailes de Acantilado reuniendo a las principales familias de la ciudad. Luego, otro pasillo llevaba a una hermosa puerta de roble con enchapados de bronce que daba la entrada a otra sala. Una vez que los centinelas la abrieron vio que al fondo de la misma, donde se encontraba el trono del señor del puerto, estaba parada Lía junto Hallrron, quien lo miraba con rostro serio mientras ella esbozaba una sonrisa. No la había visto desde que llegaron, ahora llevaba un hermoso vestido verde largo y ajustado que resaltaba su figura, con un peinado que dejaba su rostro despejado. Lucía en verdad hermosa, y Maynor se sorprendió ante aquel cambio.

—Por favor Maynor acércate —dijo Lía—, tenemos que hablar.

Sin decir palabra y algo nervioso, el hombre avanzó hasta donde le había indicado la princesa quedando a un metro de ella y de Arton, que lo miró y desenvainó su espada, asustando un poco al astaciano que se quedó inmóvil y algo pálido.

—Maynor Bunster —dijo Hallrron con su espada en la mano—, por favor hinca tu rodilla derecha.

El hombre, aún confundido, obedeció sin saber que esperar. Se quedó mirando el piso mientras Hallrron ponía la hoja de la espada sobre su hombro.

—Por el poder que se me ha conferido como Lord y Sir de la casa Hallrron, Señor de Acantilado Dolmen y Delegado Real, yo te nombro Caballero del reino de Fáistand, en retribución por el alto servicio que has entregado a la corona, protegiendo a la Princesa Lía Kerstier. Desde hoy serás conocido como Sir Maynor, Guardián de Travesías... Puedes ponerte de pie.

Maynor estaba paralizado, no lograba asimilar tan de golpe las palabras de lord Hallrron, se quedó unos segundos hincado con la cabeza gacha, y sintió que algunas lágrimas llenaban sus ojos, lo que lo avergonzó un poco. Había pasado por tanto, el deshonor de su esposa, el maltrato de las autoridades, la pérdida de su familia y libertad, la certeza de la muerte por ejecución, y ahora, de pronto, en medio de ese gran torbellino en que se había visto envuelto a pesar de serle ajeno, era reconocido por sus actos.

Lentamente se levantó y vio que Lía le entregaba una hermosa espada junto a una vaina de plata.

—Aquí tiene Sir Maynor, cuenta con mi eterna gratitud, y espero poder algún día pagar mi deuda.

—Al contrario mi Señora, el que aún sigue en deuda soy yo.

Usted me perdonó la vida, y aunque estoy ansioso por iniciar la búsqueda de mi familia, le juro que mientras sea útil no me iré de estas tierras, hasta asegurarme de haber saldado lo que le debo.

Lía sonrió mientras Maynor aceptaba la espada, y ante la sorpresa de los presentes abrazó al hombre.

—Felicidades amigo, eres libre de irte, pero si así lo quieres entonces te nombro mi escolta personal. No podría confiarle mi vida a alguien más adecuado.

—¡Guardia! —dijo Hallrron—, lleve a Sir Maynor al cuartel, esta noche velará su armadura en la capilla de Los Cuatro y mañana podrá asumir la tarea que la Princesa le ha encomendado, y recuerden, ni una palabra a nadie.

Maynor hizo una reverencia y retrocedió para retirarse junto a los soldados.

—Y ahora hija, te tengo una sorpresa que sé mejorará tu ánimo —dijo Hallron dirigiéndose a Lía, que lo miró un tanto confundida—. Cuando salgan hagan entrar a nuestros invitados —ordenó a los soldados que abandonaban el salón junto a Maynor.

El astaciano salió de vuelta al pasillo donde había un hombre esperando, cruzaron las miradas mientras el nuevo caballero pasaba junto a ellos. Lo acompañaba una hermosa mujer vestida con traje de campaña que apenas sí notó su presencia, mientras ajustaba una hebilla del peto de cuero que llevaba.

—Pueden pasar Señor —dijo uno de los soldados abriendo la puerta.

Lía miró hacia el umbral y quedó estupefacta. Allí estaba Dámber, su amigo. Se veía cansado y delgado. El senescal la observó con algo de incredulidad quedándose de pie a unos metros de la puerta, lado a lado con Dania, que notó la sorpresa de la princesa y miró a Dámber que se veía absolutamente descolocado.

—¡Dámber! —gritó Lía mientras corría a abrazar al senescal que enmudecido respondió el saludo.

—Alteza…

La princesa derramó lágrimas mientras tomaba entre sus manos el rostro de su amigo.

—Dime que te ha pasado, donde está mi hermano —preguntó con voz temblorosa.

—Princesa, hay mucho que explicar, no se preocupe, le informaré de todo cuanto sé.

Dámber notó que Dania lo observaba impávida, y al devolverle la mirada, ella eludió la del senescal con gesto de apatía.

—Te ves triste y cansado Dámber ¿Estás herido? —preguntó Lía mientras tomaba las manos del oficial, que agachó la mirada pensando en cómo contarle todo.

El viaje de siete días en aquel barco no había sido un lecho de rosas, y se sentía agotado. La presencia de la princesa lo tomó por sorpresa, nunca pensó en encontrarla en el puerto.

Desde que zarparon la desconfianza estuvo rondándolos a él y Dania. La tripulación los miraba con desagrado, como sintiendo que eran intrusos que no debían estar allí. Observaban a Dania constantemente y Dámber temía que intentaran hacerle algo, por lo que se mantuvo todo el tiempo cerca de ella; sin embargo, cuando el capitán le insinuó a la mujer que se quedará en su camarote, la vaniosta le respondió que mejor se mantuviera lejos *"si no quieres irte a pique para ser recibido por Enaion como un jodido eunuco"*.

Aquello le confirmó que intentar pasarse de listo con la vaniosta no le saldría a nadie gratis, y que podía defenderse sola, pero solo eran dos contra treinta hombres, y fue importante mantener la fiesta en paz. Finalmente durmieron ambos en la misma bodega donde estaba encerrado Roric, así también lo mantenían vigilado. Intentaron conciliar el sueño durante las noches afirmados contra la pared, sentados en el suelo y cubriéndose con una cobija sucia conseguida con la tripulación a cambio de algunas monedas.

Diariamente Dania revisaba las heridas de Dámber y

reemplazaba sus vendajes. El senescal se sentía con cada hora un poco más fuerte y menos dolorido, y al mismo tiempo comenzaba a acostumbrarse a la compañía de la mujer.

Al llegar a su destino bajaron junto al prisionero y se dirigieron de inmediato al castillo de Hallrron. Durante la breve caminata no hablaron mucho, pero en un par de ocasiones se miraron y sonrieron, habían logrado su objetivo. Dámber sentía algo de confusión, no quería que Dania se fuera, no obstante, cada vez que esa extraña sensación lo abordaba, él intentaba concentrarse en cosas que en ese momento consideraba más importantes.

Ahora debía pagar a la cazarrecompensas por sus servicios, aunque antes quería preguntarle si le interesaba quedarse y unirse a él en lo que vendría. Sabía que era fuerte, decidida, que podía liderar, su ayuda podría ser muy útil, pero aún pensaba en cómo y cuándo proponérselo. Luego de presentarse en la fortaleza de Torre de Marfil y explicar lo sucedido al comandante de la guarnición —un hombre fornido de cabellos largos y negros llamado Anduan Cámestry—, Dámber entregó a Roric para que fuera llevado a un calabozo y esperó junto a Dania que se les permitiera ser recibidos por lord Hallrron, hasta que después de una hora, el comandante de Acantilado regresó al salón del cuartel para indicarles que Arton los esperaba.

Ahora, sentía las suaves manos de Lía entre las suyas, mirándolo con una mezcla de alivio y angustia. A unos metros Dania, de pie con las manos en la espalda, veía hacía el trono de Hallrron, mostrando absoluto desinteres por lo que sucedía.

—Alteza —dijo finalmente Dámber—, el rey y yo debimos separarnos, fuimos atacados y me dieron por muerto, ella me salvó y me ha acompañado hasta aquí, se llama Dania y es de Vanion. Ahora podré explicarle todo, pero le pido a usted y a lord Hallrron que la reciban y atiendan, también necesita descansar. De no ser por ella, mi cuerpo estaría aún flotando en las aguas del Pedregoso.

Dania lo observó por un segundo y volvió a desviar la mirada.

—Solo quiero mi paga —dijo.

—Recibirá lo prometido Milady —respondió Hallrron—, pero por favor, acepte nuestra hospitalidad, ha hecho un gran servicio a la corona.

Lía la miraba sin decir nada, sujetando las manos del senescal.

— Bien Dámber, siéntate por favor, no podemos dilatar esta conversación —dijo finalmente la princesa para después dirigirse a Dania—. Y usted, puede ir a descansar, le agradezco mucho lo que ha hecho. Espero que después tengamos tiempo de conocernos mejor —finalizó sonriendo.

La Vaniosta asintió y se retiró de la habitación seguida de un guardia que la observaba embobado desde que había llegado.

—Deja de mirarme como un imbécil y vámonos de una vez —le dijo ella en voz baja mientras pasaba a su lado.

El senescal alcanzó a escucharla y sonrió. Lía lo miró como intentando escudriñar qué estaba pasando por la cabeza del oficial.

—Pero que carácter tiene esa chica —comentó Lía.

—Así es alteza, es una entre mil —respondió Dámber soltando las manos de Lía—. Bien, es hora de explicar algunas cosas princesa, el tiempo apremia...

DUDAS

Déras revivía sus recuerdos intentando descubrir si toda su vida había valido realmente la pena, o si por el contrario se equivocó cuando enfrentó las decisiones que la marcarían. Las dudas después de la inesperada visita de Alaria, lo carcomían. En la guerra él solo cosechó desdicha y pérdida, por eso lograba entender el dolor que empujó a Karel a buscar la revancha tan ciegamente.

A pesar del tiempo, en su memoria estaban frescas las imágenes de la gran batalla del valle de Kaibel que terminó con la revolución. Cuando casi acababa, se encontraba intentando mantener la primera línea del ataque junto a su pelotón, compuesto por unos diez mil guerreros, de los cuales más de la mitad había caído intentando penetrar la ciudad. Su tropa se defendía desordenadamente, limitándose a resistir en su posición todo el tiempo que le fuera posible confiando en la superioridad de su líder.

Déras bajó de su caballo que, herido por las flechas apenas se mantenía en pie. Aun así, el comandante luchaba fieramente, pero a su alrededor todo era confusión y caos. Las armas de los davar y su letal funcionamiento generaban un gigantesco temor en el ejército invasor, especialmente entre los anégodos y los sigrear, que corrían a la desbandada dejando sus armas y huyendo hacia las colinas y bosques cercanos. Solo los hócalos se mantenían luchando junto a ellos.

La infantería davariana empujaba con fuerza a los disciplinados veideos que cedían terreno cada vez más rápido. Los defensores retrocedieron, dando un respiro al pelotón de Déras; sin embargo, apenas terminaba el repliegue del ejército davar, aparecía cargando con toda su furia la caballería e infantería de Minfal, causando estragos entre el ejército azul.

La disminuida tropa de Déras, que luchaba cuerpo a cuerpo contra los defensores, vio avanzar por a la artillería davariana y entendió que se acercaba el fin. Cuando su pelotón estuvo flanqueado por la maquinaria de defensa, Déras ordenó a la tropa retroceder, pero en un instante llovieron sobre sus soldados miles de flechas y esquirlas que atravesaban sus armaduras cayendo uno tras otro inertes.

Déras miró como las tropas defensoras se reagrupaban y preparaban una última y mortal embestida. El ejército azul ahora huía, mientras la intensa contraofensiva sáestereana se los permitía, o simplemente caían muertos. Solo en algunos sectores quedaban pelotones que luchaban por mantener la posición.

Su tropa estaba rodeada. Las catapultas veideas no habían sido fabricadas pensando en luchas a corta distancia, por lo que fueron inútiles una vez que la batalla se instaló en el valle. No así la artillería davariana, que cumplían justamente esa función, y que con cada descarga demolía a los veideos.

Su pelotón, a esas alturas, no superaba los mil soldados, que cansados y descorazonados seguían luchando casi por inercia. En esos momentos pudo ver a lo lejos a Karel, de rodillas en el suelo, afirmándose de la empuñadura de su espada.

—Estamos perdidos —se dijo—, solo nos queda la rendición.

De pronto sintió un griterío que provenía de los derruidos muros de Minfal, y vio como se abalanzaba sobre ellos la última ofensiva de Sáester. A su alrededor la batalla continuaba, y los cerca de diez mil veideos que aún mantenían la lucha, se prepararon para recibir el embate.

En un vano esfuerzo, Déras empujó a sus veideos arengándolos por última vez y avanzó hacia el comandante Karel con el objetivo de prestarle ayuda y lograr huir, para retroceder hasta Fáistand y preparar la defensa ante la obvia invasión que vendría después de la batalla, pero cuando se abría paso agitando su espada entre davars y hombres, vio desde unos doscientos metros de distancia que Sôrtas, bajaba de su caballo y se acercaba a Karel, enfrascándose con él en una lucha encarnizada, donde claramente llevaba la ventaja.

Karel se veía débil. Déras no sabía si estaba herido, agotado o ambas cosas. El duelo fue corto, y no demoró en ver con impotencia como su comandante era atravesado por la espada de Sôrtas en un rápido movimiento; todo se había perdido. Consternado y desorientado titubeó un momento y luego retornó al núcleo de su pelotón para ordenarles capitular. Después, se acercó al capitán davar que encabezaba el regimiento en ese sector del campo y entregó su espada.

Miró desconsolado lo que quedaba de su pelotón cuando vio a Urbal acercarse hacia el sitio en que Sôrtas montaba vigilancia junto al cuerpo de Karel. Entonces, observó como el maestro del comandante hablaba con el líder de la resistencia, para luego recoger el cuerpo de Karel y subirlo a su caballo.

De regreso, pasó a un lado de Déras y dijo aquellas palabras que jamás olvidaría:

«Déras, capitán de Fáistand, no estés triste, haz lo que consideres sabio, protege tu vida y te aseguro que algún día nos reuniremos para retomar la lucha».

Luego, se alejó al galope perdiéndose entre el bosque cercano. La batalla tocaba su fin y las tropas prisioneras entraban por el boquete de los muros hacia el centro de la ciudadela, cuyas plazas fueron convertidas en improvisados campos de prisioneros.

En una de ellas se amontonaron Déras junto sus soldados y muchos otros veideos, acompañados por algunos hócalos y anégodos. Sigrear no se veían por ninguna parte, fueron los primeros en huir y los que no habían muerto en el intento, estaban a kilómetros de Minfal.

Al atardecer del quinto día, los prisioneros avanzaban hacia una recién construida empalizada, en cuya entrada había, además de la guardia, un edecán. A medida que iban ingresando eran despojados de sus armaduras y se les entregaban mantas y algunos víveres, junto a una cantimplora. Muchos de ellos lloraron al ser desarmados por la guardia, e incluso rechazaron lo que se les ofrecía.

Déras los exhortaba a aceptar la clemencia de los humanos y para ello dio el ejemplo, dejando que le arrebataran la armadura y recibiendo con un gesto de agradecimiento lo que le era entregado. Mucho le costó soportar el dolor que empujaba las lágrimas hacia sus agotados ojos, y resistió para no mostrar debilidad ante sus soldados.

Permanecieron hacinados y en precarias condiciones durante varias semanas. Algunos murieron, enfermos por sus heridas. La guardia hacía todo lo posible por hacer la espera más llevadera, pero los recursos no eran suficientes.

El comandante se sentía humillado. Estaba sucio, hambriento, y veía como los anégodos prisioneros peleaban entre sí por un mendrugo de pan. La apatía y desidia de esa gente le era repugnante, y ya no soportaba estar con ellos por más tiempo. La sed de guerra de los anégodos los había hecho caer ante el ofrecimiento de Karel, y en realidad no sentían mayor desdicha por la derrota, solo querían salir de allí. Incluso habían atacado a un par de guardias, lo que obligó a los arqueros a disparar desde lo alto de la empalizada matando a unos cuantos.

Déras, divagaba en estos pensamientos cuando escuchó la trompeta de atención que resonó en todo el campo de prisioneros. Se abrieron las puertas y entró el rey de Sáester acompañado de un edecán, que se detuvo a unos cien metros del cordón de seguridad formado por la guardia y leyó los términos de la rendición, después de informar que Vesladar y Acantilado Dolmen, habían sido controladas por las tropas de Sôrtas sin resistencia.

Las imposiciones de los vencedores eran duras y estrictas e incluían la disolución el estado veideo instaurado por Karel, la anulación de todas las garantías políticas de las que gozaban los veideos antes de la guerra y el exilio de los comandantes, capitanes y tenientes del ejército derrotado más allá de las montañas del sur.

Fueron muchos los guerreros que, consumidos por la humillación de la derrota, decidieron retirarse al destierro junto a sus exlíderes, pero la gran mayoría volvió a sus vidas normales y se integraron al nuevo orden junto a los miles de veideos civiles que continuaban en Fáistand.

Déras se fue al exilio instalándose en una región conocida como Lasterdan, cruzada apenas por unos pocos riachuelos, con varios cordones cordilleranos rocosos y en su mayor parte desprovistos de vegetación debido a su suelo volcánico. Junto a un puñado de sus excombatientes, se afincó en la estrecha llanura de Párvenal para dedicarse a la ganadería que las duras condiciones les permitían. También estaban allí algunos hócalos, muchos de los cuales, con los años, se mezclaron con los veideos, por lo que había un importante número de mestizos simpatizantes de la causa.

Fue una vida precaria, por lo que poco a poco, algunos de los que en un principio tomaron esta opción por propia voluntad, comenzaron a retornar a Fáistand o Sáester. Sin embargo, los que habían sido hombres de confianza de Karel, con responsabilidades militares, debían continuar de manera obligada en Lasterdan.

Déras pensaba en sus padres y en el dolor que les debía significar el no verlo. Solo sabía de ellos mediante las noticias que le traía de vez en cuando algún viejo camarada de armas que venía a visitarlo con encomiendas desde Vesladar. Pronto supo que su padre, un importante comerciante de Fáistand, había vendido todos sus bienes para retirarse a Fértlas, una nueva ciudad que crecía sobre las ruinas de Grabel en el norte del reino, y donde se estaban instalando gran parte de los veideos en busca de una nueva vida.

Ahora, Déras se preguntaba si todas aquellas penurias valieron o no la pena: ver morir a la persona a quien más amaba en la guerra —una historia que siempre guardó en su corazón, pero que nadie más conocía—, o el perderse la vejez de sus padres y someterlos al dolor de no verlo nunca más. Solo esperaba que al final, todo aquello hubiese tenido algún sentido, aunque las palabras de Alaria solo lo confundían más, pero ya no había vuelta atrás. Su momento llegaba, el día que esperaba desde hacía ya tantos años.

Cuando se preparaba para dormir, Bowen entró a la tienda, notaba a su maestro ensimismado y lejano, lo que le preocupaba. Aquella tarde, el viejo veideo ni siquiera se asomó por el campamento, y el mestizó esperó hasta que el lucero de Enaion brillara en lo alto para visitarlo. Sabía que Déras era alguien de costumbres fijas y siempre, sin falta, se acostaba pasada esa hora.

—Permiso maestro, espero no importunar —dijo asomándose bajo la tenue luz de una antorcha que ardía cerca de la entrada.

Déras lo vio justo cuando comenzaba a desabotonarse la camisa y sonrió.

—Adelante Bowen, puedes pasar, nunca molestas hijo, ya lo sabes —respondió el comandante invitándolo a sentarse.

El hombre se acomodó en un banquillo cerca del brasero frente al veideo y miró al suelo antes de decidirse a hablar.

—Dime, ¿qué necesitas? Te ves algo contrariado muchacho.

—Maestro, estos últimos días lo he notado distinto. Ha estado enclaustrado en su tienda, no se relaciona con nadie y solo ha salido para ver a Urbal. Además…

—Vamos, habla de una vez.

—… Además tengo una sensación extraña, un desasosiego que no podría describir, como si supiera que se avecina algo malo.

—Bowen… debes estar tranquilo, de seguro todo esto te ha afectado. Tienes una responsabilidad importante por delante, guiar a mis discípulos cuando ya no este, y créeme, la noche oscura no está tan lejos.

—¡No diga eso maestro!, todavía tiene una larga vida por delante y muchas cosas por hacer.

El viejo se puso de pie y sirvió dos copas de vino. Entregó una a Bowen y se sentó junto a él.

—Muchacho, ¿cuánto tiempo has sido mi aprendiz?

—Casi desde que tengo uso de razón —respondió el mestizo sin mirarlo.

—Entonces, ¿no crees que todo este tiempo ha sido suficiente para que estés listo?

—¿Listo para qué?

—Para terminar lo que hemos iniciado.

—Habla como si estuviera pensando en abandonarnos.

—No Bowen, siempre los acompañaré, pero tal vez no como esperabas ¿Acaso no confías en mí? —respondió sonriendo.

—Claro que confío en usted maestro, pero tengo dudas ¿En verdad cree que yo, un mestizo podría tener el respeto de los veideos de sangre pura? Estoy aquí porque le soy leal, porque creo que hay muchas injusticias que deben terminar, pero no soy un líder.

—No te subestimes, algún día entenderás. Ahora, te pido que me disculpes, debo descansar. Mañana será un día importante y necesito guardar fuerzas para enfrentar lo que vendrá.

—Maestro… ¿A qué se refiere con la verdad?

—Bowen, ve a dormir, necesito que estés aquí a primera hora.

—Sí maestro, entiendo —respondió con actitud resignada.

Salió sosteniendo el pomo de su espada y una vez fuera miró las estrellas que brillaban en el sur, en aquellos confines donde se decía que aún podían verse los vestigios de la gran ciudad Berendill en algunas noches de luna llena.

No lograba entender a qué se refería Déras, si a algo relacionado con lo que estaba por suceder, o con él mismo. A pesar de ello, sabía que debía seguir adelante con la misión que le encomendará su viejo mentor, velar por sus seguidores y organizar a las tropas hócalas que se les unían por el camino, no había espacio para cavilaciones.

Su padre falleció cuando él ni siquiera cumplía los cinco años, pero aún recordaba su cabello dorado y su rostro que parecía siempre melancólico, como si algo del pasado lo atormentara.

Su madre, una hermosa mujer de cabello rojizo y ondulado, había tenido que arreglárselas sola para sacarlo adelante. Cada vez que recorría los páramos de Lásterdan y se veía en el agua cristalina de algún arroyo en la cuarta estación, se preguntaba por qué su cabello era castaño oscuro y no rojo como el de su madre o rubio platinado como el de su padre.

Cuando ya cumplía los diez años, solía aventurarse por los alrededores a cazar con su arco favorito, hecho de espino celeste, y amaba ver el rostro de su mamá cuando se iluminaba al mirarlo regresar con un pato o un pavo a casa en las tardes.

Así, sentía que por fin era útil y que alivianaba la carga de la mujer que se desvelaba por darle todo lo que necesitaba, lavando ropa ajena, cocinando para viejos veideos que le pagaban por sus servicios y sobre todo, cuidando de la cabaña de Déras, que solía obsequiarle algún libro, o algún cuchillo antiguo de paladio cuando iba a esperar a su madre para acompañarla de regreso a casa.

A pesar de sus carencias, Bowen fue feliz, porque jamás conoció otras tierras como las descritas en los libros, esas en donde los bosques se descolgaban de las montañas, llenos de vida, o del mar que bañaba costas lejanas. Esperaba algún día descubrirlas, pero era feliz, porque poco a poco se hacía hombre, y aunque existieran esos parajes de ensueño, esa era su vida, bajo un cielo azul brillante, que por las noches se llenaba de luceros y estrellas enredadas en constelaciones sempiternas, tardes cálidas y por sobre todo el aroma de la tierra mojada cuando Erit les regalaba alguna lluvia pasajera.

...Y cada vez que veía la luna perderse entre las montañas del norte, se imaginaba cruzándolas para descubrir mundos nuevos, algún día podría hacerlo.

Durante todos esos años, Déras le entregó protección y lo educó cariñosamente. Se sentía obligado a devolverle la mano, ya que después de la muerte de su padre, lo había apadrinado y le enseñó a usar armas, a cazar, a leer; todo se lo debía a él y estaba dispuesto a ir hasta el fin del mundo si el viejo se lo pedía, era una deuda de honor, pero también de amor por quien lo había acogido como un hijo y salvado de un futuro incierto.

EL REGRESO

Fardel despertó con un poco de frío aquella mañana. Se levantó después de encajarse sus botas, miró a través de la entrada de la tienda que compartía con Bowen, y vio que comenzaba a caer una nieve muy fina, inusual para esa época del año, la cuarta estación ya iniciaba, pero en el sur el clima era algo caprichoso. Notando que el mestizo ya no estaba, tomó una chaqueta de piel de oso para dirigirse a la tienda de su maestro y saber si le encomendaría alguna tarea, pero al llegar uno de los guardias le explicó que Déras había salido muy temprano. Pensó que seguramente se encontraban reunidos para preparar el resto del viaje. La noche anterior escuchó que el último grupo había llegado desde Sáester y que estaba todo listo para iniciar la travesía hacia Robirian.

El joven decidió entrar de todas formas y esperar a que el viejo regresara, así que se acercó a la mesa, donde el comandante acostumbraba dejar queso y carne seca. Llenó una jarra con cerveza y comenzó a mordisquear un trozo de pan, pensando en que más tarde pasaría a ver a Breenad en la tienda de herreros, tal vez hablar un rato antes de retomar la ruta le permitiría conocerla mejor. La idea de emprender la campaña sabiendo que ella los acompañaría le animaba y entusiasmaba, pero aún se mostraba inseguro y reticente. En estos pensamientos se encontraba cuando al tomar la jarra con cerveza, fue interrumpido por Déras que entró a la tienda.

—¡No bebas muchacho, no ahora! —exclamó, haciendo que Fardel dejara la jarra que había servido algo sorprendido—. Hoy no puedes beber alcohol, debes mantener tu cuerpo limpio, solo puedes tomar agua.

El joven lo observó bastante sorprendido.

—¿Y eso por qué, maestro? —preguntó.

—Ya lo sabrás... Ahora termina de comer, tenemos cosas importantes que hacer hijo.

Fardel asintió un poco dubitativo, aunque entendió que algo relevante estaba por suceder, lo notaba en el tono de voz y la actitud de su maestro. Terminó de desayunar y salió junto al viejo de la tienda, sus planes con Breenad tendrían que esperar. En absoluto silencio caminó junto a Déras entre los senderos que comenzaban a cubrirse de nieve lentamente, hasta que vio al fondo del campamento y bastante más alejada de las demás, una carpa de color azul brillante, era la más hermosa de todas, grande y con bordes plateados, custodiada por cuatro guerreros. Entonces, entendió que era el sitio a donde lo guiaba Déras.

Llegaron hasta el lugar y los guardias les abrieron paso sin hacer preguntas. Déras le hizo un gesto a Fardel para que se adelantara e ingresaron. El lugar estaba cubierto por una alfombra violeta con mosaicos verdes y al fondo se veía un sitial de ébano con cojinetes de terciopelo azul, flanqueado por hermosos candelabros de paladio y plata. Fardel miró impresionado la refinada decoración y avanzó junto a su maestro que lo tomó del brazo para detenerlo.

—Alto Fardel, espera —le dijo, sin dejar de mirar hacia el sitial.

Después de unos segundos, de entre unas cortinas apareció la figura de Urbal, entallado en su túnica azul y dorada, llevando el báculo que siempre lo acompañaba. Sin decir palabra y mirando a sus invitados, el viejo hechicero se sentó en aquella especie de trono, mientras Fardel palidecía y sentía un fuerte dolor en el estómago provocado por los nervios de tener frente a él al legendario mentor de Karel, casi no podía creerlo, era como estar flotando en una especie de ensoñación. Sintió naúseas; sin embargo intentó mantenerse sereno, hasta que Urbal habló por fin.

—Acércate muchacho.

Fardel dudó, pero al sentir la mano de su maestro golpeándolo suavemente en la espalda, avanzó algo temeroso. Aquel veideo que muchos pensaban no era más que un eco de tiempos lejanos, lo examinaba con ojos expresivos y gesto resuelto, estirando su mano hacia él para alentarlo a acercarse.

Cuando estuvo a unos centímetros del viejo, este tomó su hombro y lo miró directamente. Fardel sintió que un escalofrío le recorría la nuca poniéndole la piel de gallina, en una mezcla de temor, emoción e incredulidad.

—Sí —dijo por fin el hechicero—, ya no hay dudas Déras, lo veo en su mirada, el día por fin ha llegado. Fardel, es un gusto al fin conocerte, tienes una gran tarea por delante. Pero no te preocupes, yo finalizaré tu instrucción.

El muchacho aún embobado no articulaba palabra, solo miraba a Urbal confundido, pensaba en si era correcto hablar o simplemente guardar silencio. Prefirió no decir nada, su nuevo maestro estaba frente a él e intentaba asimilarlo. Era como si su cabeza estuviera en blanco, desconectado de la realidad.

—Esta noche vendrás hasta aquí, es tiempo de fundir el espíritu de nuestro líder con el tuyo, no temas, te aseguro que nada malo te pasará, solo te sentirás un poco diferente...

Aquellas palabras lo tomaron absolutamente desprevenido. Miró al hechicero con rostro desencajado, sus piernas flaquearon y el corazón parecía que se le saldría del pecho. Observó a Déras como buscando alguna respuesta, una explicación, pero su maestro solo asintió.

—Vamos muchacho. Entiendo que estés sorprendido; no obstante, aunque no lo creas, te he vigilado desde el día de tu nacimiento. Estás destinado a liderar a nuestro pueblo, pero para ello debes recibir en ti la fuerza y la esencia del hijo del fuego azul, que volverá a hacerse carne a través de ti.

—¡Imposible! Yo no puedo…

—¿Crees que jugaría con algo así? —interrumpió Urbal con gesto serio—. Erit te ha elegido para liderarnos, no puedes vacilar ahora, renacerás como un hombre nuevo, como una promesa de libertad.

—¿Acaso debo dejar de ser yo? —preguntó contrariado y pálido, mientras sus ojos se llenaban de lágrimas que intentaba sostener. Esa sentencia era demasiado abrumadora.

—No, no Fardel —respondió Urbal más complaciente—, no dejarás de ser tú, simplemente recibirás un regalo, una bendición de nuestro Dios. Aquello que continúa latente en el antiguo corazón de Karel se fusionará contigo y te volverá más fuerte, más sabio y estarás listo para liderarnos.

—Perdóneme señor, pero no logro asimilarlo, soy un simple…

—¡Suficiente Fardel, debes dejar atrás tus dudas! —exclamó el viejo con tono autoritario, poniéndose de pie—. Ahora ve y descansa. A la hora veinte necesito que estés aquí, y quiero todos tus sentidos alertas, sé que eres fuerte en tu interior... eres el elegido, el depositario. Claro que es difícil de asimilar, ya verás que en unas horas tu incertidumbre habrá acabado.

El hechicero hizo un gesto a Déras que se acercó a Fardel.

—Vamos, debes prepararte, esta noche será la más importante de tu vida —dijo el comandante, para después hacer una reverencia y salir junto al joven que continuaba sin decir palabra.

Caminaron de regreso a su tienda, Fardel se veía nervioso y el maestro llevaba su mano sobre el hombro del muchacho para que se sintiera más tranquilo.

—Hijo de Krabel, no debes preocuparte, te acompañaré hasta el último momento en este proceso, no estarás solo, confía en mí.

—Sí maestro, pero ¿por qué yo? Soy un vulgar campesino.

—Bueno Fardel, a veces los líderes se encuentran en el lugar más inesperado. Disculpa si no te revele esto antes, pero no me correspondía a mí hacerlo, yo solo debía guiarte hasta aquí y he cumplido mi parte.

»Erit elige ciertas almas especiales para enviarlas a estas tierras salvajes a una misión. Algunos se transforman en hechiceros o mentores, otros en líderes. Pocos han habido de estos en nuestra historia y por eso debes sentirte privilegiado.

—Nunca me he sentido especial, soy un veideo corriente, hijo de artesanos, criado para una vida común y tranquila.

—¿En serio crees que si estuvieras destinado a esa vida estarías aquí? Piensa en primer lugar como has llegado hasta esta situación, ¿acaso no fueron tus propios instintos los que te empujaron a dejar el campo por la búsqueda de algo mayor?

—Estoy muy aturdido maestro —dijo Fardel sintiéndose superado—. Por favor, necesito estar solo unos momentos, adelántese y no se preocupe, estaré de regreso pronto.

—Está bien, pero no demores demasiado, debemos hacer los preparativos para la ceremonia.

El muchacho asintió y caminó hacia las afueras del campamento. Aceleró el paso hasta llegar a los lindes de un pequeño bosque y cayó de rodillas, ya no podía sujetar más las náuseas y vomitó. Comenzó a llorar hincado en el suelo, mientras sentía que su cabeza iba a explotar, quiso huir lejos, largarse de allí y volver a la vida sencilla que había abandonado. Recordó cuando su padre le repetía que su curiosidad acabaría traicionándolo y pensaba que aquellas palabras habían sido una especie de sentencia que ahora era demasiado real.

Se tiró de espaldas en el suelo y lloró por un largo rato, repasando en su cabeza lo vivido en los últimos meses. Estaba confundido, tenía miedo, demasiado miedo, pensaba que si finalmente las cosas seguían adelante ya no sería él mismo, que su cuerpo se convertiría en un simple recipiente. Se preguntaba si debía aceptar su suerte o escapar, pero no pensaba claramente y no podía decidirse.

—Fardel, hijo de Krabel, levántate y asume tu misión —dijo una suave voz que parecía salir de entre los árboles.

Sorprendido y pensando que su ansiedad comenzaba a jugar con sus sentidos, se sentó en el suelo y vio frente a él a una mujer ataviada con ropas que parecían brillar y que lo miraba con gesto piadoso.

—No temas, soy Alaria. Soy una zafiro y he venido para ayudarte.

—¿Una zafiro?... Imposible —dijo al borde del pánico—, no son más que una leyenda.

—Mírame bien muchacho ¿acaso no te parezco real?

—Debo estar delirando, todo esto es…

—Fardel, escúchame. Puedes creer lo que quieras, si piensas que soy una simple alucinación está bien, solo necesito que entiendas lo que te voy a decir: has sido elegido para recibir la esencia de Karel; sin embargo, no debes temer, eso no te convertirá en otra persona, siempre serás tú. Simplemente sumarás a quien ya eres algunas cualidades que hicieron de él un gran veideo, aunque debes tener cuidado, en su corazón también había mucho odio, dolor y sed de venganza. Deberás aprender a controlar esos sentimientos negativos para guiar a tu gente. Tendrás muchas decisiones difíciles que enfrentar, pero sé que al final elegirás bien.

—¡No, es demasiado para mí, no estoy preparado!

—Ten fe muchacho, todo irá bien y si las cosas se tuercen confía en tus instintos, busca la verdad en tu propio corazón y no en los demás, por muy sabios que parezcan. Ahora debo irme, regresa al campamento, debes enfrentar lo que viene y asumirlo sin temor. Eres fundamental para que finalmente la paz llegue a las Tierras Boreales, y no irás solo en tu viaje, créeme, estarás siempre acompañado… Erit Valias, Fardel —dijo la maga antes de desvanecerse entre los árboles.

El veideo se quedó sentado unos momentos intentando asimilar todo, restregó sus ojos y trató de serenarse. La suerte estaba echada, confiaba en que tanto lo dicho por sus maestros como por aquella aparición fuera real, que no se perdería a sí mismo en esa ceremonia que Urbal había mencionado. Se paró y lentamente caminó de regreso mientras digería todo aquello.

Ceremonia... esa palabra no le inspiraba confianza, pero contar con Déras en este proceso lo tranquilizaba, aunque la incertidumbre de cómo acabaría todo, no lo dejaba en paz. Era la misma sensación que tuvo esa lejana mañana en su casa, cuando esperó pacientemente la llegada de aquel misterioso comprador, el mismo que finalmente lo guío hasta este momento. Luego, al ver el humo de las fogatas, se dirigió a la herrería del campamento, quería ver a Breenad antes de enfrentar su destino.

Llegó hasta el lugar y vio que la mujer terminaba de limpiar una espada recién afilada, devolviéndola a un viejo veideo que la observó con satisfacción, entregándole unas monedas. Mientras la joven limpiaba sus manos, vio que Fardel asomaba entre algunos guerreros que conversaban alrededor de una fogata, combatiendo el frío que se dejaba sentir en aquel desolado territorio. Le hizo un gesto para que la esperara. El joven se quedó parado aguardando por ella algo nervioso, hasta que unos minutos después apareció cubierta con un abrigo de cuero y piel. Se acercó a Fardel que sintió que el corazón se le aceleraba. Ella lo miró preocupada.

—¿Te pasa algo? Tus ojos están enrojecidos y te ves bastante pálido.

—Nada importante, no te preocupes.

—Bueno, ¿caminemos entonces? —dijo la chica tomándose de su brazo—. Sé que esta noche habrá una ceremonia. Urbal ha citado a los jefes de cada casa a las afueras de su tienda a la hora veinte. Tal vez tú podrías contarme de qué se trata —agregó mirando al piso.

—La verdad no sé mucho más que tú, pero necesitaba verte para decirte algo: que pase lo que pase las cosas no cambiarán, me gusta estar contigo y no quisiera perder tu amistad.

Breenad se detuvo poniéndose frente a él.

—Fardel, dime qué te pasa ¿A qué viene toda esa palabrería fáistandiano? —preguntó riendo.

Fardel, se acercó a la joven dejando un suave y corto beso sobre su frente. Se separó y vio su rostro algo ruborizado junto con esos profundos ojos violetas, mirándolo con una mezcla de alegría y sorpresa.

—Debo irme, Déras está esperándome.

—Pero…

—Ya hablaremos Breenad, solo te pediré algo de paciencia, tengo que resolver un asunto importante, te buscaré después.

—Bien, estaré esperándote —contestó la herrera dejándolo ir.

El veideo tomó sus manos por un momento, luego dio media vuelta y se alejó hasta perderse entre la multitud de soldados, que iban de un lado a otro preparando el inminente viaje a Robirian. Breenad se quedó unos momentos de pie, sola, y vio como la nieve era ahora más tupida. Levantó su rostro hacia el cielo y sintió el frío de los copos que comenzaban a cubrir el lodo del campamento, transformándolo en un blanco e inmaculado manto.

El resto del día fue tranquilo. Una vez de regreso, Fardel comió frugalmente junto a Déras y Bowen, se veían inquietos y hablaron poco, luego se retiraron ambos a conversar en privado y lo dejaron solo frente a un brasero cubierto por una manta, esperando las instrucciones. Se fue adormilando y después de un rato cayó en un profundo sueño en el que vio a su padre, a su maestro, a su hermana, una mezcla de lugares y sensaciones, hasta que sintió que alguien tomaba su brazo para despertarlo. Era Bowen que con ojos enrojecidos e hinchados lo observaba bajo la luz del fuego y las velas, y entendió que la hora se acercaba.

—Despierta, tienes que prepararte —dijo el mestizo.

El joven se sacudió un poco y se puso de pie.

—¿Pasa algo Bowen? No te ves bien, ¿acaso has estado llorando?

—No pasa nada Fardel, vamos ya es hora.

Apenas terminó de preguntar, asomó desde la entrada Déras, vistiendo su antigua y hermosa armadura azul de combate con incrustaciones de plata, el cabello suelto y con una ostentosa vaina de color dorado colgando de la cintura en la que escondía su espada de gala. Traía un baúl que dejó a los pies del chico que lo observaba en silencio.

—Ahora te dejaremos Fardel, prepárate, aquí está tu armadura, deberás usarla en la ceremonia, te esperamos afuera —dijo el viejo, para luego abrazar al muchacho y salir junto a Bowen, que se veía extrañamente apesadumbrado, aunque no lograba adivinar el porqué, pero sintió que algo no andaba bien.

Pensó que probablemente el hecho de ya no continuar como su mentor le afectaba en algo, pasaron por muchas cosas juntos en el último año y le había tomado cariño. Sin embargo, intentó dejar de lado estos pensamientos y abrió el baúl, allí estaba una brillante armadura azul de paladio, con ornamentos dorados en los hombros y el pecho, era realmente hermosa. La sacó y dejándola sobre una mesa la observó por varios minutos antes de comenzar a colocársela. Al fondo del cofre, vio una vaina dorada que guardaba una espada. La sacó del baúl y con suavidad tomó el pomo y deslizó la hoja para poder verla. Era realmente hermosa, mezcla de acero anégado y paladio, lo que le daba un color celeste vibrante... celeste como la que tenía Karel... ¿Sería acaso la espada del caudillo? Sintió que un escalofrío recorría todo su cuerpo, y en actitud de reverencia la volvió a guardar en la vaina para luego colgarla de su cintura.

Se recogió el cabello con un lazo y con una afilada cuchilla rasuró la barba que había dejado crecer durante el viaje, luego se miró en un espejo y dio un profundo respiro antes de caminar hacia la salida. Al asomarse vio que Déras y Bowen estaban lado a lado de una especie de pasillo formado por cientos de guerreros, que ataviados con sus trajes de combate flanqueaban el camino que lo llevaría al lugar indicado, con hermosos escudos de acero pulido y lanzas de batalla. El viejo comandante se acercó a él con una sonrisa.

—Dame tu espada Fardel —dijo con tono conciliador.

El muchacho desenvainó el arma y la puso sobre las palmas de las manos de su maestro que la miró con gesto resuelto.

—Esta es Relámpago Azul muchacho, la espada del libertador, herencia de Karel, y que te ha sido concedida como símbolo de tu destino. Ahora sígueme, ya es tiempo —agregó devolviendo la hoja a su aprendiz, que solo guardó silencio sintiéndose agobiado.

La nieve había dejado de caer y las armaduras azuladas resplandecían bajo la luz de las antorchas que bramaban empujadas por el viento que anunciaba una pronta ventisca.

Comenzó a caminar acompañado de Bowen y Déras, el silencio era abrumador. Avanzó algunos metros lentamente, con la mirada perdida, hasta que desde un lugar indeterminado se levó el sonido de tambores que rompieron la tranquilidad de la noche haciéndolo estremecer. Le parecieron minutos interminables los que demoraron en llegar hasta la curva que permitía ver la tienda de Urbal, pero ahora era distinta. Una especie de altar había sido instalado, con una mesa engalanada sobre él, flanqueada por cuatro guardias e iluminada por varias antorchas que dejaban ver una alfombra azul cayendo desde la tarima hacia el suelo. El terreno había sido despejado de nieve y rastrillado meticulosamente, dejando el lugar lo más limpio y acorde a la ocasión.

El sitio ceremonial estaba rodeado de veideos de todas las edades. Al frente, los señores de las casas, a diferencia de los guerreros vestían ricas y ornamentadas túnicas de diversos colores. Entonces vio a Breenad, asomándose entre la multitud, como intentando no perderse nada. Alcanzaron a cruzar sus miradas antes de llegar a unos pocos metros del altar, ella tenía una actitud inquisidora y confundida que por un momento lo hizo desconcentrarse, pero pronto recuperó el aplomo y avanzó. Los tambores se detuvieron de golpe.

Nuevamente se escuchaba solo el sonido del viento silbando entre los presentes y las tiendas del inmenso campamento. Pasó alrededor de un minuto hasta que asomó Urbal, con una especie de sotana verde brillante, su cetro y un casco de paladio apegado a las formas de su cabeza, dejando caer sus blancos cabellos sobre los hombros. En su otra mano llevaba una caja de cristal que en las penumbras no dejaba ver lo que escondía en su interior, solo su armazón de oro brillaba bajo las antorchas. Se acercó subiendo a la tarima y puso la caja sobre la mesa.

Pasaron algunos segundos hasta que el viejo levantó sus brazos al cielo y comenzó a hablar.

—¡Erit Valias, Señor de todo lo que existe, principio y fin! Hemos llegado hasta aquí para solicitar tu intervención por la gloria de nuestra raza. Este es el día en que nosotros, los hijos del verdadero y único Dios, comenzaremos a forjar el futuro del mundo que has creado y que ha sido corrompido por la insignificancia y soberbia de los humanos y sus dioses, los que se rebelaron contra ti. ¡Erit Valias, hoy te pedimos que envíes de regreso a nosotros la fuerza y coraje de tu hijo predilecto!

El hechicero bajó la vista y murmuró algo antes de mirar a Fardel.

—Acércate Fardel Dáelas —dijo al muchacho que se adelantó nervioso hasta quedar a centímetros del altar—. Has sido elegido para retomar nuestra lucha y guiarnos a la victoria, para darle a las Tierras Boreales una nueva era, llena de esplendor y sin las miserias que otros pueblos han derramado sobre ellas.

Fardel observó en silencio. Sintió ganas de mirar hacia atrás a donde Déras y Bowen esperaban, pero sabía que debía ser fuerte y guardar la compostura.

—No temas joven depositario, desde hoy serás un veideo más resistente, sabio y poderoso —continúo Urbal.

Acto seguido tomó la extraña caja y la puso en medio de la mesa, justo entre él y Fardel.

—Déras, Comandante y General de la gran guerra, la hora ha

llegado —dijo el hechicero dirigiéndose al tutor de Fardel, que se giró por primera vez para observarlo algo confundido.

Vio que el viejo se volvía hacia Bowen y como ambos se fundían en un estrecho abrazo.

—Todo estará bien mi amigo, mi hijo. Recuerda esto, algún día, tal vez el menos esperado recibirás una visita que podría cambiarlo todo, entonces entenderás, solo mantén tu mente abierta y el corazón dispuesto —dijo Déras besando a Bowen en la frente para luego separarse de él.

Fardel vio que el mestizo comenzaba a llorar intentando disimular las lágrimas sin decir palabra. El elegido no entendía que pasaba, su corazón se aceleraba y no lograba adivinar que vendría a continuación. Déras se acercó a él parándose a su lado y también lo abrazo.

—Fardel, ha llegado el momento de completar mi misión, sé valiente y ten coraje. Recuerda que tienes una gran responsabilidad, debes tener la sabiduría para guiar a nuestra gente hasta su libertad y traer paz a estas tierras de una vez por todas.

Después de hablar, se paró a unos metros de él de frente a Urbal. Ante las palabras del comandante el muchacho, que intentaba descifrar lo que estaba sucediendo, sentía como la cabeza le daba vueltas y por momentos le pareció que sus piernas flaqueaban.

—¡Erit Valias! —dijo nuevamente Urbal—, ¡he aquí al guerrero, que de forma voluntaria entregará su vida para traer de regreso la energía vital de nuestro líder, fusionando su corazón con el del joven depositario!

Déras se hincó y Fardel recién pudo reaccionar, se agachó junto a él lanzando un desesperado grito de negación mientras las lágrimas saltaban de sus ojos.

—¡No maestro, no por favor, no lo haga! —observó a Urbal— ¡Dime qué debo hacer, pídeme lo que quieras a mí, pero déjalo vivir!

Déras tomó el rostro de su pupilo para calmarlo.

—Todos estos años he vivido para este momento, no sientas pena, deja el dolor atrás. Lo que ahora haré es mi destino, y lo tomaré de manera voluntaria, es un sacrificio necesario para lo que viene.

El joven sollozando y sin importarle que la multitud lo viera en esa incómoda situación, le rogó a su maestro y a Urbal que se mostraba inconmovible mientras los observaba.

—Por favor... maestro, no me deje, no me abandone... no ahora —dijo sin poder controlar las lágrimas.

Breenad observaba incrédula la escena y sintió el impulso de correr hacia Fardel y sacarlo para llevárselo lejos de ahí, pero sabía que eso era imposible, debía soportar la impotencia y esperar.

—Querido Fardel —dijo Déras—, cree en mí una vez más, estoy preparado. Piensa que siempre algo de mi esencia vivirá en ti —dijo tomando su rostro para luego alejarlo con suavidad de él.

—¡Soldados! —gritó Urbal.

Dos guardias sujetaron a Fardel para separarlo de Déras y lo llevaron casi arrastrando a unos metros de él, forzándolo a hincarse frente al altar. El comandante miró por última vez a su aprendiz y luego cerró los ojos manteniéndose en su lugar.

Bowen agachó la cabeza para no mirar, soportando la impotencia por no poder sacar de allí a su viejo tutor y salvarlo. El dolor le partía el corazón, era como ver a un padre entregar su vida, quien siempre lo acompañó, protegió y educó, su guía.

—¡Veideos, he aquí el corazón de nuestro líder que despertará gracias al sacrificio de Déras y regresará a este mundo! ¡Daster moriat enver! —exclamó el hechicero levantando nuevamente sus brazos, e inmediatamente el corazón guardado en la caja de cristal se iluminó, y desde el pecho del viejo general salió un rayo de color blanco azulado que fue directo al artefacto.

Su rostro palideció y una extraña aura lo rodeó, dándole un aspecto irreal. Fueron solo unos segundos, su cabello flameaba como si una ráfaga salida de la nada golpeara su cuerpo de frente. Fardel gritaba intentando soltarse para ir en ayuda del veideo que cayó desplomándose sin resistencia. El corazón en la caja pareció absorber aquella energía iluminando una amplia zona a su alrededor antes de expulsar un rayo similar al anterior directo al pecho de Fardel. Los soldados que lo sostenían sintieron una especie de golpe invisible que los lanzó a varios metros mientras el joven, con sus brazos abiertos, era rodeado por el mismo resplandor que momentos antes cubriera a su maestro. Todos observaban incrédulos, protegiendo sus ojos ante el increíble resplandor de aquella luz, y vieron como una especie de fuego cubría por completo la figura del muchacho, para luego elevarse hacia los oscuros cielos, dejándolo allí postrado ante el altar jadeando.

—¡Bienvenido caudillo, tu gente espera por ti! —dijo Urbal bajo una especie de trance.

Todos observaron atónitos y sin decir palabra, mientras Fardel se ponía de pie para luego girarse hacia ellos. Su rostro era distinto, se veía mayor, su cabello se había tornado de un color plateado casi blanquecino, sus ojos parecían brillar y hasta pensaron que se veía más alto, ahora era una figura imponente.

Contempló a la multitud en silencio un momento, aún jadeando. El ahora líder de la revolución miró a su alrededor, se veía algo confuso y perdido, pero intimidante. Vio hacia el cielo y luego a su nuevo ejército.

Los soldados lanzaron un estruendoso grito golpeando sus escudos con las espadas. Bowen observaba a Fardel y se dio cuenta que aquel chico curioso y tímido se había ido, ahora tenían frente a ellos a un guerrero poderoso, que con una sola mirada podía fulminar a sus enemigos. Los gritos se multiplicaron y Urbal sonrió con satisfacción sin moverse de su sitio.

—Esta vez no fallaremos —murmuró.

Fardel, sin decir palabra, comenzó a caminar, y al pasar junto a Bowen observó sus acongojados ojos azules. Ambos sintieron algo, una especie de conexión extraña. Por un momento se sostuvieron la mirada como intentando desentrañar algo. Luego,

Fardel retomó su camino bajo la atenta mirada de los soldados.

Breenad miró al joven desde la distancia sintiéndose pérdida y no pudo evitar que gruesas lágrimas rodarán por sus mejillas. De la misma forma en que lo había hecho aquella tarde, miró al cielo y otra vez sintió el frío de la nieve que nuevamente comenzaba a dejarse caer, como cerrando un hermoso y breve capítulo de su vida...

Los dos reyes

Ervand sintió como si algo no lo dejara respirar, solo el día de su coronación tuvo la misma sensación de impotencia, de saber que no podía cambiar las cosas, pero en esa oportunidad estaba preparado, ser el rey era su destino, en cambio, esto... Nunca imaginó que debería afrontar un levantamiento en contra del trono, el enfrentamiento entre hermanos de armas y la incertidumbre de no conocer el resultado de un episodio que por primera vez, desde la derrota de Karel, rompía la paz que tanto trabajo costó construir y lo peor de todo, se había roto desde dentro.

No podía despegar la vista de aquel trozo de papel, en donde Minfal informaba a sus condestables y señores sobre el levantamiento ocurrido en la capital de Fáistand. Lord Tundar lo observaba sentado tras el escritorio esperando su reacción, dando sorbos a una copa de vino.

—Y bien Majestad, qué piensa al respecto —dijo finalmente Tundar.

—Debo viajar de inmediato, no tengo opción. Lamento no quedarme a la boda como había prometido, pero entenderá que en este escenario no puedo darme el lujo de esperar. Le agradecería ayudarme con un caballo y algunas provisiones. Sé que tiene instrucciones de no intervenir, así que no se preocupe, podré arreglármelas solo.

—Cuente con ello, y créame que lamento no poder ayudarlo más. Dígame, ¿qué camino va a tomar?

—Iré a Puerta Arrecife, ahorraré varios días de viaje por mar, debo ir a Acantilado Dolmen para evaluar lo que haremos. De seguro lord Hallrron ya debe estar pensando en cómo abordar el problema.

Tundar se puso de pie, caminó hacia la puerta en absoluto silencio y tomó el pomo de la misma bajo la mirada del Rey.

—Creo que esto le parecerá interesante Milord —dijo el señor de Lanza Antigua, mientras invitaba a entrar a su futuro consuegro, que acababa de llegar hacía un par de horas.

—Lord Moldant —dijo el rey—, que gusto verlo —agregó mirando de reojo a Simbrad algo confundido.

—Mi señor, es un alivio saber que está bien —respondió el hombre haciendo una reverencia—. Debo ponerlo al tanto sobre un par de cuestiones que de seguro le interesarán.

El condestable de Puerta Arrecife se adelantó y los tres se sentaron junto a la chimenea.

—Soy todo oídos Lord Eleas —dijo Ervand con algo de ansiedad.

El recién llegado comenzó a relatar su encuentro con Dámber, el arribo del senescal a su ciudad y su rápida partida de regreso a Fáistand. Ervand escuchó y se sintió aliviado, como si le quitaran un pesado bulto de la espalda. Suspiró acomodándose en la silla, su amigo estaba herido, pero vivo y en camino a Acantilado.

—No sabe cuánto me alivia lo que me cuenta Lord Moldant, de verdad creí muerto a nuestro senescal, es una noticia positiva dentro de este caos. No puedo esperar un minuto más, saldré al alba, le agradecería Sir Tundar, ordenar que preparen mi transporte y pertrechos, le aseguro que pagaré con creces la ayuda que pueda brindarme.

—No se preocupe Majestad, nuestros reinos tienen una larga amistad, y aunque se nos ha ordenado mantener neutralidad, no se nos prohibió facilitarle las cosas, así que veré de inmediato que tengan todo listo a la brevedad —respondió Tundar—. Enviaré un mensaje al almirante de la Flota Ígnea para que le facilite el traslado de la manera más discreta posible, Amivil me debe varias, tal vez es hora de comenzar a cobrar, él lo ayudará.

Moldant miró a Tundar algo molesto, no podía concebir que Amivil pudiera obedecer instrucciones del señor de Lanza Antigua y no aceptar la autoridad del condestable del puerto. Seguramente la relación consanguínea de Simbrad con el rey era un factor a considerar. Ervand se levantó haciendo un ademán de respeto.

—No olvidaré su apoyo Lord Tundar, nunca se sabe cuándo se puede devolver la mano a un amigo. Ahora con su permiso, iré a preparar todo.

El rey salió de la habitación bajo el absoluto silencio de los sáestereanos que se miraron con una mezcla de preocupación, pero también de alivio, no querían problemas ni malos entendidos con su rey en Minfal, lo mejor era sacudirse de encima la situación cuanto antes.

Ervand, caminó por el iluminado pasillo que daba a las habitaciones y se detuvo al observar desde una de las ventanas a Mirnar, que caminaba junto a algunas de sus doncellas por los jardines del palacio. Era obvio que debía hablar con ella, su intención era estar en la boda y poder conocerla mejor, pero las circunstancias eran peores de lo que esperaba.

Bajó y la miró unos momentos a una distancia prudente. Pensaba en que tal vez su compromiso debería posponerse más de lo presupuestado si las cosas empeoraban. No pudo evitar sonreír al verla hablar animadamente con las mujeres que colocaban flores en su cabello, se veía realmente hermosa, el sol del atardecer reflejaba tonos rojizos en él y por un momento logró olvidar lo que tenía que enfrentar. Se decidió a alcanzarla y avanzó con paso seguro. Al notar su presencia, la princesa hizo un gesto a las damas de compañía para que la dejaran sola y se detuvo a esperar al rey.

—Majestad —dijo la mujer haciendo una reverencia.

—Princesa, necesito que hablemos —respondió Ervand—. Lamento no poder acompañarla en la boda, pero debo partir mañana al alba, hay asuntos que requieren mi presencia de manera urgente.

—Entiendo —dijo Mirnar con un dejo de decepción—. Es una pena, pero comprendo que debe atender sus obligaciones... Por cierto, se ve mucho más repuesto.

—Así es, gracias a usted, sino quién sabe dónde o cómo habría terminado mi viaje. Espero que nos volvamos a ver pronto.

—Eso me encantaría —respondió la princesa sonriendo.

Ervand se acercó tímidamente y tomó las manos de su prometida.

—Ha sido un verdadero placer reencontrarme con usted, quiero que sepa que apenas resuelva los asuntos de la corona iré a verla a Minfal.

—Lo esperaré con ansias Majestad.

—Ya deja de llamarme así, quiero que esos rígidos protocolos se acaben entre nosotros —agregó el rey tomando el rostro de la mujer —. Le prometo que cuando todo se resuelva volveré por usted Milady.

Mirnar lo miró algo sorprendida pero sintió una calidez que la hizo estremecerse por unos segundos.

—Estaré aguardando tu regreso...

En el salón del trono del palacio de Vesladar, Nóntar caminaba alrededor de una mujer observándola con un dejo de desprecio.

—Quiero que sepas Giljia que te perdono la vida solo porque

debo dar señales a nuestro pueblo y porque puedes serme útil. No quiero que piensen que mi gobierno saldrá a cazar a sus enemigos internos, pero te advierto, si te vuelves a meter en mis sueños lo sabré y no seré tan piadoso. Ahora regresa a tu mugroso oráculo y prepara la ceremonia de coronación, ya es tiempo.

La sacerdotisa estaba pálida. Al ser llamada al salón del trono casi pudo sentir la fría hoja de un hacha rozando su nuca, no obstante, Nóntar no tenía intenciones de convertirse en un tirano, y estaba dispuesto a perdonar algunos asuntos y darle la oportunidad a sus enemigos para demostrarle lealtad.

—Ahora llévensela y mantengan el templo vigilado de manera permanente. Háganme saber cualquier novedad o comportamiento extraño —ordenó el príncipe a la pareja de soldados que escoltaban a la mujer.

—¡Señor! —respondió uno de los guardias antes de salir—. Afuera lo espera Gânmion con el davariano del que le habló.

—Cuando salgas diles que pasen.

Nóntar regresó al sitial que se encontraba a un lado de las escaleras que llevaban al trono, el mismo que había ocupado durante la audiencia de Zat. Tomó una copa y bebió un largo trago de vino mientras esperaba a Gânmion. Se sentía agotado, desde el juicio había estado ocupado en cuestiones del gobierno que eran urgentes de atender.

Aquella mañana recibió un mensaje de Fértlas en donde el canciller le informaba que iba de camino hacia la capital con lord Lemand para discutir la propuesta de asumir como primer ministro. El delegado había dejado a su hijo mayor a cargo de la administración de la ciudad para salir junto a cincuenta soldados hacia Vesladar, esperaba reunirse en unos quince días con el nuevo gobernante. Nóntar sabía que negociar en su actual posición no tendría el mismo valor que hacerlo desde el trono y con la corona sobre su cabeza, por eso había decidido resolver de inmediato el problema de la sacerdotisa, encargada de las ceremonias sagradas del reino.

Pensó en deshacerse de ella, auqnue entendía que eso podría generar resistencia y molestia en el resto de los miembros del oráculo y no quería verse envuelto en un conflicto contra el orden religioso de Fáistand, después de todo, el Templo de los Cuatro era considerado un pilar fundamental del tejido social y lo que menos necesitaba era generar animadversión entre el pueblo en contra de su administración. No tenía muchas opciones, pero actuó con seguridad para que Giljia entendiera que acababa de perdonarle la vida, una forma de ganar su adhesión, en resumen, convirtió una amenaza en una oportunidad.

Gânmion entró acompañando a Belder que venía engrillado de pies y manos, caminando con dificultad, apurándolo con pequeños empujones.

—¡Vamos davariano, avanza! —dijo el senescal mientras se acercaban a Nóntar.

—¡Suficiente Gânmion... quítale los grilletes! —ordenó el príncipe.

—Pero Majestad...

—¡Dije que se los quitaras! ¿O acaso temes a un davar herido y mal alimentado?

Gânmion asintió y tomó las llaves que llevaba en su cinto para liberar al prisionero, que sobó sus muñecas con gesto aliviado.

—Veamos amigo, primero tu nombre —espetó Nóntar con tono seguro.

—Belder Señor, Belder Tesell.

Nóntar sintió un frío en el pecho y se puso de pie con sorpresa, ni siquiera intentó disimular.

—¿Tesell? ¿Acaso tienes algo que ver con Tustiel el presidente del parlamento davar?

—Sí señor, es mi tío por parte de padre.

Gânmion palideció y tragó saliva, justo cuando Nóntar le daba una mirada de reprobación frunciendo el ceño.

—¿Cómo es que llegaste a esta situación? —preguntó Nóntar al davariano.

Con tono sereno, Belder explicó las circunstancias de su llegada, su encuentro con Ervand y Dámber, y su participación en la batalla por Vesladar. Nóntar escuchó sin decir palabra.

—Llevo días deambulando por la ciudad, y sinceramente ya creía que lo mejor era dejar que la muerte llegara de una vez. Sus soldados me han salvado mi Señor, estoy en deuda con usted.

El príncipe guardó silencio, sabía que era una situación delicada, no tenía intenciones de darle a Mospel motivos para generar un nuevo conflicto que solo complicaría más las cosas; sin embargo, pensó que toda moneda tiene dos caras y no dejaría que esta cayera del lado contrario de su propia apuesta.

—Muy bien Belder Tesell, quiero que sepas que eres bienvenido, ordenaré de inmediato que se te atienda como es debido, que no se diga que Nóntar Kerstier es un mal anfitrión. Gânmion, quiero que el soldado que lo encontró sea designado como su escolta personal y que se preocupe solo de su seguridad y bienestar.

»Llevas la razón davariano, estas en deuda, ya que has levantado tu espada contra mí y mis hombres, y te aseguro que es el momento perfecto para que la saldes. Necesito un asesor en algunos asuntos y sé que podrás serme útil en varios aspectos. Ustedes los davars son instruidos e inteligentes, estoy seguro que sabrás devolver la mano. Quiero que cuando te sientas recuperado por completo, te presentes en mi despacho y hablaremos.

Belder escuchó algo dubitativo, pero no tenía opción, era eso o podrirse en un calabozo. Ahora que su familia había muerto solo le quedaba velar por sí mismo.

—Así será mi Señor —dijo dando media vuelta para irse con Gânmion, que lo observaba con absoluta sorpresa, pero antes de salir, Nóntar se levantó y volvió a hablarle.

—Supongo que llevas tus credenciales familiares contigo, me refiero a tu documentación.

Belder regresó y luego de buscar bajo su blusa le entregó un estuche de cuero al príncipe.

—Aquí encontrará todo lo que necesite saber mi Señor —respondió estirándole los papeles, para luego volver sobre sus pasos y salir.

Una vez solo, Nóntar revisó las credenciales y las guardó.

—Muy bien, de seguro esto no me vendrá nada mal, creo que puede ser una ventaja —se dijo sonriendo.

Las siguientes jornadas, se dedicó a ordenar papeles, firmar decretos, se levantó definitivamente el toque de queda que aún se mantenía en ciertos horarios, para que la gente pudiera circular libremente por la ciudad. Se ordenó el aumento de un quince por ciento en los sueldos de los militares sin subir los impuestos, sino que apelando al remate de bienes raíces del reino que estaban en manos del gobierno sin generar recurso alguno, lo que despertó el inmediato interés de los hacendados que vieron la oportunidad de aumentar sus terrenos agrícolas.

Además, se selló una ley que indicaba que todos aquellos prisioneros que mantenían condena por delitos menores de hurto o estafas fueran sacados de Torre Oscura para cumplir su pena trabajando en las minas de carbón de los límites del sur, ello con la finalidad de comenzar a exportar el mineral y generar nuevos ingresos. Una delegación fue despachada a las Tierras Pardas encabezada por Harman, aquel soldado que había planeado la estrategia para doblegar las defensas del palacio en la batalla, y el ministro de hacienda Joner Dresden, para buscar alianzas que les permitieran generar una fuerza disuasiva ante la inminente amenaza de Acantilado Dolmen.

Los miembros del gabinete estaban sorprendidos por la rapidez con la que se llevaban adelante estas medidas y por la asertividad de las decisiones que Nóntar tomaba para reordenar el reino. Fue así que en tan solo unos días, sus dudas respecto a las capacidades del príncipe se habían esfumado, y aunque con alguna reticencia aún, todos se pusieron a sus órdenes. El encarcelamiento de Unger había sido un golpe maestro que generó la simpatía de muchos de los ministros y que permitió ir dejando atrás paulatinamente sus aprehensiones. Era claro quien gobernaba, ya no cabía ninguna duda.

Dos días después, estaba todo listo para la ceremonia de coronación. Giljia había asumido su nueva situación y luego de informar al consejo del oráculo preparó todo. Nóntar le había exigido que antes de cuarenta y ocho horas debería realizarse el trámite, que aunque le parecía del todo superfluo, era necesario. Si en algo había tenido razón Unger, era que se necesitaba con urgencia dar una señal fuerte y clara que permitiera además de afianzar su posición, generar confianza en la población respecto a que las cosas retomarían su orden habitual lo antes posible.

Aquella mañana toda la ciudad estaba en las calles, se veían niños bailando y artistas que habían montado una especie de carnaval, las mujeres llenaban las calles de flores y la multitud se agolpaba para acompañar el recorrido de la carroza que llevaría a Nóntar desde el palacio al templo. El príncipe estaba sorprendido cuando salió hacia la plaza sobre el coche de arce descubierto —a pesar de los consejos del gabinete— y blancos caballos que eran dirigidos por un elegante conductor.

Nunca imaginó tal entusiasmo, y pensó que sus decisiones iban por buen camino o que tal vez simplemente el pueblo sabía adecuarse a cualquier escenario, y que si finalmente estallaba una guerra y era derrotado, recibirían con la misma alegría a Ervand. De cualquier manera, decidió disfrutar aquel momento, saludaba desde el carruaje en el que lo acompañan Gânmion de pie junto a él en su brillante armadura plateada de gala. Los vítores bajaban de los edificios y emergían desde las aceras, coreaban su nombre y el bullicio se confundía con el sonido de flautas, violines y tamborcillos que acompañaban el cortejo con animadas melodías.

Pronto llegaron hasta el Templo de los Cuatro, Nóntar bajó del carruaje y junto a su escolta se encaminó hacia la entrada. Era una construcción imponente y de los pocos edificios simbólicos que habían sido respetados por Karel durante la revolución. Decenas de banderas y estandartes coronaban sus cúpulas, capiteles y pilares contrastando con el oráculo al que había sido conducido por Unger esa noche que ahora le parecía tan lejana.

La banda de guerra del ejército comenzó a entonar una marcha con destreza, mientras el futuro monarca cruzaba el umbral. Al mirar hacia el altar vio una réplica del trono sobre una alfombra de terciopelo rojo, y en las graderías del lugar, a todos los ministros que no estaban cumpliendo encomiendas fuera de la ciudad, además de los principales señores de la capital y sus alrededores. Pudo notar que algunos lo miraban con desconfianza, pero estaba tranquilo, ya sabría cómo ganar el favor de todos, se sentía optimista, pensaba en que podía ser un buen gobernante y evitar una guerra era su primera tarea.

Se hizo el silencio cuando el príncipe llegó hasta el altar y luego de hincar una rodilla subió la pequeña escalera que antecedía al trono, donde una sacerdotisa lo cubrió con una capa color burdeo con adornos plateados, luego se sentó bajo la mirada de los asistentes.

Desde una puerta lateral entró Giljia, seguida de un viejo que llevaba una hermosa y pesada bandeja de oro con la corona del rey.

—¡Pueblo de Fáistand! —comenzó diciendo la mujer una vez que estuvo frente a Nóntar— ¡Como indica la tradición y bajo la mirada y bendición de los Cuatro Dioses, Eraes Diosa la del aire y los vientos, Asiamat Diosa de la tierra, Enaion Dios del Agua y los mares, Unarda Dios del fuego y la guerra, hoy consagramos la carne y el espíritu de un nuevo monarca, cuyo destino quedará a partir de hoy ligado a vida o muerte con esta corona, que representa la sangre derramada por los ancestros para forjar una historia y un hogar para nuestros padres y para nuestros hijos!

La sacerdotisa se inclinó en un gesto de sumisión y tomó la corona acercándose a Nóntar.

—¡Nóntar Kerstier, por el poder que me otorgan los señores de los cuatro elementos y sus vástagos, que derraman bendiciones y calamidad sobre la tierra, te corono como Rey de Fáistand, Señor de Mardâla meridional, Almirante del mar del sur, Heredero de los Berendill y Guardián de la tradición de Los Cuatro!

Lentamente, colocó la corona de oro y plata con incrustaciones de esmeraldas y rubíes sobre la cabeza del nuevo rey, que sintió como su corazón se aceleraba, sabiendo que lo que debería enfrentar de ahora en adelante exigiría de todo su empeño y destreza política. Ya con la corona puesta desenvainó su espada y levantándola de manera horizontal entre sus manos dijo:

—¡Yo, Nóntar Kerstier, Hijo de Rodhar, Nieto de Sôrtas, juro por Los Cuatro y por la eterna gloria de Fáistand que defenderé a sangre y fuego el reino, entregando hasta mi último suspiro para engrandecer su nombre, respetando las leyes de los hombres y el sagrado fuego del oráculo! ¡Soy de ustedes y para ustedes!

—¡Somos tuyos y para ti! —respondieron los asistentes al unísono en un grito que estremeció a Nóntar, que lentamente volvió a envainar su espada.

El rey miró a Gânmion que se acercó esbozando una sonrisa.

—Mi Señor —dijo el senescal recogiendo la espada del monarca, para luego retroceder y esperarlo a los pies del altar.

Un coro apostado en lo alto del templo comenzó a cantar el himno de los reyes que se usaba solo en las coronaciones y los aplausos y vítores se elevaron desde todos los sectores.

—¡Larga vida al Rey Nóntar! —se escuchó a una voz en todo el templo, un grito que se multiplicó en el resto del edificio al tiempo que los guardias golpeaban sus escudos con las espadas en señal de saludo. Al mirarlos, pensó que al menos de ellos sí tendría el absoluto apoyo en cualquier circunstancia, ya se había asegurado su lealtad y esa era su mayor garantía. Pronto, los militares del resto de las ciudades también recibirían el aumento de salario que esperaba le ganara su simpatía, incluso de los hombres de Hallrron.

—Quién lo diría —masculló el ministro Kessel en voz baja dirigiéndose a su colega, el ministro Hall—. Un reino con dos reyes...

DESTINO

Fardel tomó la antorcha que había preparado Bowen y se acercó a un brasero que estaba delante de él, encendido para la ocasión. La mañana era fría a pesar que la nieve había dado una tregua a los páramos de Lasterdan. El silencio era absoluto, todos observaban los movimientos del nuevo general que se mostraba imponente en su armadura de batalla. Su cabello casi blanco flotaba a merced de la gélida brisa y sus ojos de mirada penetrante parecían brillar bajo las primeras luces del alba.

El cuerpo de Déras estaba ya reposando en la pira funeraria, con la espada sobre el pecho y sus mejores galas. Después de la ceremonia de la noche anterior, Fardel se había inclinado ante Urbal para luego caminar hasta el sitio donde yacía su mentor y tomándolo en sus brazos se retiró junto a él a su tienda, allí veló sus restos sin poder conciliar el sueño. Aún estaba confundido y una mezcla de sentimientos se arremolinaban en su cabeza.

Se acercó al fuego para encender la tea y sin decir palabra fue hacia donde se había dispuesto el último lugar de descanso del otrora orgulloso líder del ejército veideo de Karel. Se detuvo a un lado del altar improvisado con la madera recogida durante la noche por los soldados, una tarea difícil en aquellos parajes desolados. Se inclinó y besó la frente de su maestro.

—Que Erit te reciba con los brazos abiertos. Sé que desde donde estés, tu espíritu seguirá acompañándome —dijo en voz baja antes de girarse hacia Bowen—. Te corresponde encender la pira Bowen, no a mí, él era tu padre y no hay alguien más adecuado para elevarlo a Valias —agregó estirando la antorcha hacia el mestizo, que asintió y avanzó tomándola.

Intentaba no delatar su dolor, mostrarse fuerte, pero era difícil y con mano temblorosa encendió el fuego. Retrocedió intentando no mostrar debilidad y se quedó observando como lentamente las llamas cubrían la mortaja de su guía.

—Gracias maestro, espero verte al final de mi viaje —susurró.

Fardel se acercó y tomándolo por el hombro lo instó a regresar junto a los demás.

—Amigo, debemos preparar todo para partir, es hora.

Bowen asintió y se encaminó lentamente hacia la multitud que abrió paso dejándolos pasar. De reojo Fardel alcanzó a ver el rostro pálido de Breenad entre los soldados, que contemplaba la escena con un dejo de nostalgia. Cruzaron sus miradas por un breve momento antes que el nuevo líder retomara su marcha seguido de Urbal y Bowen. Ella sintió que algo le quemaba el estómago cuando sus ojos hicieron contacto con el que hasta hacía unas horas, no era más que un joven confundido. Ahora se había convertido en un guerrero que parecía tener un aura irreal.

Ella simplemente agachó la mirada, y su padre logró adivinar que aquella fugaz ilusión que hacía solo unos días comenzaba a albergar el corazón de su hija se había roto, desvaneciéndose tan inesperadamente como apareció. Él se sentía aliviado, que su única hija pudiera tener algún tipo de relación con quien comandaría la nueva revolución no le agradaba, pensaba que estar al lado de Fardel no traería más que sufrimiento a Breenad. La abrazó cariñosamente y la llevó a la tienda de su familia.

—Vamos pequeña, debemos terminar de preparar todo para partir.

—Sí padre...

Después de un rato, Fardel se encontraba sentado junto a su camastro, solo. Tomó un espejo y observó su rostro, era el de siempre, pero al mismo tiempo distinto, como si de pronto hubiera madurado de golpe, su cabello también era muy diferente, casi blanquecino. Observó la llama de una antorcha que iluminaba el lugar y recordó los primeros días en la casa de Déras luego de la muerte de su padre.

El viejo comandante estuvo con él en todo momento, acompañando su duelo. Juntos recuperaron el cuerpo del viejo artesano y le habían dado sepultura en una pequeña colina cercana a su propiedad. Recordó cuando su maestro se quedó por más de dos horas sentado junto a él en aquel lugar, en silencio, hasta que el comandante se decidiera a hablarle usando palabras que ahora le hacían sentido:

"Fardel, sé que la muerte de tu padre es dolorosa y una pérdida irreparable, pero debes estar preparado. Tu destino está marcado para bien o para mal. No has cruzado desde los campos celestes de Valias a esta tierra a vivir como un simple campesino. Debes ser fuerte y reunir todo el coraje que puedas, aún te quedan muchos dolores que enfrentar, pero siempre ten presente que todo tiene una razón de ser".

Evocó su periodo de instrucción, sus largas tardes en la biblioteca de Déras, donde su mentor le enseñaba los secretos de la gran revolución, filosofía, medicina, estrategias de guerra, todo lo que hoy sabía. Había llegado a quererlo, fue su consuelo y refugio en aquellos momentos de congoja. Nunca pensó que todo acabaría así, pero entendió que esas palabras que ahora le parecían tan lejanas junto a la tumba de su padre, no eran más que un anticipo de algo que el viejo ya sabía.

Titubeó sentado mirando nuevamente aquellas llamas y sintió ganas de llorar, pero ahora era el general y comandante del ejército veideo, no podía mostrar debilidad. Déras lo había preparado y creía que lograría enfrentar lo que venía. Comenzó a ultimar detalles para retomar el viaje dando algunas instrucciones y le pidió a Bowen que se hiciera cargo de tener todo listo para partir antes del mediodía.

Luego se dirigió a la tienda de Urbal, que lo esperaba sentado en su sitial. Al llegar, los guardias le abrieron paso haciendo una reverencia. Fardel los observó algo confundido, de seguro le costaría acostumbrarse a aquello. Una vez dentro vio al hechicero que miraba fijamente hacia él, como si llevara horas esperándolo.

El joven se inclinó hincando una rodilla.

—Maestro —dijo con tono firme y sereno.

—Levántate Dáelas y acércate.

Fardel obedeció y en silencio avanzó hasta quedar a menos de un metro de Urbal que se puso de pie.

—Sé que aún estás desorientado, ten paciencia, ya pasará. Sé también que el dolor por la pérdida de Déras aún está muy cerca, pero quiero que tengas presente que él estaba preparado, lo sabía desde que naciste. Cuando me enteré que habías venido al mundo lo visité en Lasterdan, le hablé sobre ti y de cuál sería su papel en esta historia y lo aceptó.

Fardel escuchaba siguiéndolo con la mirada auqnue sin decir nada. El hechicero tenía razón, se sentía perdido e incluso una quemante sensación de rabia contra Urbal se había enquistado en su pecho y lo controlaba a duras penas. Quería gritarle y decirle que él no había elegido esto, que era un camino lleno de dolor y que solo quería regresar a su hogar en la campiña de Fértlas. Por otro lado sentía ansias de grandeza, y una sensación difícil de explicar que lo empujaba a dejar todo atrás para enfrentar su destino.

—Hijo, leo tu corazón, sé que ahora probablemente quisieras atravesarme con tu espada, pero no lo harás, al menos no hoy...

guarda ese odio, porque tal vez su fuerza será la que más adelante necesitarás. Ten fe, todo encajará ya lo verás. Quiero que encabeces la marcha, yo partiré unas horas antes. He visto que nuestra gente en el norte está en problemas y debo organizar una nueva expedición, quedarme con la caravana me demoraría demasiado. Cuando llegues a Robirian te estaré esperando con todo listo para zarpar. Nuestros hombres nos necesitan y necesitan de ti.

—Entiendo maestro, no se preocupe, Déras me enseñó bien, y aunque vea odio y confusión puedo controlarlo, para esto me preparó. Ahora con su permiso iré a ultimar los detalles.

—Adelante Comandante —dijo el hechicero mientras lo veía salir.

Fuera de la tienda, Bowen esperaba a Fardel que se acercó a él con la mirada fija hacia el suelo y las manos atrás.

—Bowen prepara nuestros caballos, iremos adelante tú, Hérbal y yo, además quiero hacerte otro encargo...

Se alejaron caminado mientras Urbal observaba desde la entrada de su carpa con rostro sereno. Sabía que el muchacho aún era inestable, pero también tenía claro que era una etapa que podría superar pronto. Adivinaba que necesitaría mucho apoyo y sentirse acompañado en el proceso, auqnue esa no era su tarea, correspondía a alguien más. Luego instruyó a su guardia personal para salir cuanto antes.

Unas horas después, el gran campamento estaba casi por completo desmantelado, las carretas en hilera listas para iniciar la travesía y los soldados formados esperando las instrucciones de su comandante. Urbal ya llevaba unas tres horas de viaje junto a una escolta de ciento veinte hombres, y al galope, ya había sacado una gran ventaja a la caravana que apenas se preparaba para partir.

Los solados formados flanqueando las carretas, vieron avanzar desde atrás a Fardel sobre su caballo negro azabache que llevaba una armadura ligera. Los hombres abrieron paso al general que iba a acompañado Hérbal y Bowen, quien además de su propio caballo llevaba un hermoso pura sangre blanco que resplandecía bajo el sol que finalmente se había dejado ver.

Cruzaron a través de toda la caravana hasta llegar casi a la vanguardia, en donde Breenad ya se había instalado junto a su padre para guiar su carreta. Cuando notó que Fardel se acercaba, fijó su miraba en el horizonte y decidió esperar así el inicio de la travesía.

El comandante vio a la chica desde atrás y bajo la mirada atenta de sus hombres, desmontó y caminó hacia donde estaba la joven y su padre sin que ella lo notara. Se acercó hasta quedar a un costado de Abner que lo miró sorprendido, agachando su rostro en señal de respeto, pero no estaba preparado para que Fardel se inclinará ante él.

—Abner, humildemente te pido que autorices a tu hija a cabalgar junto a mí.

Abner palideció y Breenad sin mirarlo sintió como si el corazón se le subiera a la garganta.

—Sí, mi Comandante —respondió el herrero, aunque algo confundido—. Si usted lo desea ella puede acompañarlo. Vamos hija —dijo mirando a la joven que recién pudo salir de su ensimismamiento—, suelta esas riendas y baja.

La chica descendió por el lado contrario de la carreta, mientras Fardel hacía un gesto a Bowen, que avanzó con el pura sangre hasta él, tomándolo de las riendas mientras esperaba que Breenad se acercara. Una vez que estuvo frente a frente con ella, le entregó el caballo.

—Por favor acepta este regalo y acompáñame durante el viaje—dijo Fardel sonriéndole.

Ella estaba absolutamente sorprendida y sin atinar a decir mucho, tomó las riendas y dejó que el comandante le ayudara a subir. Luego desde atrás Bowen la alcanzó y puso sobre ella una hermosa capa de terciopelo rojo mientras sonreía y le hacía un gesto de complacencia. Fardel montó su caballo junto a ella.

—Vamos Breenad, tenemos un largo camino y quiero hacerlo

contigo. —dijo Fardel— ¿Nos vamos?

—Sí Comandante —dijo ella intentando sacudirse de la sensación de aturdimiento.

—Nada de comandante, créeme, aunque lo dudes, soy el mismo, no lo olvides yo recibí la esencia de Karel y no al revés.

Por primera vez ella sonrió y acomodándose sobre la montura chasqueó las riendas para iniciar el viaje.

—Vamos Askon, quiten ese engendro de la red y déjenla lista por si debemos usarla nuevamente, tenemos que regresar a las cavernas —ordenó Dârion, luego de acabar con el egregor.

El capitán tenía la esperanza de que llegaría pronto una nueva expedición a auxiliarlos. Después del ataque de los enebergs habían abandonado el campamento para buscar un refugio menos expuesto. Ya tenían claro que las criaturas que habitaban las islas eran tan salvajes y agresivas como relataban los textos antiguos, y temía que siguieran apareciendo otras abominaciones.

Antes de irse, dejaron un cartel clavado en un poste al interior de la empalizada que decía "Montañas Rojas" para que, si llegaban refuerzos, supieran donde podían encontrarlos. Luego iniciaron la evacuación, que no estuvo exenta de problemas. Durante el camino los atacó un egregor, fue la primera vez que vieron. Medía unos tres metros, caminaba en dos patas y su cuerpo estaba cubierto con una mezcla de escamas de color rojizo. Su cabeza era similar a la de un carnero pero con fauces de colmillos largos y afilados, mostrando dos extremidades cortas a modo de brazos y lo que parecían ser alas sin desarrollarse en la parte alta del lomo. Había acabado con varios veideos antes que pudieran derrotarlo haciendo uso de decenas de flechas y lanzas, que después de un arduo enfrentamiento, habían logrado doblegar a la bestia, siendo rematada en el suelo a espadazos, bajo la sensación de asco y repugnancia de los guerreros encargados de proteger la huida del resto de los expedicionarios, que se apresuraron a buscar un lugar seguro.

Luego, el capitán ordenó instalar trampas en las inmediaciones de las cuevas elegidas para pernoctar, haciendo todo lo que estaba en sus manos para que fueran lo más habitables posible y dejarlas en condiciones de albergar a los sobrevivientes. El escape había sido providencial, porque la tarde siguiente al ataque de los enebergs, Gundall se preparaba para una nueva ofensiva, pero esta vez no quería sorpresas, lo acompañaban el doble de guerreros que la noche anterior, además de seis grendells. Estaba decidido a acabar con los visitantes indeseados y usarlos para llenar sus despensas por un buen tiempo.

Sin embargo, al llegar a la roca de observación notó que no había ningún tipo de movimiento y ordenó atacar con todo de una vez. En un desordenado tropel se abalanzaron hacia la empalizada encabezados por los grendells, que sin recibir ningún tipo de resistencia esta vez, la destrozaron. Solo allí se dieron cuenta que el lugar estaba desierto. Gundall hizo detener la ofensiva y fue hasta el abandonado campamento, instruyendo a algunos soldados para que revisaran cada rincón del campamento sin encontrar nada de valor o algo que indicara donde estaban los veideos, simplemente se habían esfumado.

Por un momento pensó que finalmente habían decidido irse, pero los pocos botes que tenían estaban aún varados en la orilla de la playa más cercana. Entonces entendió que simplemente se escondían, probablemente en los bosques de más al norte. El cartel dejado allí por Dârion lo enfureció, para él eran simples garabatos en un trozo de madera que no podía descifrar. Se sintió estúpido y solo atinó a ordenarle a los demás que explorarán los alrededores, pero no tuvieron suerte; sin embargo, no sospechaban que Askon y un grupo de veideos los observaban y registraban todos sus movimientos desde las copas de los antiguos robles, que se elevaban sobre los desfiladeros de las montañas, siempre atentos a cualquier amenaza y dispuestos a caerles encima si se acercaban mucho a sus posiciones.

Los enebergs eran poco disciplinados, no se caracterizaban por su constancia, y después de apenas dos días abandonaron la búsqueda. En las siguientes jornadas, los centinelas veideos vieron solo a un par de ellos cazando en los alrededores; no obstante, no podían confiarse, su posición era delicada y frágil, debían estar atentos a cualquier movimiento, aunque al menos de forma temporal, las cuevas resultaban ser bastante seguras. Ambross había despachado varias aves con la esperanza que lograran hacer el largo viaje al sur para informar lo que pasaba, pero Urbal ya lo sabía, sus habilidades de desdoblamiento astral le permitían tener todo bajo permanente observación, y si no hubiera sido por la necesidad de iniciar a la brevedad a Fardel, habría salido varios días antes hacia Robirian. Sin embargo, había enviado mensajes al puerto para que aceleraran los trabajos en las embarcaciones. La flota estaba formada por treinta y cinco barcos, suficientes para viajar con unos veinte mil hombres hacia el norte, y terminar de afianzar la soberanía en las islas a fin de explotar sus recursos.

Beriel y los maeses hacían lo posible por mantener con vida a los heridos después de la batalla, pero como ella previó, las armas eneberg tenían la habilidad de infectar las heridas. Los subterráneos envenenaban sus rústicas cimitarras y dagas antes de las batallas y varios soldados que sobrevivieron a las escaramuzas, sucumbieron prontamente a la fiebre y la gangrena entre horribles dolores y delirios.

Era una veidea fuerte y decidida, por eso había sido elegida entre los miembros de la expedición por Urbal, pero su ánimo decaía con los días. Ahora, después de atender a un cazador con una muñeca rota tras seguir a un jabalí, se encontraba sentada en un tronco con su rostro entre las manos en el bosque cercano al refugio, cuando sintió unas ramas crujir bajo las pisadas de alguien o algo. Con una rapidez pasmosa se puso de pie desenvainando la espada que desde el día del ataque no había vuelto a descolgar de su cinto.

—Tranquila amiga, soy yo... ¿No te dije que no podías

deambular en los bosques sola? Veo que mis órdenes son irrelevantes para ti Beriel —dijo Dârion acercándose con una sonrisa complaciente.

La veidea volvió a guardar su espada con rostro serio.

—No suelo seguir mucho las órdenes y sé cuidarme sola, no debería preocuparse por mí Comandante, no sea condescendiente conmigo, mejor preocúpese por los demás y no malgaste su tiempo en cuidarme, no lo necesito.

Dârion la miró algo contrariado.

—¿Cómo es que esperas que no me preocupe?, gracias a ti se pudieron salvar muchas vidas. Además, si te pasara algo tu abuelo me mataría.

—Lo dudo, él no mataría ni una hormiga, apenas si sabe usar una espada.

—No obstante, conoce de venenos, ¿no? —respondió el capitán sonriendo.

—Es probable, pero nunca te haría daño, es un veideo leal y ahora eres su comandante.

—Solo bromeaba Beriel... aun así, debo insistir, por favor no andes sola por aquí, es peligroso.

—Está bien, es solo que siento impotencia por no haber podido ayudar a más heridos, cayeron uno tras otro como moscas, necesitaba un rato a solas.

—Créeme que entiendo, pero no es tu culpa y tampoco se puede ya hacer nada, te necesitamos viva y con buen ánimo, eres importante para el grupo.

La mujer se acercó y tomó la mano del capitán, que la dejó hacer.

—¿Qué te pasó? —preguntó mirando una herida mal vendada en su palma derecha.

—Es solo un rasguño, no te preocupes, no fue un arma eneberg, aunque suene estúpido me corté mientras destazaba un venado, no es profunda.

—Sin embargo, puede infectarse... Vamos, suturaré eso.

Dârion asintió y caminó junto a ella hacia las cavernas.

...Pero Gundall no se había rendido, cada tarde cuando el sol comenzaba a ponerse recorría los alrededores, buscaba huellas, senderos. Sabía que los "pellejo azul"—como solía llamarlos de forma despectiva— aún estaban en la isla, y pensaba en aquel escrito que estaba en ese poste y que no lograba descifrar ¿Sería un mensaje? ¿Acaso esperaban a más de ellos? La verdad le preocupaba una invasión, tal vez aquel grupo no era más que la punta de lanza de un intento por conquistar las islas que eran el hogar de las razas elementales desde hacía tantos ciclos. Debían estar preparados.

El general habló con su rey, un eneberg obeso y de aspecto repugnante llamado Pillum que rara vez dejaba su trono en el fondo de una caverna, alumbrada tenuemente por algunas antorchas y donde se amontonaba huesos de sus diarios festines, que eran retirados por sus esclavos goblins cuando el hedor ya era insoportable.

Incluso Gundall se sentía asqueado en ese lugar, pero era leal y no tomaba ninguna decisión sin antes consultarlo con el rey. Cuando le informó de su fracaso al intentar doblegar las defensas de los veideos, Pillum montó en cólera y poniéndose de pie tomó su cimitarra haciendo volar la cabeza de un goblin que se encontraba limpiando el piso a los pies del trono, donde el líder eneberg, había dejado caer los restos de un guiso que no había sido de su agrado. Poniéndose frente a frente con Gundall —que apenas lograba igualarlo en estatura— le ordenó encontrar a los sobrevivientes a como diera lugar si no quería ser relevado y arrojado a los establos como alimento para los búberins.

Humillado y furioso se juramentó hallar a los veideos, y no cejaba en su afán de encontrarlos recorriendo los bosques, pero no imaginaba que no era en ellos donde habían buscado refugio, sino que un lugar menos probable, en las cercanas Montañas Rojas, un sitio al que nadie se acercaba mucho, porque era el hogar de los egregors. Además se decía que allí habitaba un dragón índigo, y aunque solo eran rumores, a lo menos los suyos mantenían la distancia, era mejor no meterse con esas bestias, nunca se sabe cuándo las leyendas pueden hacerse carne...

REINO DIVIDIDO

El viaje de Ervand fue rápido y sin sobresaltos. El tiempo apremiaba, era necesario regresar cuanto antes a Fáistand y a la mañana siguiente de recibir la información de parte de lord Tundar inició su travesía, bajo la mirada preocupada de Mirnar, quien junto a su tío observó desde un balcón cuando el rey montó y tras despedirse levantando una mano, inició su travesía. Fueron cuatro días y tres noches en que Ervand apenas se detuvo para que su caballo descansara, ni siquiera acampó, viajó apresuradamente hasta Puerta Arrecife a donde llegó la mañana del cuarto día, dirigiéndose de inmediato al puerto para reunirse con el almirante Amivil y entregarle el mensaje del señor de Lanza Antigua.

No de muy buen ánimo, accedió a llevar al monarca hasta Acantilado en un barco de exploración con una tripulación de no más de veinte hombres, y la travesía no tuvo mayores complicaciones, el clima fue benévolo y en diez jornadas Ervand desembarcaba en la bahía de la Torre de Marfil.

Durante los días anteriores, Hallrron había recibido la noticia de la llegada del rey a Lanza Antigua y de su viaje hacia Acantilado. Estaba preocupado y dudó en informar a sus visitantes sobre la aparición del soberano; sin embargo, era obvio que al menos la princesa debía saberlo, por lo que se lo dijo, pidiéndole guardar la información en reserva hasta no tener más noticias. Lía se sintió aliviada y más tranquila, al menos su hermano vivía y con algo de suerte pronto se reunirían. Quiso contárselo a Dámber, pero Arton tenía razón, era mejor no adelantarse, así que guardó el secreto el mayor tiempo posible.

El senescal se sentía mucho más recuperado, en los días siguientes a su llegada intentó descansar, necesitaba estar bien para cualquier eventualidad, mal herido no sería de mucha utilidad. Había dejado su habitación solo para asistir a las cenas, donde acompañaba a Lía y a Hallrron, al menos así fue durante los primeros días. Pero algo le molestaba: era Dania, no la había vuelto a ver y a pesar que el consejero Han le aseguró que estaba bien y que la deuda por sus servicios sería pagada a la brevedad, no le era suficiente. Pensaba que al menos le debía un agradecimiento.

La princesa lo notaba más taciturno de lo normal, pero pensaba que el conflicto al interior del reino generaba en él aquel semblante preocupado. No sospechaba que Dámber, además de estar intranquilo respecto a la impotencia que le representaba quedarse allí enclaustrado, sin poder actuar o salir a buscar a Ervand, sentía una profunda confusión respecto a sus sentimientos.

Lía intentó un par de veces hablar con él, pero sintió a Dámber más bien lejano, era como si finalmente hubiese asumido que ella era inalcanzable. La princesa extrañaba esa mirada profunda, esa actitud vulnerable que el senescal había mostrado siempre en su presencia. Notaba ahora algo de indiferencia más allá de la relación normal entre una noble y un militar, y eso le molestaba o al menos la inquietaba.

Dania había dedicado sus días a recorrer el puerto, no lo conocía y la diferencia con Puerta Arrecife era sideral. Esta era una ciudad ordenada, hermosa, limpia, con escuelas de armeros, herreros, una universidad, bibliotecas y tiendas de toda índole. Decidió esperar con paciencia a que se le diera su paga que demoraría algunas jornadas debido a que Han, el encargado de estos asuntos, era meticuloso en cuanto a los permisos y papeleo, un burócrata algo exagerado. Pero la vaniosta no tenía apuro por el momento, de todas formas estaba siendo bien atendida en palacio, alojando en el ala sur destinada a las visitas, donde las habitaciones eran amplias, hermosas e iluminadas y contaban con todo tipo de comodidades. A diferencia de Maynor no fue hospedada en el regimiento, por razones obvias. Un sirviente había sido designado para atenderla y preocuparse de sus necesidades permanentemente, y aunque eso la hacía sentir algo ahogada, le recordaba su vida anterior en Dárdalos... pero eso ahora parecía muy lejano.

A pesar de todo aquello, estaba algo molesta por la actitud de Lía, no le había agradado la forma en que la miró al llegar, con un aire de superioridad que sintió bastante despectivo. De inmediato se dio cuenta que Dámber cambiaba de ánimo al verla y entendió que algo extraño pasaba entre ambos. Desde ese día no había vuelto a ver al senescal.

Eso hasta el sexto día, cuando al visitar la guarnición del regimiento al interior de la fortaleza para ver la armería y vestida en su habitual atuendo de campaña, se encontró con Dámber que salía del comedor, donde había visitado a algunos oficiales vestido de civil. Al verla se quedó paralizado y ella también. Hubo un silencio algo incómodo hasta que el comandante se decidió a hablar.

—Milady, me alegra verla bien...

—Siempre me veo bien Senescal, incluso cuando llevo días viajando en un barco de mala muerte...

—La verdad no podría discutir eso Dania, ya te lo dije una vez, el pobre Bascant simplemente no puede contigo —dijo riendo— y muchos otros tampoco.

—Si quieres decirme que soy una mujer hermosa no des tantas vueltas Orlas, por lo demás, es algo que sé de sobra —respondió.

Dámber sonrió y se acercó a ella.

—¿Te gustaría caminar un poco?

Dania asintió y se dirigieron al patio de ingreso que daba paso a los cuidados jardines de la fortaleza. No se veía mucho movimiento y ambos se adentraron en un sendero rodeado de azaleas y cerezos. Rieron recordando el asunto con Roric y hablaron de la ciudad, de las cosas que había logrado visitar la mujer y de la diferencia con Puerta Arrecife.

—Y dime Dania —dijo Dámber con las manos atrás—, ¿qué tienes pensado hacer ahora?

—De momento quedarme unos días y luego regresar a Sáester, aunque aún no sé qué camino tomaré, si por tierra o por mar.

—Bueno, te seré sincero, Fáistand será un caos ahora, y necesitaremos gente calificada, sobre todo para liderar. Tú tienes lo necesario. Quisiera proponerte que te unas a la guardia real. Sería genial que te quedaras —dijo deteniéndose y mirándola de frente sin pensarlo demasiado.

Dania se sintió sorprendida, algo aturdida y lo miró ladeando su cabeza como escrutando al comandante. No le gustaba sentirse atada, había elegido una vida independiente en la que no debía rendirle cuentas a nadie y esto definitivamente no estaba en sus planes. Guardó silencio.

—Vamos Dania, te nombraré oficial de la guardia real y además... además tendrás el placer de servir junto a mí —agregó Dámber con una risa nerviosa.

—¿Qué tal? El senescal me quiere en su tropa —respondió la chica devolviendo el gesto. En otras circunstancias habría dicho que no inmediatamente, pero ahora, dudaba—. Lo pensaré si me prometes que no deberé hacerme cargo de tu princesa soldado, ella no me agrada, sabes que soy directa.

Dámber soltó una pequeña carcajada.

—Claro que lo sé Dania. Ella es una buena persona, ya la

conocerás mejor, pero te agradezco pensar en esta propuesta. Si decides quedarte me ocuparé que su seguridad no sea tu responsabilidad directa si así lo deseas.

Ambos retomaron la marcha bajo la atenta mirada de Lía, que desde la terraza de su habitación había observado la escena en silencio. Sintió algo de nostalgia y al mismo tiempo de rabia contenida. ¿Acaso sus sentimientos la estaban dominando? Intentó no pensar en aquello y dando media vuelta regresó al interior bastante contrariada.

Las noticias de Vesladar no eran alentadoras. Hallrron había utilizado todos sus recursos para saber de primera mano lo que sucedía en la capital e incluso, antes de recibir un nuevo mensaje de Nóntar, ya estaba al tanto de la coronación y de las medidas adoptadas por el ahora rey de "al menos una parte de Fáistand".

Cuando llegó el mensaje informando de la ceremonia que había consagrado al menor de los hermanos como monarca, el viejo delegado había llamado a su consejero Han al salón de reuniones. No tenía intenciones de aumentar la preocupación de sus invitados con estas noticias, no por el momento.

Se encontraban discutiendo las condiciones impuestas por Nóntar cuando un guardia anunció la llegada del rey. De un salto Hallrron se puso de pie con el corazón en la garganta, por fin algo de certeza entre tanta incertidumbre. Lord Tundar había ya informado al señor del puerto acerca del arribo del soberano a su ciudad y de su viaje hacia al sur, solo le preocupaba que lograra llegar a salvo a Acantilado.

Ervand entró sin decir nada, y acercándose a Hallrron lo abrazó. Ninguno habló, las palabras sobraban, el rey sentía que había cometido un error inexcusable y ahora todo el reino estaba pagando las consecuencias. Han, hizo una suave reverencia cuando Ervand entró al salón y se quedó observando la escena.

—Lo lamento Arton, he puesto al reino en peligro. Lo que

tanto le costó construir a mi abuelo y mi padre se me desmorona entre las manos —dijo el rey separándose del viejo.

—Ervand —replicó Hallrron—, no te diré que no tienes responsabilidad en esto, pero todos cometemos errores, ahora lo importante es evitar que este conflicto siga escalando. Por favor siéntate, creo que no podrías haber llegado en mejor momento.

Ervand se sentó, mientras Hallrron hacía un gesto a Han para que los dejara solos. Una vez que el consejero cerró la puerta, el delegado sacó la nota que estaba revisando minutos antes.

—Primero, déjame decirte que Dámber está aquí, recuperándose. Estaba muy mal herido, pero ha mejorado. Y tu hermana también esta refugiada en nuestro palacio, así que por lo menos por ese lado, puedes estar tranquilo.

El rey dio un profundo suspiro de alivio. Lo de Dámber lo sabía, pero acerca de Lía no tenía información hasta ese momento y menos aún sobre lo que ahora iba a escuchar.

—Mira, hijo —continuó Hallrron—, las cosas están peor de lo que podrías haber imaginado, pero quiero que me escuches con calma, luego discutiremos las opciones.

El viejo relató al rey todo lo sucedido desde aquel día en que las almenaras lo alertaron que algo estaba pasando en Vesladar. De la llegada de Lía, el mensaje de Nóntar, la respuesta que envió a la capital y el arribo de Dámber. El rey escuchaba perturbado y sentía nauseas mientras palidecía. Solo saber que su hermana y su mejor amigo estaban bien y a salvo lo consolaba. Sentía ganas de salir corriendo a encontrarse con ellos, pero ahora debía terminar de oír lo que sir Arton tenía que decir.

—...Y hoy Ervand, apenas esta mañana... recibimos este mensaje. Creo que mejor lo leo.

El viejo abrió la nota y Ervand se echó hacia atrás en la silla sin decir palabra y esperando lo peor.

"Estimado Lord Arton Hallrron, Delegado del Puerto:

»He leído su mensaje, quiero aclarar desde ya que no aceptaré presiones de un subalterno. Ya he sido consagrado como nuevo Rey de Fáistand, debido a que el vacío de poder solo ponía en peligro la estabilidad de la nación y coincidirá conmigo que la anarquía es el peor enemigo de cualquier corona. Por lo tanto le exijo, bajo este nuevo escenario, obediencia al trono. Nada se sabe de mi hermano aún y, por otro lado, cuento con el apoyo del pueblo, que ha visto en mí un camino para concretar sus aspiraciones y reivindicaciones en diversos ámbitos, asuntos que fueron desatendidos o simplemente ignorados por Ervand.

Le reafirmo que tengo toda la disposición a conversar con usted y lo invito a la capital, para que en conjunto, busquemos las mejores alternativas que permitan evitar un conflicto, que sabemos solo traería calamidad y empobrecería a nuestro reino.

Esperaré su respuesta a la brevedad, de lo contrario aténgase a las consecuencias.

Atentamente suyo:

»Nóntar Kerstier, Rey de Fáistand, Señor de la Mardâla Meridional, Almirante del Mar del Sur, Heredero de los Berendill y Guardián de la tradición de los Cuatro".

Ervand sintió que el estómago se le revolvía al escuchar aquella misiva. Hallrron finalizó y se quedó observándolo.

—Y eso no esto todo Majestad —continuó—. Nóntar ha adoptado una serie de medidas políticas y administrativas que solicita se implementen también aquí a la brevedad.

—¿Qué sabemos de lord Lemand?

—Ese es otro asunto delicado. Él está ahora en la capital, y mis informantes dicen es que es cuestión de tiempo para que asuma como primer ministro. Lamento decirle Alteza que al parecer estamos solos en esto. Podemos declararnos en rebeldía o puede usted… abdicar... la decisión es suya.

—¿Qué opinas tu Hallrron?

—Yo seré fiel a la memoria de su padre hasta el final. Le juré en su lecho de muerte velar por ustedes, pero especialmente y en primer lugar por el reino. Si me pregunta a mí, tenemos hombres y recursos suficientes para enfrentar a su hermano. Tal vez una muestra de fuerza podría hacerlo entrar en razón. A veces la disuasión es la mejor consejera en estos asuntos. Por ahora solo le diré que las medidas que ha ordenado no serán ni implementadas ni menos aún socializadas en Acantilado Dolmen, ya que las considero inconstitucionales, por ende, ilegítimas.

—Bien Arton, entonces no hay nada más que discutir, encárgate de redactar una respuesta y luego me la muestras para revisarla. Como delegado tienes el poder de emitir decretos respecto a tus dominios. Haz de inmediato una declaración informando que Acantilado es la nueva capital provisional del reino y que el rey se asentará aquí hasta despejar este problema. Quiero que además proclames ilegítima la coronación realizada en la capital. Nóntar es mi hermano, pero mi deber es antes con la nación y después con la familia. Si cree que me intimidará así de fácil está muy equivocado.

—Bien Majestad, ahora descanse, se ve agotado. Pero antes, puede ir al comedor principal, he pedido que citen allí a Dámber y Lía, aunque no les mencioné el porqué. Lo están esperando.

—Gracias nuevamente, estoy ansioso por verlos. Sé que con tu ayuda saldremos de este predicamento.

En el sitio indicado por el delegado, Lía observaba a Dámber de pie junto a la chimenea con la cabeza gacha, como evitándola. Casi no hablaban desde hacía varios días, solamente Lía se había acercado a él después de una cena para contarle bajo la más absoluta reserva que el rey estaba vivo y en camino al puerto, lo que alivió al senescal que prometió no decir nada, después de todo Hallrron advirtió a la princesa de no contarle a nadie, pero era Dámber, cómo no hacerlo.

A pesar de ello, Lía notaba que el senescal estaba diferente, ya no se relacionaba con ella como hasta antes de su salida junto al rey. Tal vez aquella noche en la terraza durante el festín, cuando lo había rechazado, fue una forma de que él finalmente asumiera que debía alejarse y olvidar sus sentimientos... o tal vez esos sentimientos habían cambiado.

Se acercó al él parándose a su lado.

—Dámber ¿pasa algo? Desde que llegaste te noto distinto.

—Majestad, es este asunto sobre sus hermanos, obviamente estoy preocupado, quién sabe cómo puede acabar.

—¿Estás seguro qué solo es eso? Ya casi no me hablas, es como si me evitaras —Dámber sonrió algo irónico—. Al menos ya sabemos que Ervand está bien y en camino, eso debería dejarte más tranquilo.

—Alteza —dijo Dámber girándose para mirarla de frente—, yo necesito ocupar el lugar que me corresponde y para eso debo intentar no encontrarme con usted fuera de los límites que impone el protocolo. Sinceramente, situaciones como esta son las que quiero evitar, me hacen sentir incómodo. Si quería la verdad es esta, usted me ha dejado claro quien es y quien soy yo, y lo he asumido así.

Lía lo observó sorprendida, nunca esperó que su viejo amigo le hablara de manera tan fría y decidida. Sintió que se le recogía el corazón y por primera vez tuvo aquella sensación de vacío, de haber perdido el control. Tomó las manos del senescal acercándose.

—Dámber yo...

El comandante se soltó y retrocedió agachando la cabeza.

—Princesa, evitemos esto, no tiene sentido...

—Pero, Dámber...

En ese instante sintieron el chirrido de la puerta y ambos miraron hacia ella. Allí asomó Hallrron, seguido de Ervand, que por un momento se quedó de pie sin decir palabra observándolos.

—¡Majestad! —dijo Lía hincando una rodilla al igual que Dámber.

El rey se acercó y agachándose hizo que se reincorporara.

—Lía, no sabes cuánto temía por ti.

Ella pareció soltar todo aquel estrés, rabia, pena y comenzó a llorar en los brazos de su hermano que intentaba tranquilizarla. Dámber observaba algo incómodo hasta que Ervand besó a su hermana en la frente y secó sus lágrimas con la mano.

—Tranquila, todo se arreglará ya verás. Cumpliste tu deber como siempre pensé que lo harías, eres una guerrera. No pienses que me has defraudado, sé todos los detalles de lo que sucedió en la capital y que defendiste el trono hasta donde te alcanzaron las fuerzas. Solo espero que Vérdal haya sobrevivido. El único responsable de haber llegado a este punto soy yo —dijo dejándola para acercarse a Dámber y también lo abrazó—. Viejo amigo, no sabes cuánto me alivia verte, aunque más delgado —dijo sonriendo—, pero te vino bien bajar unos kilos, ¿no crees?

—Majestad, también me saca un tremendo peso de encima el verlo con vida y bien, pensé que le había fallado.

—¿Fallado? Dámber, amigo, estuviste dispuesto a sacrificarte por mí, qué más podría pedir. Fui necio y testarudo, no los escuché y esto nos ha traído hasta aquí. Si algo les hubiese pasado nunca me lo perdonaría. Ya tendrán tiempo de contarme todo, pero ahora, antes de enfrentar la tormenta que se acerca, me gustaría brindar por este reencuentro.

El propio rey fue hasta una mesilla, donde descansaba una botella de cristal con hermosas copas y las sirvió entregándoselas a Lía, Dámber y Hallrron.

—Amigos, saldremos de este embrollo. Sé que Nóntar es capaz de recapacitar y al final cederá ante nuestras condiciones ¡Por Fáistand!

Los demás respondieron levantando sus copas, aunque a pesar de aquel brindis era obvio que una sombra de temor y absoluta incertidumbre se cernía sobre ellos. Lía miró de reojo a Dámber que sorbió de su copa mirando el suelo. Hallrron bebió, pero fue un trago amargo, sabía que ya casi no había vuelta atrás. Conocía bien a Nóntar, lo hábil que podía ser, y que ese optimismo de Ervand no era más que una simple ilusión.

...Y el delegado tenía razón. En Vesladar, Nóntar acababa la reunión con Lemand firmando su alianza y entregándole el sello de primer ministro. Ahora, Acantilado quedaría encerrado por las pinzas de los sublevados, tanto desde norte como desde el sur. Era cierto, ni sumados lograban alcanzar la superioridad militar de la ciudad puerto, pero el nuevo rey tenía un par de ases bajo la manga, y llegado el momento intentaría utilizarlos.

Los enviados hacia el sur, a negociar con las tribus anégodas y hócalas de las Tierras Pardas, habían logrado acuerdos tácitos con varios caciques de la zona, sumando ya una legión de cerca de cuatro mil guerreros, dispuesto a unirse a las fuerzas de Nóntar bajo las condiciones negociadas, que principalmente consignaban la protección de su libertad e independencia y el reconocimiento de una franja de territorio autónomo entre las Ciénagas Gladias y Lásterdan.

Así se selló un acuerdo con doce tribus, que implicaba acceso libre a las minas de carbón de la cara norte de los confines montañosos y asesoría en la generación de cultivos a cambio de apoyo en caso de explotar un conflicto al interior de Fáistand. Así, los planes de Nóntar marchaban tal como había previsto y sentía que Hallrron comenzaba a quedar aislado, en una ratonera cuya única salida era el mar occidental. Sin embargo, por ahora no tenía intenciones de mostrar hostilidad hacia él, estaba dispuesto a darle tiempo y negociar. Lo que aún no sabía Nóntar, era que el rey legítimo ya se encontraba en Acantilado, y que Fáistand estaba irremediablemente bajo la amenaza de un conflicto de proporciones.

Pero algo más lo preocupaba enormemente. El ministro Dresden le había informado que entre las tribus del sur se comentaba sobre extraños movimientos cerca del abandonado puerto de Robirian, y que muchas caravanas se dirigían hacia allí desde al menos, las tres últimas estaciones. Además, algunos anégodos aseguraban que se estaban reuniendo en la antigua ciudadela cientos y probablemente miles de veideos y trabajadores contratados de las tribus de más allá de los territorios explorados de Lásterdan, incluso se hablaba que algunos sigrear estaban allí. Esto era demasiado extraño, Nóntar sabía que debería atender ese asunto tarde o temprano, pero ahora tenía problemas más urgentes, un reino dividido.

FUEGO AZUL

—Comandante, ha llegado un mensaje desde el sur y trae el sello de Urbal —dijo Ambross con un dejo de optimismo mientras entregaba el pequeño papel a Dârion, que lo tomó y miró al viejo maese sin decir nada.

Rompió cuidadosamente el sello de lacre y leyó su contenido:

"Comandante, sé muy bien que las cosas se han torcido, pero no desesperen, la ayuda llegará pronto, nuestra flota zarpa desde Robirian con la luna menguante. Si el clima es benévolo, esperamos llegar antes de cinco semanas. Cuando reciba esta carta habrán pasado al menos seis jornadas desde su envío. Le pido paciencia y fortaleza, no desmaye, resistan".

Urbal.

Dârion dejó la nota sobre la mesa instalada en una pequeña caverna, apenas iluminada por un par de antorchas, con un gesto de preocupación. Se sentó algo desanimado ante la sorpresa del maese que esperaba una reacción distinta del comandante de las fuerzas expedicionarias, pero guardó silencio hasta que él astaciano hablara.

—La verdad, no sé si podremos resistir tanto Ambross. Esta mañana me reportaron que una cuadrilla de al menos diez enebergs patrullaban los faldeos de Peña Dragón, están demasiado cerca, debemos prepararnos para lo peor, estoy seguro que no se cansaran hasta encontrarnos.

—Mi señor —respondió Ambross sentándose frente a él—, usted no debe... no puede decaer. Es el sostén de sus hombres y de todo nuestro grupo, tengamos fe, sé que Urbal llegará a tiempo, no se deje amedrentar.

A pesar no haber enfrentado más amenazas desde hacía unas semanas, Dârion sabía que su situación era en extremo frágil, y aquella sensación de estar permanentemente caminando por una delgada cornisa no lo dejaba en paz. Askon vigilaba día y noche con sus hombres los alrededores y no habían encontrado rastros de más criaturas que representaran una real amenaza, excepto por los enebergs que no cejaban en su afán de intentar rastrear a los veideos, Gundall no concebía que simplemente se hubieran esfumado y se lo había tomado personal.

Beriel, por su parte, debió encargarse de organizar a las mujeres, ver la manera de que los más vulnerables del grupo estuvieran lo más cómodos posible en aquellas húmedas y desagradables cavernas, recolectando junto a otras veideas carbón para hacer fogatas que no generaran humo y hierbas medicinales, además de raíces y frutos que pudieran complementar su dieta.

Dârion le había encargado esta tarea y ella cada tarde le reportaba la situación. A veces caminaban por los alrededores hablando de sus vidas o de temas que lograran evadirlos un poco de aquella incierta posición en la que se encontraban. La nieta de Ambross se transformó en un gran apoyo para el comandante, que a esas alturas pensaba que le sería imposible prescindir de ella, ya que había demostrado que sabía organizar y trabajar en equipo tanto o más bien que cualquiera de sus oficiales. A ratos la veía incluso dando instrucciones a los soldados que sin chistar obedecían sus órdenes, y su presencia ayudaba a hacer la espera más llevadera.

Lejos de allí, Fardel ya había abandonado Robirian después de un viaje sin sobresaltos hasta el puerto. El líder de la revolución quedó absolutamente sobrecogido al ver la flota que ya estaba lista para zarpar, cuando llegó junto a sus hombres después de seis días de viaje, durante los cuales no se separó de Breenad, excepto cuando la herrera iba al carruaje de su padre para acompañarlo y ayudarle con encargos pendientes de algunos soldados.

Durante aquellos días no hablaron demasiado, pero ella lo entendía, no quería sumarle otra preocupación, le bastaba con cabalgar junto a él. Imaginaba que miles de cosas pasaban por su cabeza e intentó hacerlo sentir que en esa difícil transición no estaría solo. Bowen tampoco le perdía pisada y lo seguía permanentemente a muy corta distancia, aunque el dolor de la pérdida de su maestro aún lo torturaba. Era muy difícil de aceptar que no volvería a verlo, pero tenía una responsabilidad que cumplir e intentaba concentrarse en ello. Sabía que Fardel debería estar todavía algo confundido.

La noche anterior a zarpar, el general se acercó a la casa elegida por la familia de Breenad para pernoctar en Robirian. Abner no iría al norte, al menos no por el momento. Allí estaba el herrero y su hijo menor, y Fardel fue hasta el lugar para solicitarle a Abner que le permitiera a su hija acompañarlo con la flota. El artesano, no del todo convencido, entendió que los deseos del líder eran difíciles de discutir, aunque el joven guerrero le aclaró que no existían presiones y que la decisión era de él y su hija.

—Abner, no creas que el hecho de ser el líder de nuestra gente te obliga a tomar una opción que esté en contra de tus propios deseos. Sé que Breenad es tu consuelo por la muerte de tu esposa,

Furia Elemental

pero te aseguro que te la devolveré sana y salva.

—Dígame General ¿cuáles son sus intenciones con ella? —preguntó el herrero, bajo la mirada confundida de la chica que escuchaba a ambos en absoluto silencio.

—Solo buenas intenciones Abner, espero que cuando todo esto acabe ella pueda estar a mi lado, si es que así lo desea.

Breenad quedó atónita y sintió que le temblaban las piernas. Abner guardó silencio y vio lo pálida que se puso al escuchar a Fardel que se acercó tomando sus manos.

—Breenad, siéntete libre de rechazarme, pero quiero que sepas que si aceptas te haré sentir que cada dolor, tristeza y vicisitud que nos depare nuestra lucha valdrá la pena. Quiero que estés conmigo en este camino que se me ha impuesto, que seas mi compañera en este viaje.

—Fardel... —la joven miró a su padre que con una suave sonrisa movió su cabeza en señal de aprobación—. Sí... acepto acompañarte Fardel, estaré para ti cada vez que lo necesites hasta el final del sendero.

El general tomó sus manos y las besó para luego sacar de una bolsa que llevaba colgada al cinto, una gargantilla de plata con un zafiro en forma de estrella.

—Este símbolo de nuestra raza, la estrella azul del oeste, representa mi compromiso para contigo Breenad, de aquí hasta que Erit Valias me conceda vida.

—Lo recibo de ti Fardel y lo atesoro como una promesa que me compromete a ser tu compañera, hasta que tu mano deje la mía al final de este viaje.

El joven emocionado abrochó el colgante en el cuello de Breenad para luego acercarse a Abner y darle un abrazo.

—La cuidaré con mi vida, no temas, regresaremos pronto a compartir tu mesa, amigo.

Unos días después, la joven observaba a Fardel en la proa del barco insignia que había sido bautizado como "Comandante Déras". Su cabello al viento y sus ojos penetrantes clavados en el horizonte le daban un aspecto irreal. Sí, había cambiado pero era Fardel, el mismo chico algo tímido que conoció en Lásterdan, solo que más fuerte y decidido. Su rostro ya no proyectaba dudas, se veía seguro. Ella se acercó y tomó su brazo, Fardel la miró y sonrió mientras acariciaba su mano.

—Aunque no lo creas no conocía el mar, y mírame ahora, comandando una flota, la Armada Azul.

Urbal, de pie en el puente del barco, vio a ambos jóvenes y sus siluetas recortadas contra el cielo celeste de la mañana que se confundía con el océano. Sentía algo de ansiedad, tenía todas sus esperanzas puestas en esta empresa y en el muchacho, el sucesor de Karel. Esperaba que fuera capaz de liderar a su gente sin cometer los mismos errores de su antecesor... cómo saberlo, tal vez la chica sería de ayuda en ese sentido, una voz de apoyo y prudencia que el hijo del fuego azul nunca tuvo, pero al mismo tiempo podría ser un estorbo.

El viejo hechicero calculaba a lo menos treinta jornadas más de viaje con el viento a favor para llegar a su destino y esperaba que Dârion pudiera resistir, que la furia de las criaturas elementales no despertara del todo y que a lo menos algunos de los expedicionarios pudieran aguantar. Sabía que habían cosas peores que una quimera o unos enebergs sueltos, pero tenía la esperanza que los veideos pudieran pasar lo más desapercibidos posible ahora que estaban ocultos. Había equivocado su juicio, pensó que instalarse en aquellas islas apenas exploradas sería más sencillo, y en su fuero interno creyó que muchas de esas criaturas de leyendas ya estaban extintas u ocultas en tierras lejanas, más al norte.

...Pero aquella expedición, aunque nunca se lo dijo a Dârion, tenía esa misión, más que investigar, más que consolidar una posición o buscar recursos, los envió allí como un señuelo, un experimento para saber a qué deberían enfrentarse. A pesar de la frialdad con que planeó todo, ahora sentía que tal vez había mandado a ese grupo de compatriotas a una muerte segura y algo en él le hacía sentir culpable, aunque creía que serían necesarios aún muchos sacrificios. De todas formas, el objetivo era mayor, y si ello implicaba perder vidas durante el camino con el fin de alcanzarlo, para él era aceptable.

Si Dârion hubiese sabido las reales intenciones de Urbal, tal vez habría renunciado a su encomienda. Probablemente no hubiera aceptado liderar un grupo de veideos para llevarlos directo a la boca del lobo, pero era noble y muchas veces esa nobleza lo hacía ser algo ingenuo, confiado. Sentía que había adquirido una responsabilidad impuesta por su propio destino y que no la podía evadir, aun si aquello le significaba morir en el intento. Estaba decidido; dejaría hasta la última gota de sudor y sangre en esas tierras antes de huir como las ratas a los bosques interiores, incluso arriesgando no ver nunca más a su familia. Era su deber.

Se sentía agotado y hambriento, comía poco, pues el alimento escaseaba y la prioridad eran los niños y las mujeres. Beriel lo había prácticamente obligado a comer un poco de fruta, lo justo y necesario para no comenzar a caer en la desnutrición. Su rostro estaba demacrado y perdía peso rápidamente.

Llevaban tres días comiendo solo vegetales, se sentía bastante débil por la falta de proteínas, así que decidió arriesgarse y bajar hasta un arroyo que estaba algo expuesto al pie de la montaña, para pescar y llevar alimento de vuelta al campamento. Beriel vio que salía hacia los faldeos y decidió seguirlo sigilosamente a una distancia prudente, le preocupaba su salud tanto física como mental. Protegida por los arbustos no le perdió pisada hasta que lo vio llegar a aquel riachuelo. El capitán tomó una rama y preparó una lienza con un rústico anzuelo al que enganchó una carnada. La mujer solo observaba sin acercarse, cubierta en un pequeño renoval de robles.

Vio cómo se quitaba las botas y las grebas, quedando solo con un pantalón de algodón fino para meterse al riachuelo, que era bastante más profundo de lo que parecía desde lejos, el agua le llegaba hasta la cintura. Beriel decidió salir de entre la vegetación, pensó que tal vez podría ayudar en lugar de quedarse fisgoneando.

Al parecer el comandante solo intentaba buscar alimento, lo que la dejó más tranquila.

Una vez cerca de la pequeña playa de arena se sentó.

—Le deseo suerte Comandante, no sabe lo bien que nos vendrían algunos peces.

Dârion se sobresaltó al escucharla y vio a la joven que lo miraba sonriente, cuando la vara que llevaba comenzó a brincar.

—¡Creo que picó! —dijo recogiendo la lienza con rapidez.

Un hermoso pez dorado había mordido el anzuelo y con gesto satisfecho, Dârion lo tomó y volvió a la orilla.

—Me has traído suerte Beriel.

—Eso es un hecho, la buena estrella siempre me ha acompañado —respondió la mujer mientras se ponía de pie.

—Es poco, ojalá sirva de algo, los muchachos están muy débiles, ya no sé cuánto más aguantarán.

—Tenga fe Comandante, las cosas mejorarán. Pronto llegarán los refuerzos, no podemos rendirnos.

—Siento que tal vez nunca saldremos de este lugar —dijo Dârion sentándose sobre un tronco—, cada vez que pienso en mi familia me siento abrumado, quizás no vuelva a verlos.

Beriel sintió por primera vez que aquel duro guerrero se dejaba ver vulnerable, como si de pronto toda la pesada carga que arrastraba desde hacía meses lo quebrara. El astaciano tomó su rostro con ambas manos y se inclinó.

—Tengo miedo Beriel, tengo miedo de lo que pueda pasar, siento que no he estado a la altura.

La mujer se acercó a él con rostro serio y sin quitarle los ojos de encima.

—No piense eso Comandante, los hombres lo respetan, todos confían en usted y están dispuestos a luchar hasta el final. Solo le pido que no pierda la esperanza, porque si los demás lo notan decaerán y todo habrá sido en vano.

—Lo sé, es solo que a veces…

De pronto escucharon el sonido de un cuerno veideo a la

distancia. Dârion miró hacia la montaña y agudizando sus sentidos logró escuchar gritos que se mezclaban con un nuevo llamado del cuerno.

—¡Mierda, algo pasa debemos irnos ya! —dijo Dârion exaltado mientras recogía su ropa.

Después de solo unos instantes, ambos avanzaban montaña arriba con sus espadas en la mano y luego de algunos metros, vieron a un numeroso grupo de enebergs corriendo en tropel hacia las cavernas. Algunas flechas pasaron silbando cerca de ellos, seguramente de los defensores que disparaban desde lo alto de las colinas, y acelerando su carrera pronto llegaron a la retaguardia de los atacantes.

Con movimientos rápidos y precisos acabaron con varios enemigos, abriéndose camino hacia la cima. Jadeando y cubiertos de la oscura sangre de los enebergs, que seguían avanzando directo a las cavernas, miraron con desesperación como desde el lado oeste de la montaña asomaban por lo menos unos cien más. Dârion por un momento pensó que estaban perdidos, pero no les quedaba otra opción que continuar. Entre el desorden de los subterráneos que atacaban de manera desorganizada, lograron llegar hasta una pequeña planicie que daba paso a las cavernas. Allí vieron a los defensores que a duras penas mantenían a raya a los enebergs liderados por Gundall. Askon vio a Dârion y Beriel aparecer entre los árboles y se sintió un poco más aliviado, aunque no llegaran a hacer una gran diferencia, por lo menos supo que no habían acabado con el capitán antes de alcanzar su posición.

Los enebergs bramaban furiosos y Gundall repartía golpes mortales con su cimitarra a lo que se moviera, mujeres, incluso niños caían bajo su tosca hoja. Dârion corrió hacia él cuando vio que aceleraba su paso a la entrada de una de las cavernas donde estaban refugiadas el resto de las mujeres, algunas de las cuales recogiendo espadas esperaban de pie y con firmeza para repeler a las criaturas. Todo era un caos, Askon y Beriel luchaban prácticamente espalda con espalda causando graves heridas a los enebergs que caían uno tras otro a su alrededor. Los subterráneos a pesar de su fuerza no eran rivales para los diestros veideos.

—¡Oye tú pedazo de mierda! —gritó Dârion a Gundall cuando lo tuvo a unos metros. Solo con verlo notó que era quien lideraba el ataque, por su altura y porque llevaba una armadura un poco más decente que los demás.

Gundall no entendía lo que le decía el veideo, pero lo miró dándose vuelta con rostro iracundo y antes de decir nada se lanzó sobre Dârion que logró esquivar su ataque. Ambos se vieron envueltos en un duelo de incierto final, los dos lanzaban golpes de espada, era una batalla entre la destreza y la fuerza bruta. En un rápido esquive, Dârion logró herir al subterráneo en un brazo, lo que lo enfureció mucho más, lanzándose sobre su enemigo con una fuerza que hizo caer al veideo, a pesar de lograr bloquear la arremetida. Gundall levantó su cimitarra decidido a eliminarlo de una vez, pero el capitán veideo alcanzó a esquivar el golpe y girando rápidamente enterró su espada en un costado del eneberg, que soltó un horrible alarido.

Dârion tuvo tiempo de mirar hacia la ladera y vio que la cantidad de atacantes se incrementaba, pensó que hiciera lo que hiciera el final había llegado. Volvió la mirada hacia su contrincante que intentaba ponerse de pie nuevamente, pero el veideo dio un salto y con todas sus fuerzas lanzó un golpe con el borde de su espada al cuello de Gundall volándole la cabeza limpiamente.

Una vez que recuperó el aliento, corrió hacia donde estaban Askon y Beriel. Tuvieron un breve respiro y miraron nuevamente la loma por dónde se abalanzaban los enebergs.

—Estamos perdidos Comandante, esto se acabó —dijo Askon con actitud resignada, pero sin bajar su espada.

—Aguantaremos hasta donde se pueda. Aún tenemos soldados, prefiero eso a que nos lleven a sus cavernas y nos coman por partes —respondió Dârion. Miró a Beriel y asintió como si en un gesto le dijera "vamos a hacer esto juntos".

Los enebergs se abalanzaban por cientos sobre el lugar, pero de pronto escucharon un estruendo ensordecedor como proveniente del cielo, un rugido indescriptible que les heló la sangre. Antes de ver lo que era, notaron como los cubría una sombra y cuando pudieron reaccionar miraron con espanto a muchos de los atacantes arder entre llamas azuladas. Después observaron a un imponente animal del mismo color sobrevolando a los atacantes y lanzando una nueva bocanada de fuego a los que estaban más alejados.

—¡Un dragón índigo! —gritó Beriel incrédula— ¡Es un índigo!

Los enebergs que no se revolcaban en la ladera, abrasados por el fuego, huían desesperados. Fueron solo unos segundos, como si se tratase de un espejismo. Los defensores se quedaron paralizados esperando lo peor, habían oído historias de los dragones índigo que custodiaban las antiguas minas de paladio y se decía que tenían una conexión especial con los veideos. Había leyendas de que alguna vez fueron aliados, pero todos pensaban que eran cuentos, pura fantasía; sin embargo, al parecer esas historias eran reales.

Desde donde estaban vieron al inmenso dragón girar en el aire para volver sobre la montaña y atacar a los subterráneos que huían, luego enfiló vuelo hacia donde estaban ellos. No había nada más que hacer, morirían quemados, allí en el fin del mundo, perdidos y olvidados. Dârion solo esperaba que su sacrificio no fuera inútil. Beriel lo abrazó y ambos cerraron los ojos mientras escuchaban el estruendoso aleteo de aquella bestia acercándose... y luego... luego un temblor en la tierra y un rugido ensordecedor.

—¡Señor, Señor, miré! —gritó Askon.

El comandante miró hacia donde le indicaba su oficial y vio al imponente animal parado a unos doscientos metros de ellos, observándolos con ojos de pupila angosta y negra sobre un iris anaranjado. Solo estaba allí, quieto, sin moverse. Las mujeres se escondieron en el fondo de las cavernas con los niños que habían logrado sobrevivir al ataque.

Dârion soltó su espada y dio un paso, pero Beriel tomó su brazo para detenerlo.

—¿Qué crees que haces Dârion? —preguntó la joven.

Él no respondió, solo tomó la mano de Beriel para que lo soltara. Comenzó a caminar hacia la bestia bajo la mirada aterrada de todos. La criatura seguía allí, como esperando algo mientras resoplaba. Lentamente se acercó hasta estar al alcance del animal. Era realmente hermoso, con escamas tornasol que viajaban desde un celeste casi blanquecino al azul profundo. Dârion estaba como hipnotizado y cuando quedó solo a unos metros de él, levantó su brazo hacia el dragón agachando la cabeza en actitud de sumisión.

La criatura lanzó un alarido que estremeció a quienes presenciaban la extraña escena y pensaron que era el final del capitán, pero ante su sorpresa, el dragón bajó también la cabeza para que la mano del veideo alcanzara a tocarla. Dârion levantó la mirada y acarició el rostro de la criatura en una especie de actitud de agradecimiento que el animal pareció aceptar. Luego resopló nuevamente y junto a un salto increíble levantó sus alas y se elevó para desaparecer detrás de la montaña.

Todos estaban boquiabiertos y desde lejos vieron como el comandante caía de rodillas al suelo, agotado y sin palabras. Los índigos sí eran reales, tan reales como la muerte que los acababa de visitar, tan reales como la sangre de sus compatriotas que ya en dos oportunidades se había regado para mezclarse con las entrañas de aquellas tierras olvidadas y dejadas de la mano de los dioses...

COMO FUERON LAS COSAS

Nóntar terminaba de escribir un documento mientras Gânmion esperaba observándolo en silencio. El nuevo rey, de al menos una parte de Fáistand, selló el pergamino con el anillo de la alianza y se lo entregó.

—Debes darle la tarea a alguien de tu entera confianza, si no llega a destino o se le ocurre abrirlo de camino, te haré responsable. Espero que no me falles.

—No se preocupe Majestad, saldrá como lo ha planeado...

—Ah, y ni una palabra de esto a nadie... Ahora dile a Belder que puede pasar.

El senescal hizo una reverencia y salió cerrando la puerta tras de él. Nóntar se puso de pie y se acercó a un sitial junto a la chimenea, encendió su pipa y esperó hasta que unos segundos después un centinela abrió nuevamente y en el umbral apareció el davariano.

—Adelante Belder, por favor —dijo el rey haciéndole un gesto para que se sentara junto a él.

El joven se adelantó, se veía mucho más repuesto.

—Veo que estás mejor, y has recuperado el color amigo. Bueno, te preguntarás por qué te llamé.

—Majestad... sí, estoy mucho mejor más allá de la fea cicatriz de la herida en mi torso, ya me siento más fuerte. Le agradezco su preocupación.

Belder se sentó donde le indicó Nóntar y se le quedó mirando mientras el rey lanzaba una bocanada de humo.

—¿Trajiste lo que pedí? —preguntó al davar.

—Sí, Señor —respondió Belder sacando de un pequeño bolso que llevaba colgado varias hojas de papel.

—Quiero que escribas todo tal y como te lo contaré. Verás, no sé en qué acabará este lío, pero es necesario dejar un registro de como fueron las cosas y te pido que lo guardes bajo siete llaves, hasta que sea el momento indicado de sacarlo a la luz, si es que alguna vez llega ese día. Tú no eres parte interesada en este asunto, así que creí que podrías guardar el secreto mejor que nadie.

Belder tomó de la misma bolsa una pluma, un tintero que dejó sobre una mesilla junto a su sitial, y lo miró esperando que iniciará su relato. Nóntar inhaló profundamente el humo de la pipa y cerró los ojos como si intentara recordar cada detalle de lo que tenía que contar.

—Muy bien Belder, aquí vamos.

El muchacho abrió comillas y escuchando al rey comenzó a escribir:

«Nunca esperé llegar al trono, nunca estuvo en mis planes; sin embargo, siempre consideré una irresponsabilidad no estar preparado para alguna eventualidad y por eso me dediqué a estudiar todo lo referente a la administración del reino, además de filosofía, estrategias de guerra y cualquier aspecto relativo a gobernar. A pesar de mis esfuerzos mi hermano Ervand y mi padre me miraban con cierto desdén, y la mayoría del tiempo, me ignoraban. Cuando me enteré del compromiso del rey con lady Mirnar ya no me sentí obligado a estar a la sombra de él y del trono, así que decidí disfrutar de los placeres de la vida común. Es cierto, hice tonterías, pero que alguien me diga quién no las hizo durante su juventud.

»A pesar de ello podía notar que Ervand gobernaba más preocupado de seguir entrenando para ser un mejor guerrero o de organizar banquetes y hacer vida social, veía que cada vez estaba más desconectado de sus obligaciones. Es un hombre noble y sagaz, pero descuidado, y ese descuido me puso en alerta, sabía que las cosas podían empeorar porque mi escolta Gânmion me comentaba que el ejército estaba descontento con su administración, pero no intervine ni opiné, solo callé.

»Recuerdo incluso el perfume de las flores que adornaban el salón de banquetes aquella noche en que anunció su viaje, nunca lo olvidaré, porque me recuerda un punto de quiebre, la noche en que hizo el más imprudente movimiento que cualquier soberano puede hacer: dejar el trono expuesto en un momento político de extrema fragilidad. Me paré molesto y me fui, pero no porque no me dejara a cargo de la administración, eso ya lo imaginaba, él pensaba que yo no era más que un apostador ebrio e irresponsable y la verdad su opinión a mí no me interesaba. No obstante, cuando hizo ese nefasto anuncio, fue como si la rabia contenida de todos aquellos años ardiera en mi estómago, no podía concebir tanta desidia.

»Cuando Unger me siguió y habló conmigo esa noche, lo escuché atentamente, y sus palabras no hicieron más que confirmar mis peores temores, Fáistand estaba a las puertas de una revuelta y el ministro era uno de los cabecillas. Decidí seguir su juego y tenerlo cerca, era la mejor forma de vigilar sus movimientos, ganando su confianza, pero sin ser demasiado evidente, mostrando de vez en cuando actitudes de confusión que no hicieran sospechar al ministro. Intenté hablar con Lía, con los soldados, pero ellos ya tenían todo planeado, y Unger e Yldor solo esperaban el momento adecuado para saltar encima del trono.

»Mis esfuerzos por evitar que la conspiración avanzara fueron en vano y la noche anterior al levantamiento, cuando me sacaron de mi habitación, supe que no había vuelta atrás... Debo reconocer que me tomaron por sorpresa. Intenté que se llegara a una negociación para evitar una batalla, es por eso que planeé convencer a los rebeldes para parlamentar, pero por un momento pensé que la diosa fortuna soplaba a mi favor cuando ellos mismos me pidieron hablar con Lía, para darle a conocer sus condiciones y buscar una salida pacífica. Entonces, intenté por última vez convencerla, a esas alturas solo podía pensar en evitar un mal mayor o por lo menos hacer una especie de control de daños, pero nunca esperé que ella actuara tan testarudamente, tal como lo habría hecho Ervand, sin dar espacio a ningún tipo de concesión.

»Ya no podía hacer más, se avecinaba una batalla y mis opciones se acababan. Decidí que debería intentar que se perdieran la menor cantidad posible de vidas y por supuesto resguardar la de Lía. Aquel día aciago pedí que me trajeran a tres prostitutas del patíbulo, con la excusa de que necesitaba relajarme antes de la batalla, pero nada más lejos de la verdad. Lo cierto es que estuve con ellas solo bebiendo un poco y conversando de nuestras historias, eran amigas mías y por eso las pedí con nombre y apellido. Hablamos y les solicité un gran favor... que, a como diera lugar, hicieran llegar a Vérdal un mensaje después de dejar el regimiento. Yo sabía que de vez en cuando visitaban furtivamente la guardia real y que muchos hacían la vista gorda, eran las únicas capaces de llegar al senescal bajo esas circunstancias.

»En ese mensaje le hablaba de los túneles de evacuación del palacio, Lía los conocía y yo también, pero creo que mi hermana ignoraba que yo fisgoneaba cuando éramos pequeños y ella bajaba junto a mi padre a ese antiguo laberinto. La nota decía que no tenían forma de ganar aquella batalla y que si de mutuo propio ella no intentaba escapar, que se asegurara de sacarla a costa de su vida, había que protegerla y garantizar que resultara ilesa. Por lo mismo le pedía no hablar de aquella opción si ella no lo mencionaba antes, y si no lo hacía, tendría que idear la forma de sacarla a través de los túneles aunque fuera contra su propia voluntad.

»Cuando la batalla se ponía a favor de nosotros los atacantes, y me incluyo, hice detener el ataque para darles una última oportunidad de rendición. Entonces, Vérdal me confirmó, mediante las palabras que le había indicado en la nota, que Lía ya estaba fuera del palacio. Di la orden de acabar con aquello de una vez, era obvio por la actitud del senescal suplente que no se rendirían, más allá del cualquier acuerdo que tuviéramos respecto a la princesa. Pero lo entendí, él tenía un juramento que debía honrar.

»Al final de la batalla nadie fue capaz de encontrarla, supuse que había podido escapar, y como imaginé, Vérdal cumplió con su deber a costa de su propia vida. La verdad él fue una gran pérdida y créeme que con rabia y dolor le arranqué el símbolo del senescal, pero tenía que continuar con la mascarada, era la única forma de que Unger siguiera confiando en mi supuesta ingenuidad y mantuviera la guardia baja. Respiré más tranquilo y en los días subsiguientes intenté seguir su juego hasta encontrar el momento preciso para ponerlo en su lugar. Yldor murió y eso, sinceramente, fue una preocupación menos. Ahora, el exministro espera encerrado su destino, a pesar que debí haberle cortado la cabeza, pero creo que no me corresponde a mí decidirlo.

»Algunos se preguntarán por qué si no estaba de acuerdo con la rebelión he asumido el trono… simple, porque aunque nunca tuve la intención de levantar mi mano contra alguno de mis hermanos, Ervand ignoró que el reino se despeñaba hacia el caos total, era mi deber tomar las riendas del gobierno, no puedo esconder la cabeza y hacer como si nada pasara. Ahora, y a pesar de la actitud beligerante de Lord Hallrron haré todo lo que esté en mis manos para evitar una guerra y con ese objetivo, mi plan ya está en marcha.

»Dejo este testimonio, para que si nuestra patria se desangra en una lucha fratricida e inútil, se sepa que Nóntar Kerstier intentó por todos los medios posibles evitarla. Abogaré por la paz interna, pero no entregaré nuevamente el trono a un rey que ha demostrado no estar a la altura de lo que requiere su alto cargo».

Belder escuchó boquiabierto mientras escribía cada palabra dicha por Nóntar.

—Ahora Belder, sabes mi mayor secreto, confiaré en ti, dijiste que estabas en deuda, pues tu deuda será pagada resguardando esta información y sirviéndome como consejero, hasta que te libere de la responsabilidad. El ministro Lemand es un hombre astuto, por lo mismo a pesar de su supuesta lealtad hay cosas que jamás le confiaré. Estoy poniendo mis manos al fuego por ti, espero que seas digno de ello.

—Majestad, lo que me ha relatado es increíble y da cuenta de lo equivocado que pueden estar muchos sobre usted. Confíe en mí, soy un hombre de palabra —respondió el davariano entregando el documento al rey para su firma y sello.

—Tienes algo Belder, algo que me hace tener fe en ti —dijo Nóntar mientras sellaba el pergamino—. Ahora cuida este documento como si tu vida dependiera de ello.

El nuevo consejero asintió tomando el escrito y metiéndolo en su bolso.

—Descuide Majestad, y en lo que pueda ayudar para evitar un conflicto mayor por favor cuente conmigo —dijo antes de retirarse.

Nóntar se quedó solo en el despacho del rey, se sentía liberado, como si por fin hubiera podido compartir todo lo que había estado escondiendo durante tanto tiempo. Antes no sabía a quién confiarle la tarea de registrar los hechos tal y como ocurrieron, pero Belder no tenía nada que ganar y mucho que perder, era una elección obvia.

Sacó de un cajón de su escritorio el último mensaje de Acantilado Dolmen firmado por su hermano, en el que le advertía que si no entregaba el trono de manera voluntaria antes de diez días, avanzaría sobre la capital con el ejército de Acantilado, y que si era necesario usar la fuerza no le temblaría la mano. Era un ultimátum; sin embargo, Nóntar lo tomó con serenidad y comenzó a mover sus piezas. Saldría al encuentro de las tropas de Hallrron con el objetivo de interceptarlas en Paso Discordia, ya había ordenado a Lemand avisar a Fértlas para que movilizaran sus tropas desde el norte, indicándole el punto de reunión.

Por su parte, esperaba liderar al ejército de la capital, estaba decidido a que sí se debía llevar a cabo una batalla, sucediera fuera de Vesladar, no expondría a la población civil a una matanza. Sabía que los soldados en tiempos de guerra dejaban bastante que desear en cuanto a su moralidad y que si Ervand invadía la capital, además de sangre corriendo por las calles, habría violaciones y abusos por doquier y no tenía claro si su hermano era capaz de mantenerlos a raya, era mejor no arriesgarse; si el combate era inevitable debía ser lejos de la ciudad. Era claro que estaba en absoluta desventaja militar incluso sumando la milicia de Fértlas, aunque confiaba en que la tarea encargada a Gânmion podría evitar una masacre en los campos de Fáistand, pero ¿qué le había encomendado? Solo él lo sabía.

La respuesta de Nóntar a la advertencia de su hermano fue recibida con resignación por Ervand, que en Acantilado revisaba sus opciones junto a Hallrron. El nuevo rey había respondido con aplomo y sin dejar lugar a dudas:

"No entregaré la corona a quien por abandonar sus deberes nos puso en una situación de absoluta fragilidad. Espero a sus tropas con la certeza de una conciencia tranquila y listo para enfrentar lo que sea necesario con el fin de mantener la paz en Fáistand".

—¡Es increíble, como puede hablar de conciencia tranquila luego de liderar un levantamiento contra su rey! —dijo Ervand dando un golpe en la mesa de guerra, en la que se extendía un amplio mapa del reino y donde Hallrron ya comenzaba a ubicar las piezas talladas que representaban sus ejércitos, como si se tratara de un juego de ajedrez.

—Majestad, no se preocupe, tengo la confianza de que su hermano recapacitará cuando vea la capital sitiada y sin posibilidades de ganar una batalla desigual. Viajaremos lo más rápido posible hacia el sur para no darles tiempo de preparar trincheras o trampas que entorpezcan la invasión. Hay que salir en un máximo de tres días.

—¡La invasión!... tendré invadir mi propia capital, esto es un mal sueño —replicó Ervand.

—Ervand, no te ciegues por la desesperación, te prometo que haremos todo lo posible para negociar y evitar un enfrentamiento, y aunque te duela asimilarlo debes entender que, si avanzamos hacia Vesladar, la posibilidad de un sitio que podría durar meses es tan real como el aire que respiramos.

—Lo sé, pero qué opción tenemos. No puedo quedarme aquí de brazos cruzados sin hacer nada. Fáistand está dividida en dos y aunque no han habido aún hostilidades, estamos en medio de una guerra civil de facto. Intentar negarlo a estas alturas sería necio y signo de absoluta ceguera. Tenemos que darle a Nóntar una muestra de fuerza que lo haga revaluar su situación.

—Concuerdo con usted Majestad —dijo Hallrron retomando su tono de sumisión al rey—. Revisemos nuestras opciones. He mandado a llamar al comandante del puerto, sir Plywood, es esencial que sea el primero en conocer cuáles son sus intenciones Milord.

Ervand asintió y caminó hacia la ventana del salón de guerra de la Torre de Marfil. Miró el puerto y la flota fáistandiana, que a pesar de no ser tan fuerte como la de Sáester hubiera sido de gran ayuda en otras circunstancias, pero contra la capital era inútil. De todas formas, la superioridad del ejército del puerto le daba tranquilidad y confianza.

Dámber se encontraba en la herrería del regimiento donde había llevado sus armas para que fueran revisadas y afiladas. A pesar que aún no tenía conocimiento de los últimos movimientos, podía intuir que se avecinaban tiempos difíciles. Ya había tomado control del ejército de la nueva e improvisada capital como senescal, luego de discutir con el comandante Plywood sobre la real situación de su contingente y artillería. Este le dio la confianza de que en caso de un enfrentamiento, contaban con un amplio margen de superioridad, incluso si Vesladar sumaba a las fuerzas de Fértlas los rebeldes estarían en desventaja.

—Te veo más preocupado de lo normal, y eso es mucho decir Orlas —dijo Dania desde atrás mirándolo con una sonrisa. Dámber se giró y la vio limpiando la hoja de su espada con un paño detrás de él.

—Hola, Dania que gusto verte. Hacía tres días que no te aparecías —respondió Dámber.

—Necesitaba pensar, pero ya ves, aquí me tienes y he tomado una decisión.

—¿Caminamos, Milady?

—Claro Senescal.

Ambos salieron del lugar y avanzaron hacia la salida del regimiento en silencio, hasta llegar a la calle principal que daba paso al centro de la ciudad.

—Bueno Dania, tú dirás, espero que lo hayas considerado.

—De hecho Dámber, la idea de que ocurra algo interesante en Fáistand me ha tentado. Sabes que me gusta estar siempre en movimiento y creo que aquí habrá mucho y muy pronto. He decidido aceptar tu propuesta.

—Me alegra escuchar eso Dania, sé que serás un excelente elemento para nuestras tropas —respondió Dámber mirándola con gesto satisfecho.

Ella lo miró sonriente y asintió.

—Deberías hacer fiesta, no es fácil convencerme de nada —respondió la mujer, justo cuando alguien llamó a Dámber desde atrás.

—Señor, el rey requiere su presencia en el salón de guerra —dijo un soldado con tono seguro.

Dámber se giró algo contrariado.

—Bien, lleve a esta señorita a la guarnición, que revisen sus armas y que el herrero comience de inmediato a preparar una armadura para ella con los requerimientos que pida.

Ambos lo miraron algo sorprendidos, sobre todo la vaniosta que guardó silencio mientras observaba al comandante. Desde que lo encontró moribundo en aquel río había ido recuperando su prestancia y seguridad, ahora parecía otro hombre, un verdadero senescal. Él la miró de nuevo y llevando su mano a la frente en señal de saludo habló sonriendo:

—Teniente Alenport, el soldado la escoltará, yo debo retirarme, pero nos veremos más tarde en el comedor del regimiento.

Dania llevó su mano a la cintura e inclinó su cabeza.

—Capitán, Señor Senescal, capitán, o no hay trato... —respondió con aire presumido.

Dámber volvió a sonreír y sintió que entre todo aquel desastre ella era la única capaz de sacarle una carcajada.

—Muy bien, pero necesitaremos la venía del rey para tu nombramiento, nos vemos entonces —dijo inclinándose para luego dar media vuelta y regresar a la fortaleza.

—Por aquí señorita, sígame por favor —dijo el soldado repitiendo el saludo y cuadrándose ante ella.

—Lo sigo soldado.

Dámber los observó alejarse, metió su mano bajo el blusón y apretó un colgante que llevaba, pero que no estaba a la vista. Dio un hondo respiro y cerró los ojos.

—Creo que ya es hora —murmuró, mientras comenzaba a caminar hacia el lugar que se le había indicado en la Torre de Marfil.

Al llegar, un centinela le abrió paso y allí vio a Ervand, Hallrron, el comandante Plywood y en un rincón a Lía de espaldas a los demás, observando el cielo a través de un amplio ventanal.

—Pasa amigo —dijo el rey invitándolo a acercarse e ellos.

El senescal saludó a todos inclinando su cabeza y vio la mesa con aquel gran mapa y las piezas que representaban el ejército desplegadas sobre ella. Sintió como si el corazón se le subiera a la garganta. Miró a Lía que seguía en silencio a unos metros de ellos.

—Hemos evaluado todas nuestras opciones —comenzó Ervand— y ante la actitud de Nóntar no tenemos más alternativa que marchar sobre Vesladar. Dámber, como senescal deberás comandar el ataque a la ciudad si mi hermano no acepta nuestros términos, irás a la vanguardia con sir Plywood.

Lía, por primera vez miró hacia ellos, estaba pálida. Vio a Dámber por un momento, pero él mantuvo su aplomo y se limitó a responder al rey.

—Sí, Majestad. Haré lo necesario para ser digno de la responsabilidad.

—Sé que lo harás amigo... Bueno, esta noche después de la cena revisaremos la estrategia que utilizaremos para sitiar la ciudad. Esperemos que con unos días sea suficiente y que Nóntar entre en razón, y si no es así, usaremos un ataque de artillería antes que avances con las tropas hacia las murallas de la ciudad, Dámber.

—Entiendo, Majestad —dijo con gesto resignado.

Lía continuaba de pie en el mismo lugar, se veía descompuesta y sin decir nada se retiró dejándolos tras de sí.

Ervand notó el rostro preocupado de Dámber cuando ella se perdió tras la puerta. Él conocía perfectamente los sentimientos de su amigo y el fuerte lazo que lo unía a su hermana desde hacía tantos años. Entendió que Lía no aprobaba precipitarse a atacar la capital y el hecho de enterarse, además, que Dámber estaría a cargo de un probable ataque final, seguramente la había hecho temer por su vida.

El rey entendía que a pesar que ellos dos nunca podrían estar juntos, sentían un afecto especial el uno por el otro y le dolía verlos a ambos sufrir por ello, porque aunque la princesa fuera una mujer fuerte y que tenía sus prioridades claras, tanto como para dejar sus sentimientos de lado, en las actuales circunstancias podía sentirse más vulnerable. Ver a sus hermanos envueltos en una lucha que seguramente terminaría con la vida de alguno de ellos y a eso sumar la posibilidad de perder definitivamente a Dámber, estaba afectándola.

El senescal guardó silencio y se limitó a escuchar las indicaciones del rey y lord Hallrron respecto a cómo se organizarían para avanzar hacia el sur. Sabía que el momento de actuar había llegado; muy a pesar suyo, la guerra era prácticamente inevitable. Los cambios pueden ser dolorosos y más aún cuando significa dejar definitivamente atrás las cosas o personas que se han amado por tantos años, aunque entendía que a veces el camino exige mirar hacia adelante y guardar los recuerdos en lo más profundo del corazón, donde se atesoran los sueños más anhelados pero que no tienen futuro, pues pertenecen al ayer...

MEMORÍAS

En su adolescencia Ervand, Lía y Dámber eran unos jóvenes que descubrían juntos el mundo, una hermandad que crearía lazos para el resto de sus vidas. Los tres eran muy competitivos, y cada vez que participaban juntos en las cacerías organizadas por la corte, todos intentaban conseguir la mejor presa.

Una ya lejana tarde de primavera, se deslizaban con agilidad entre la espesura de los bosques cercanos al Río Pedregoso, tras un hermoso oricuerno blanco. Era un animal esquivo, un remanente de épocas pretéritas que muy pocas veces se dejaba ver. Los que habían tenido la fortuna de cruzarse con él, quedaban maravillados por su portentosa altura de más de dos metros, mucho mayor que la de un caballo común, de ojos azules y cabeza púrpura coronada por un cuerno largo y retorcido en su frente. Incluso algunos decían haber logrado ver pequeñas alas en sus patas que le otorgaban una velocidad prodigiosa. Los mejores caballeros del reino habían intentado durante años atraparlo, ya fuera para intentar someterlo o para mostrar su cabeza como un gran trofeo en sus salones; sin embargo, todos los intentos y campañas para darle caza habían fracasado.

Para los muchachos, el animal se había convertido en su obsesión, y llevaban casi dos años tras sus pasos, pero siempre debían conformarse con algún ciervo común o un jabalí.

Lía cruzaba los senderos corriendo con una sutileza increíble, Dámber la observaba a ratos y le parecía que volaba sobre el suelo. Ervand rara vez podía alcanzarla, y eso lo frustraba, muchas veces terminaba resollando sentado sobre algún tronco mientras maldecía al ver a su hermana perderse entre los árboles. Eran realmente competitivos, pero era más fuerte el compañerismo y los lazos creados por los tres muchachos durante sus ochos años de entrenamiento. Dámber ya llegaba a los quince, mientras que el futuro rey alcanzaba los diecisiete, y la pequeña Lía, de catorce, les sacaba ventaja cada vez que salían a aquellos paseos y aventuras bajo la atenta vigilancia de la guardia real.

El padre de Dámber era un humilde campesino, que había enviado a su hijo desde pequeño a la escuela militar pensando en darle un mejor futuro. Nada más conocerse, Ervand sintió un lazo especial con el chico que muy pronto se convirtió en su compañero de juegos y travesuras, a las que se comenzó a sumar Lía cuando ya casi cumplía los nueve años. Desde entonces, aquella especie de pequeña fraternidad se había fortalecido y pronto se volvieron inseparables, a pesar de la diferencia social de los hermanos Kerstier con Dámber.

Solo el menor de ellos era ajeno a este sentimiento de camaradería. Él prefería los libros y las clases de sus maestros a cabalgar por los campos del reino o perseguir presas para algún banquete. Nóntar era distinto, y esa diferencia lo distanció de juegos y pasatiempos que consideraba algo frívolos.

El gran oricuerno no se mostraba fácilmente, y hasta aquel día, nadie estuvo ni siquiera cerca de atraparlo; sin embargo, los chicos se juramentaron no descansar hasta lograrlo, y después de obtener la venia de su padre, Ervand organizó una campaña para de una vez alcanzar su objetivo.

Cuando llevaban seis días tras él, lo vieron bebiendo en un arroyo desde donde estaban acampados, en la parte más alta de una colina. Luego de prepararse, los tres bajaron hasta el hermoso valle con sus arcos y dagas, excepto por Ervand, que periferia las lanzas. Era un maravilloso día de primavera, uno que se quedaría para siempre en la memoria de Lía y Dámber.

Sigilosamente se acercaron al lugar donde el imponente animal aún bebía, y cuando la joven princesa consideró que estaba a una distancia prudente tomó su arco. Ya les había sacado unos cincuenta metros de ventaja a los chicos que la observaron cuando se preparaba para disparar. Eso alertó a Ervand, no podía permitirse ser derrotado por su hermana, no con esta presa que se había autoimpuesto atrapar. Comenzó a correr más rápido, y al saltar un tronco, tropezó con una rama cayendo de bruces. De inmediato sintió el crujido de un hueso en su hombro al dar con el suelo y lanzó un quejido de dolor mientras maldecía. El oricuerno levantó la mirada hacia el lugar y antes que Lía pudiera soltar la flecha, el animal dio un salto asombroso perdiéndose entre la espesura.

La joven hizo un gesto de fastidio y colgando el arco en su hombro, salió disparada hacia el sitio donde "Escarcha", como decidieron nombrar al oricuerno, se había dirigido. Dámber se acercó preocupado al príncipe que se revolcaba en el suelo.

—¡Ervand!, ¡¿estás bien?!

—Creo que me disloqué o me rompí la clavícula... ¡Con un demonio! ¡Vamos, sigue, no la dejes!

—Yo...

—Te juro que si logra cazarlo te daré un puntapié en el trasero que nunca olvidarás Orlas ¡Ahora, alcánzala!, yo puedo arreglármelas solo. O lo cazas tú o lo espantas, pero no la dejes ganar, se burlaría de mí hasta el fin de los ciclos.

—Está bien —respondió Dámber riendo, y salió a toda velocidad tras la chica.

Rápidamente, entró en aquel sector del bosque. Corrió por varios minutos hasta que desde la distancia vio a Lía encaramada sobre la rama de un viejo encino en actitud vigilante. Dámber dejó de correr e intentó acercarse a ella con cuidado, pero pisó una rama que crujió suavemente bajo sus pies. Lía escuchó, miró hacia él y notó la presencia del muchacho que se detuvo en seco con expresión avergonzada. Ella llevó el dedo índice a la boca en señal de silencio y con un gesto le indicó que el animal estaba unos metros más adelante.

Dámber retomó su camino, aunque con más cuidado. Ervand era su mejor amigo, pero la sola idea de frustrar a propósito el intento de Lía por conseguir su objetivo, lo hacía sentir mal. Si ella era más hábil y sigilosa, ¿por qué no podía obtener el premio mayor? Pensaba que solo era cuestión de merecimientos y decidió dejarla hacer, de todas formas el príncipe no tendría manera de saber si en verdad había evitado que su hermana cazara a Escarcha.

Cuando estuvo al pie del árbol en el que Lía estaba encaramada la miró y ella le apuntó nuevamente hacia más adelante, donde supuestamente estaba su presa.

—Está echado descansando —le susurró la chica hacia abajo.

Dámber asintió sin moverse. Desde allí vio cuando Lía volvió a tomar su arco, una flecha y luego de apuntar soltó el proyectil. El joven observaba cada movimiento y casi no notó cuando la princesa perdió el equilibrio y trastabilló cayendo de la rama. Dámber reaccionó rápido y logró a duras penas interponerse entre ella y el suelo, cayendo ambos enredados sobre un arbusto que amortiguó algo la caída.

—¡Le di le di! —gritó Lía poniéndose de pie, mientras el muchacho se sacudía intentando reincorporarse — ¡Estoy segura que está herido, vamos!

—Por Los Cuatro Dioses Lía, casi me mueles ¿Y quieres que te siga de inmediato?

—Si gustas vienes, si no te devuelves a llorar con mi hermanito —respondió guiñándole un ojo.

—Demonios... está bien...

A Dámber le preocupaba que solo quedaba poco más de una hora de luz, y los bosques de Gárdesal podían ser engañosos, sobre todo si alguien se interna cada vez más en ellos sin medir las consecuencias. No podía dejarla ir sola, así que con algo de molestia la siguió.

Lía avanzaba entre la vegetación casi sin hacer ruido. Dámber la escoltaba a una distancia prudente, pero el bosque era cada vez más espeso y su preocupación aumentaba. Intentó alcanzarla para pedirle regresar, miró hacia la copa de los árboles y vio que el cielo empezaba a perder su brillo, el sol pronto comenzaría a esconderse.

—Princesa, Princesa —dijo en un tono casi inaudible cuando estuvo a su alcancé, pero la chica ni se inmutó.

—¡Lía! —dijo finalmente en un tono más seguro, aunque sin

levantar mucho la voz. Ella se detuvo y lo miró algo contrariada.

—¿Qué quieres Dámber?

—Está oscureciendo Majestad, creo que deberíamos regresar. Esta parte del bosque es muy engañosa.

—No seas gallina, podemos guiarnos por las estrellas. No pienso abandonar ahora que casi lo tengo.

El joven vio la determinación de Lía y supo que era inútil; no obstante, también sabía que era su deber cuidar de ella, así que se armó de paciencia y siguió tras la chica que ya había retomado su marcha, tan rápido como comenzaban a caer las penumbras sobre Gárdesal. La noche ya se hacía patente y Lía no mostraba intenciones de cejar en su búsqueda.

Avanzaron hasta llegar a un claro del bosque, la princesa se detuvo en medio del lugar. Miró el suelo agachándose, al tiempo que Dámber se acercaba.

—No puede ser… no encuentro el rastro. Sé que lo herí, debería estar agotado, pero pareciera que la flecha apenas lo intimidó.

—Ya ve majestad… creo que mejor regresamos.

Ella levantó la mirada para responder cuando sintió finas gotas sobre su rostro. Comenzaba a llover, una suave lluvia primaveral. Dámber miró hacia el cielo y notó como rápidamente las nubes se cerraban adelantando la oscuridad de la noche. Observó a lía.

— ¿Estrellas, no Princesa? ¿Y ahora qué?

—Lo tenía, debe estar está cerca.

—Lía...

—Dame solo diez minutos más, y si no lo encuentro regresamos.

—No la dejaré meterse en esa maraña, ya casi cae la noche, es peligroso, debemos volver ahora.

Dámber había aprendido desde muy pequeño a cazar con sus tíos, seguir rastros para él era tan natural como respirar, veía claramente las pisadas del oricuerno en el pastizal, y a pesar que Lía era muy hábil en estas lides, no tenía su destreza. El animal se había internado por la zona más espesa del bosque intentando evadir a sus perseguidores, entrar ahí a esa hora era un riesgo innecesario.

Un trueno sonó a lo lejos anunciando que aquella tenue lluvia no era más que la antesala de una tormenta. Por fin, Lía entendió que no podrían continuar, y con algo de reticencia hizo caso a Dámber. Ambos tomaron el camino de regreso, pero la oscuridad de la noche ya estaba instalada, y dentro del bosque era peor aún, no veían a más de un metro de distancia.

—Lía tomate de mi ropa, no debemos separarnos, solo camina tras de mí.

La chica obedeció, buscó su mano y la apretó.

—Perdón amigo, debí darte la razón antes, pero ya sabes lo obstinada que puedo ser.

El muchacho se sintió algo perturbado cuando la suave mano de Lía sostuvo la suya, pero guardó silencio y la dejó hacer. A tientas siguió avanzando, aunque era inútil, si tan solo hubiesen tenido la posibilidad de encender una antorcha... De todas formas, evitó transmitirle su preocupación a la princesa y simplemente continuó.

De pronto llegaron a un lugar sin salida, bajo los relámpagos que iluminaban el campo pudieron ver que estaban casi al borde de un acantilado, más allá solo se veía la oscuridad del cielo. Dámber logró vislumbrar a un costado de una peña una especie de pequeña caverna. Sin pensarlo dos veces, arrastró a Lía hasta allí para refugiarse.

—Lo lamento Princesa, tendremos que esperar aquí a que la tormenta pase. Si tenemos suerte despejará y la luna podrá ayudarnos a encontrar el camino de regreso.

Ella no respondió, solo siguió las instrucciones de su amigo. Estaba algo avergonzada por haberlo metido en ese lío. Se sentaron en el suelo uno al lado del otro en ese pequeño espacio cubierto donde no alcanzaban a ponerse pie, no tenía más de un metro de alto, pero para el caso servía. Comenzaba a hacer frío. Dámber se quitó la capa y cubrió a la princesa que se sintió más reconfortada.

—Gracias Dámber.

—No te preocupes Lía, descansa esto es para largo.

La chica apoyó la cabeza en el hombro de su compañero y lentamente se durmió, un lujo que Dámber no podía darse, necesitaba estar atento y velar por la seguridad de ambos, nunca se perdonaría que le sucediera algo a Lía.

Pasaron unas dos horas y la tormenta pareció amainar, los relámpagos eran más distanciados y la lluvia más suave, solo quedaba esperar a ver si se despejaba. Dámber lentamente comenzó a cabecear, el sueño lo estaba venciendo cuando sintió ruidos y miró hacia afuera. Justo en el momento en que las nubes se abrían y la luna iluminaba en el borde del acantilado, vio la silueta del oricuerno. Era enorme, majestuoso y miraba hacia el vacío dándole la espalda. Con un suave golpe de su codo trató de despertar a Lía.

—Princesa, Princesa —susurró—, mira esto.

Lentamente la chica salió de su letargo y restregó sus ojos.

—Que pasa Damb...

Antes de finalizar vio al animal, y sobre su lomo la flecha que había lanzado, desde donde se veía un hilillo de sangre manchando su inmaculado pelaje.

—¿No es una criatura admirable Majestad? —dijo Dámber.

Lía, enmudecida, observó la escena. Parecía salida de otro mundo. Lentamente a gatas se arrastró hacia el borde de la caverna, pero dejando atrás su arco, lo que extrañó a Dámber que pensó que la princesa aprovecharía la oportunidad para ultimar a su presa. La siguió y se quedó de pie junto al improvisado refugio, observando que ella avanzaba lentamente hacia el animal.

—Por favor Lía, no hagas nada imprudente, ese oricuerno podría matarte.

Ella lo miró sonriendo antes de continuar. La lluvia se había detenido por completo y el animal se veía más imponente que nunca bajo la luz de la luna. Seguramente logró sentir los pasos de la joven porque giró sobre sí mismo, aún al borde del precipicio y se quedó mirándola sin moverse. Fueron segundos interminables para Dámber que pensó en lo peor. Escarcha podía fácilmente atropellar a Lía y embestirla para acabar con ella sin siquiera esforzarse. Era tal y como contaban las viejas historias de los bardos de la corte o de aquellos afortunados que habían tenido la suerte de encontrárselo.

Lía continuó, y cuando estuvo a menos de medio metro de él, estiró su brazo hacia la cabeza del animal que la sacudió intranquilo.

—¡Shhhh!, calma amigo, no pasa nada, no te haré daño...

Dámber preocupado, tomó la empuñadura de su daga y se acercó hasta quedar a un lado de la princesa, que se había detenido junto al oricuerno, lo suficientemente cerca como para tocar su rostro. El joven observaba inquieto, pero al mismo tiempo asombrado.

—Perdóname Escarcha, eres hermoso y no mereces ser

perseguido, espero que puedas olvidar el daño que te he hecho —
dijo la chica mientras rodeaba al animal y con un rápido
movimiento, sacó la flecha que aún estaba enquistada en su lomo.
Escarcha respondió relinchando furioso y levantando sus patas
delanteras en señal de dolor.

Los jóvenes retrocedieron, pero Lía volvió a acercarse, esta vez
se paró junto a Dámber y tomó su mano sacándola de la daga y
llevándola con a la suya al cuello del animal.

—La herida es superficial, no tendrá problemas, fue apenas un
piquete, su piel es gruesa.

El joven acarició el pelaje del oricuerno, era suave como el
terciopelo y emitía un increíble brillo bajo la tenue luz de la luna
que comenzaba a asomar entre las nubes. Miró a Lía acercar su
rostro al animal mientras se quitaba un colgante de topacio en
forma de lágrima y la ponía en una de las patas del animal.

—Esta es mi ofrenda de paz, Escarcha... ahora vete.

La joven golpeó suavemente un costado del oricuerno, que
ante su sorpresa y pareciendo entenderla, estiró sus patas
delanteras hacia adelante y agachó la cabeza, como si estuviera
reverenciando a Lía. Fue un momento mágico, ambos lo
observaron anonadados, hasta que Escarcha bramó más fuerte
que la vez anterior y dando un salto impresionante salió corriendo
hacia el bosque.

—Eso... eso fue increíble —dijo Dámber, sin salir aún de su
asombro.

La princesa se acercó a él y tomando sus dos manos le habló
de muy cerca.

—Le diremos a Ervand que lo mataste y cayó al río por un
risco, no dejaremos que lo dañen, es un regalo de los dioses y
debemos protegerlo, prométemelo Dámber.

El chico asintió y apretó las manos de Lía que se veía segura y hermosa.

—Es una promesa Lía, no te preocupes.

Miró por sobre ella y vio como las nubes terminaban de retirarse dejando ver un hermoso e insondable cielo estrellado.

—Mire Majestad, las estrellas en el norte, ellas nos guiarán ¿Nos vamos? —dijo ruborizado soltando lentamente las manos de Lía, que aún lo miraba directamente a los ojos como ensimismada.

—Sí amigo, ya es hora, Ervand estará preocupado, vamos.

Se soltaron y comenzaron a avanzar hasta que retomaron el sendero que habían seguido. Pronto escucharon los gritos de algunos soldados que buscaban cerca del valle a la pareja, que avanzó con tranquilidad hasta salir de la parte más espesa del bosque.

—¡Aquí, Sir Yldor! —gritó Dámber— ¡Estamos aquí!

El joven oficial se acercó a ellos corriendo algo agitado.

—¡Por Los Cuatro, muchachos, nos tenían preocupados!, síganme, su hermano está con el alma en un hilo Princesa. Ordenó no levantar el campamento hasta encontrarlos.

—Llévenos con él Sir Yldor, por favor —respondió Lía.

Rápidamente llegaron a la tienda de Ervand que estaba recostado con un cabestrillo en su brazo izquierdo.

—¡Por fin, me tenían preocupados par de irresponsables, pensé lo peor, estas tormentas suelen ser traicioneras!

—Tranquilo hermano, ya todo está bien, solo perdimos el camino, pero cuando se abrió el cielo pudimos regresar al sendero que habíamos recorrido —dijo Lía con una pequeña sonrisa que contagio a Dámber, quien intentó cubrir su rostro con la mano.

—¿Y tienen el descaro de reírse?

—Lo siento hermano, pero tu costalazo fue épico, qué quieres que te diga —respondió la princesa soltando una carcajada que contagió a los muchachos.

—Bien, ahora díganme —continuó Ervand, después de un momento—. ¿Lo alcanzaron?

—Majestad, logré darle con una de mis flechas, pero trastabilló en un risco y cayó al lecho del río, a lo menos treinta metros, obviamente murió, y llegar allí es imposible —dijo Dámber.

—Carajo, tanto tiempo tras él para esto —respondió Ervand guiñándole un ojo a su amigo, un gesto que Lía alcanzó a notar disimulando otra sonrisa —. Está bien, a dormir, ya no saldremos hasta el alba. Buenas noches chicos descansen.

Dámber y Lía salieron y una vez fuera soltaron la risa que estaba aguantando desde hacía un buen rato.

—Te irás a la horca por mentirle a tu futuro rey, Dámber.

—¡Shhhh!.. en Fáistand hasta los árboles tienen oídos Princesa.

—Gracias, amigo.

Lía se acercó a Dámber y besó su mejilla para luego irse a su tienda. El chico se sentía cansado, pero feliz. Tenía algo que compartía con Lía, un hermoso y memorable secreto, algo que nunca olvidaría, que era de ellos, solo de ellos.

Mientras crecían muchas veces Dámber vio al oricuerno en aquellos parajes, primero en sus paseos acompañando a los hermanos, más adelante patrullando o en encuentros con amigos como Bascant cerca del río Tres Brazos. El animal parecía no envejecer, pero después de un tiempo no volvió a verlo, y con el pasar de las estaciones prácticamente lo olvidó.

Una tarde de otoño, el nuevo senescal, participaba en una de las cacerías organizada por el rey Ervand. Corría entre los árboles siguiendo un robusto jabalí que huía de varios hombres que lo perseguían en el bosque, hasta que llegó a un claro, el mismo en que hacía tanto tiempo se había detenido Lía al perder el rastro de Escarcha, y en ese lugar, justo en medio de un pastizal, asomaba un hermoso cuerno espiralado. Detuvo su carrera y se acercó notando que eran los restos de un oricuerno. Se agachó para observar de más cerca y tuvo la certeza que era Escarcha, nunca había visto un animal tan majestuoso y los restos que yacían allí no podían ser de otro.

De pronto notó que algo brillaba entre la maleza y estirando su brazo recogió un colgante que estaba atrapado en el esqueleto del oricuerno. Era el topacio que Lía le había entregado como ofrenda de paz a Escarcha y que al parecer nunca perdió hasta su muerte. Lo limpió metiéndolo en su bolsillo, y desde ese día lo cargó en su cuello esperando el momento justo para devolvérselo a la princesa.

Ahora, a tan solo una jornada de partir hacia la incertidumbre de la casi segura batalla, pensaba que ese momento había por fin llegado. Quitó el colgante de su cuello metiéndolo en una pequeña bolsa que llevaba consigo y salió de su habitación.

—Descansen muchachos, regreso en un rato —dijo a los dos centinelas que custodiaban su cuarto.

Con el corazón acelerado caminó hasta los aposentos de Lía, que desde la última reunión, no salía de su cuarto.

Al llegar a la puerta indicó al guardia que anunciara su visita a la princesa, y unos segundos después entró. Lía estaba de pie con sus manos tomadas delante de ella, en medio de una hermosa alfombra que decoraba el cuarto. El hombre hizo una reverencia.

—Si vienes a tratar de explicarme que Ervand solo quiere hacer lo mejor para todos puedes irte Dámber, no me convencerás y por otro lado no es necesario que mi hermano envíe emisarios, si quiere decirme algo que lo haga él mismo.

—No, Lía —respondió olvidando el protocolo—. Vine a

despedirme antes de partir, sabes que saldremos mañana al alba.

—Lo sé. Ervand no me permitió acompañarlos, solo espero que todo se resuelva de la mejor manera —dijo ella agachando la cabeza.

Dámber se acercó.

—Lía, sabes que protegeré a tu hermano con mi vida como lo he hecho antes, debes estar tranquila.

—¿¡Y la tuya!? —respondió molesta— ¿Acaso crees que no me importa lo que te pase a ti? ¿Piensas que te he rechazado porque quiero hacerlo y no porque el protocolo no me lo permite? No tienes idea de cuantas veces he querido irme lejos contigo, donde nadie sepa quiénes somos y poder estar juntos, Dámber, te necesito. Tengo miedo, por ti, por mí, por lo que pueda pasar —agregó rompiendo en llanto.

El senescal se quedó pálido y un dolor agudo se instaló en su pecho mientras suavemente abrazaba a la princesa.

—Eres la princesa de Fáistand, probablemente pronto te comprometerán con alguien, lo nuestro nunca podrá ser.

Ella solo lloraba sin decir nada y sin mirarlo, escondiendo su rostro en el hombro de Dámber a sabiendas que el comandante tenía razón.

—Debo entregarte algo...

—¿A qué te refieres? —preguntó Lía separándose de él.

Dámber tomó el colgante y lo puso en una de las manos de la mujer que lo miró confundida.

—Era nuestro secreto y así seguirá. Aquella noche bajo las estrellas pusiste este topacio en la pata de Escarcha. Él murió hace varios años y por cosas del destino encontré su cuerpo y ahí estaba aún la joya. Lía, quiero que este colgante simbolice nuestro lazo, porque independientemente de lo que pase siempre tendrás un lugar en mi corazón. Un topacio puede soportar tormentas, guerras, incluso el fuego, así también lo que hemos vivido juntos permanecerá en nuestra memoria. La vida es injusta e imperfecta, nosotros quedamos en medio de un bosque perdidos como aquella noche, y este bosque tiene sola una salida para ti, y sabes que esa salida no me incluye… Ahora debo irme.

El senescal tomó el rostro de la princesa y besó su frente.

—Esto acaba aquí Lía, te libero de mí, pero atesoraré nuestros recuerdos.

Ella, sin decir nada, miraba el topacio sin poder sujetar las lágrimas, y vio como Dámber haciendo nuevamente un ademán de respeto se retiraba de la habitación intentando aguantar la angustia.

Se quedó como detenida en el tiempo, sin atinar a nada, llorando amargamente. Sabía que en el fondo Dámber estaba actuando empujado por la resignación y por su propia indiferencia, pero que finalmente había entendido el porqué de su rechazo. Al menos le quedaba el consuelo de que él sabría que no era por desdén o desprecio. Se arrojó sobre la cama y tal vez fueron horas las que aferrada a aquella joya, derramó lágrimas por un sueño imposible.

EL DRAGONAUTA

Dârion estaba distinto, taciturno. Desde la última batalla se había encerrado en la caverna que usaba como cuartel y solo hablaba con Ambross o Askon, salía poco de aquel agujero. Por las tardes asomaba para irse caminando hacia lo alto de Peña Dragón y perderse entre su escarpada cima.

Beriel sentía que algo había cambiado, que estar tan cerca de la muerte provocaba en él algún sentimiento que lo perturbaba. Después del ataque de los enebergs, las cosas estaban mucho más tranquilas y no habían tenido mayores imprevistos, pero Dârion le preocupaba, tanto que decidió que si esa tarde salía nuevamente hacia lo alto del cordón montañoso, lo seguiría para saber de una vez por todas a que se debían esos extraños paseos.

Hasta el mediodía Beriel estuvo atendiendo a los heridos, encontró flores de sargonias, una planta medicinal muy usada entre los veideos, y con ellas logró controlar las infecciones causadas por las armas de los enebergs salvando a casi todos quienes no recibieron heridas graves durante el ataque; sin embargo, a esas alturas el grupo no superaba los cuarenta.

Después de comer algo, se sentó fuera de una de las cuevas a afilar su daga cuando su abuelo se le acercó.

—Te felicito pequeña, has salvado muchas vidas. Gracias a Erit Valias por ese índigo, dondequiera que esté, espero que nuestro Dios lo proteja y bendiga.

—Hola, abuelo... sí, gracias a las sargonias he podido combatir las infecciones. En verdad, no sé qué tienen las hojas de esos animales, pero son realmente ponzoñosas. Y respecto al dragón, aún intento asimilarlo, pensé que no eran más que un mito.

—Nunca desdeñes las letras en una crónica antigua sin antes darle al menos el beneficio de la duda hija, especialmente después de todo lo que hemos visto en estas islas. Pero dime, te veo intranquila, ¿te pasa algo?

—No... nada importante, no te preocupes, todo está bien.

—Nuestra flota se encuentra en camino, creo que pronto llegarán y las cosas van a cambiar —dijo el anciano mirando hacia las playas de blancas arenas, donde se divisaba en parte el abandonado campamento—. Pronto podremos salir de estos agujeros y consolidar este territorio con soberanía, esta será nuestra plataforma para lo que vendrá.

—¿Puedo hacerte una pregunta abuelo? —dijo Beriel, poniéndose de pie mientras guardaba su daga —¿Qué le pasa al comandante? Está casi todo el tiempo encerrado.

—Está bien, solo algo cansado. Debe sentirse presionado y un poco confundido después de todo lo que ha pasado, necesita su espacio. Confío en mis instintos y creo que está algo molesto con Urbal, tengo la sensación que piensa que nos envió a la muerte conscientemente. Pero no te preocupes, es disciplinado, ya se le pasará cuando nos rescaten.

—Claro, lo entiendo. Bueno, si me disculpas tengo cosas por hacer —respondió mientras sacudía sus manos para dirigirse a la improvisada enfermería.

La verdad, no la convencía lo que Ambross decía, más bien estaba casi segura que algo pasaba. Debía averiguarlo, no esperaría un día más.

Benckerang era el encargado de vigilar la playa y los alrededores con otros tres soldados y reportar a Dârion cualquier novedad. Desde que aquel imponente dragón atacó a los subterráneos, no se habían visto más grupos de ellos dando vueltas por los alrededores, seguramente fue demasiado para los enebergs que no estarían dispuestos a asomarse de sus escondites al menos por un tiempo, lo que no significaba que no siguieran siendo una amenaza. Los veideos sabían que tarde o temprano deberían enfrentarlos nuevamente, ya fuera para defenderse o para deshacerse de ellos, una vez que el resto arribara a las islas. Si pretendían explotar los recursos de la zona, tener a estos individuos acechando, sería una constante preocupación que solo entorpecería las tareas.

Dârion estaba consciente del asunto, y también sabía que eso implicaba una guerra en contra de los nativos de aquellas tierras que podía representar una campaña larga y compleja. Pensar en alianzas o negociaciones con los elementales era una fantasía, debían prepararse, aunque confiaba que las fuerzas del sur serían suficientes para lograr el objetivo. Revisaba los mapas una y otra vez, cartografiando nuevas cosas que había ido descubriendo en sus recorridos: bosques, valles que se perdían hacia el norte, cordones montañosos y algunos registros del clima. A pesar que

Ambross le advirtiera no adentrarse solo en zonas inexploradas, Dârion tenía sus razones para hacerlo.

Mientras tanto, la flota avanzaba rápidamente hacia su objetivo, el clima parecía acompañarlos y el verano ya comenzaba a anunciarse desde hacía varias semanas. El viento fue intenso en los primeros días, permitiendo a la flota azul avanzar más rápido de lo esperado, ganando tiempo valioso, alejados de la costa de Mardâla.

Fardel se mantenía muy activo, supervisando cada aspecto de la travesía y siempre acompañado por Bowen, que definitivamente se había convertido en su mano derecha. Breenad viajaba también en el barco insignia y pasaba la mayor parte de su tiempo acompañando al general hasta que caía la noche cuando se retiraba a su camarote, uno que había preparado especialmente para ella. Por las tardes lo acompañaba en el puente donde tomaba su mano, mientras el nuevo líder miraba al horizonte con algo de ansiedad, como esperando ver la costa de las Elementales en cualquier momento. Se sentía decidido, aunque en su interior aún guardaba dudas e incertidumbre.

La chica intentaba adaptarse a su nueva situación, lejos de su familia; sin embargo, las atenciones constantes de Fardel la hacían estar tranquila y feliz, con cada día que pasaba se sentía más segura que el líder de la revolución era sincero y que la consideraba importante. Y era cierto, Fardel, aunque algo aturdido todavía después de aquella ceremonia, sí tenía una certeza: quería a Breenad junto a él en todo lo que debiera enfrentar en adelante.

Las noticias que Urbal recibía de sus informantes en Fáistand también eran favorables para su empresa. El reino se había dividido, gobernado por dos reyes que tarde o temprano deberían enfrentarse, lo que dejaría a Fáistand debilitado ante cualquier amenaza externa.

A pesar que todo parecía ir bien, Fardel se sentía extraño, como si a veces la vehemencia de Karel se impusiera sobre su propia personalidad. Tenía que lidiar con una especie de lucha interior y sabía que la única forma de no repetir los errores del pasado era controlando aquellos impulsos. Intentaba seguir siendo él mismo, pero sabía que ya no era una persona común y a veces eso lo abrumaba, aunque intentaba disimularlo. No podía mostrar ni duda ni debilidad ante su gente, ellos confiaban en él y lo seguirían hasta el final.

Estaba sentado en el borde del escritorio de la sala de mando del "Comandante Déras" cuando golpearon a la puerta.

—¡Adelante!

El guardia que custodiaba la puerta hizo pasar a Bowen y Urbal que saludaron respetuosamente.

—General —dijo el viejo hechicero—, tengo más noticias sobre Fáistand que podrían interesarle.

—Toma asiento Urbal y dime de qué se trata.

—Mejor en la mesa de mapas Fardel.

El joven asintió y los tres se pararon junto a la mesa donde Bowen extendió un mapa que mostraba el norte de Mardâla, desde Mospel hasta los confines montañosos del sur. Fardel observó esperando que su maestro hablara.

—En Fáistand las cosas empeoran, creo que es tiempo de comenzar a evaluar nuestras opciones, hay que planificar la campaña con la debida anticipación —espetó Urbal.

Fardel dudó antes de responder.

—¿Crees que es el momento de hablar de esto cuándo aún no llegamos al norte? —dijo finalmente.

—Muchacho —respondió el hechicero—, la situación es

propicia para nuestro cometido, creo que luego de afianzar las posiciones en el norte e instalar un asentamiento definitivo que pueda proporcionarnos recursos, debemos iniciar los planes de invasión, es necesario comenzar a ver cuáles son nuestras opciones desde ya.

No muy convencido Fardel se agachó afirmando sus manos empuñadas sobre la mesa. Miró a Bowen que observaba en silencio.

—¿Qué opinas, Bowen? —preguntó al mestizo.

—Lo que yo opine no es de gran importancia Comandante. Creo que el maestro debe guiarnos en este cometido.

—Está bien, lo del cuándo lo veremos luego —respondió con tono seguro—, ahora díganme el cómo.

—Fáistand está entrando a un período de desorden —continuó Urbal—, pero eso no se extenderá demasiado, las fuerzas de los rebeldes son muy inferiores a las del rey. La guerra civil es inminente y pronto habrá un vencedor que se consolidará en el trono. Una vez que eso suceda habremos perdido nuestra mejor oportunidad; aun así, será un reino debilitado y dividido. Erit nos ha regalado esta ventaja en el momento más necesario y hay que aprovecharla.

—¿Qué hay de la vieja alianza? ¿No existe la posibilidad que Mospel y Sáester se inmiscuyan en esto? —preguntó Fardel sin dejar de mirar el mapa.

—Los sáestereanos siempre han sido reticentes a enredarse en conflictos que no los afecten directamente. Te aseguro que mientras no se sientan amenazados no entraran a una guerra. Respecto a los davarianos no estoy tan seguro, pero de todas formas, una invasión sorpresiva y rápida nos haría ganar tiempo—dijo Urbal apuntando Acantilado en el mapa—. Debemos atacar el puerto y luego avanzar hacia la capital.

Fardel dudó y regresó a su escritorio.

—Creo que hay que meditarlo con calma. Por ahora lo más importante es concentrarnos en terminar de consolidar nuestra flota. Ya veremos cómo se desarrollan las cosas en Fáistand, no hay que precipitarse.

—Si el rey Ervand decide avanzar a la capital dejará Acantilado desprotegido —interrumpió Bowen—, la pregunta es cuándo lo hará si se decide.

—Lo importante es que no sospechan nada sobre alguna invasión extranjera, sea como sea los tomaremos de sorpresa y organizarse para la defensa no será simple —dijo Urbal encendiendo su pipa—. Es importante ir evaluando día a día sus movimientos, si se desangran entre sí nos facilitarán la tarea… Ahora, si me disculpan, tengo cosas que atender, pero seguiremos con esto más tarde. Revisa este mapa Fardel y medita, recuerda que tienes el conocimiento en ti, solo debes aprender a buscarlo.

—Sí, Maestro. Lo haré, no se preocupe.

Fardel se sentó y ofreció una copa de vino a Bowen que aceptó y se instaló en una banca frente al escritorio, mientras el viejo hechicero salía de la habitación.

—A veces… a veces Bowen me siento confundido, me gana el temor por lo que viene, la inseguridad de si seré capaz de lidiar con todo esto.

—Señor, tenga paciencia, sé que aún puede estar algo confundido y es normal, tómese su tiempo, de todas maneras todavía nos queda mucho que recorrer antes de iniciar la última etapa de nuestra empresa.

—Ya Bowen, no es necesario que me trates con tanta ceremonia, soy el mismo que te siguió hasta aquella taberna, que mi aspecto no te engañe, recibí la esencia se Karel, pero no soy él, espero que entiendan eso, soy otra persona.

—Lo sé Fardel —respondió el mestizo sonriendo—, eres mejor que él, porque ya sabes lo que sucedió antes y no cometerás los mismos errores.

—Eso espero amigo, de verdad...

No quedaban más de dos horas de luz cuando Dârion salió de la caverna como ya era habitual. Cruzó frente al resto de los refugios y se alejó ladera arriba bajo la atenta mirada de Beriel, que sentada a la sombra de un árbol esperaba el momento, escondida tras unos arbustos. Estaba segura que algo ocultaba el comandante y no se quedaría a esperar que se decidiera a dirigirle de nuevo la palabra.

Dejó que se alejara varios metros y comenzó a seguirlo sigilosamente. Su objetivo era averiguar que estaba pasando, creía que esos paseos recurrentes tenían alguna finalidad y quería saberlo. Avanzó por la escarpada montaña que se hacía más empinada. Cada vez había menos vegetación, pero las rocas le servirían para esconderse una vez que llegarán a la parte más alta de Peña Dragón. Dârion parecía tranquilo y caminaba con parsimonia sin mirar atrás, hasta que después de unos cuarenta minutos llegó a la cima de la montaña. Beriel vio como se perdía cuando comenzó a descender hacia el otro lado y apuró la persecución.

Al llegar a lo más alto de la peña, lo vio internándose en una especie de cañón; esquivando rocas y arbustos, avanzó con seguridad. Después de unos veinte minutos más, llegó hasta el final de una depresión que daba paso a una pequeña meseta entre dos cumbres, formando una ancha caverna. Dârion se detuvo hincando una rodilla en actitud sumisa, todo era silencio. Pasaron unos segundos hasta que se oyó una especie de gruñido muy grave y pudo ver como desde la oscura entrada de aquella cueva, asomaba el dragón índigo que los había salvado de los enebergs. Ella estaba absolutamente asombrada ante la escena. El animal salió por completo de su escondite y luego de dar un aleteo que azotó el aire causando un fuerte ruido, avanzó hacia el veideo que seguía en la misma posición.

Beriel restregó sus ojos incrédula tras un peñasco y se mantuvo atenta a los movimientos de ambos. Desde allí vio como el índigo se acercaba a Dârion, que estiró su brazo como la vez anterior y acarició la escamosa piel del dragón. Era absolutamente hermoso e imponente, una visión salida de historias inmemoriales y leyendas olvidadas por los hombres. El dragón movió una de sus alas y bajó la punta hasta el suelo mientras el veideo lo rodeaba con agilidad, pero al mismo tiempo con delicadeza, para luego subir por la extremidad hasta su lomo, posicionándose sobre la nuca del animal, que dando un nuevo bramido, movió sus alas y se elevó sobre las montañas con el veideo sobre él.

La mujer quedó descolocada ante aquella escena ¿Eso era lo que Dârion hacía cada tarde? No sabía qué pensar. Había escuchado de pequeña sobre los jinetes de dragón llamados "dragonautas", personas que tenían una relación especial con aquellos seres y que podían montarlos y convivir con ellos sin peligro, generando un lazo especial. Se decía que los veideos que poseían esta cualidad provenían de familias que desde eones atrás habían convivido con estos majestuosos animales y llevaban en su espíritu la llama de aquella unión, que solo podía ser percibida por un dragón.

Todo esto pasaba por la cabeza de Beriel que sentía su corazón bombear aceleradamente, no daba crédito a lo que veía mientras el índigo se alejaba hasta perderse entre las nubes. Decidió quedarse allí y esperar a que Dârion regresara. Se sentó en el suelo mirando hacia el cielo con ansiedad por minutos que le parecieron horas, intentando recordar aquellas historias que había leído en su niñez, hasta que después de un rato escuchó nuevamente el ruido que hacía la criatura al agitar sus alas, y vio como descendía elegantemente en círculos hasta aterrizar en el mismo lugar, inclinando su espalda y el ala para que el veideo descendiera. Dârion acarició el cuello del dragón y apoyó su frente sobre él como agradeciendo aquel paseo. Luego, el índigo sacudió la cabeza y dando media vuelta regresó a su escondite.

El comandante esperó que desapareciera en el agujero y comenzó a volver sobre sus pasos, bajo las dudas de Beriel, que no sabía si enfrentarlo o hacer como si no hubiera visto nada de aquello, pero casi sin pensarlo salió de su escondite y avanzó hacia él con decisión, hasta llegar lo suficientemente cerca como para hacerse escuchar.

—¡Dârion! —gritó la mujer, mientras seguía acercándose a él.

El veideo levantó la cabeza y sorprendido detuvo su marcha quedándose inmóvil sin responder. Cuándo la tuvo frente a él, cambió su semblante de confusión a seriedad.

—¿Por qué me has seguido Beriel? ¿Qué quieres de mí? —preguntó con la esperanza de que la mujer no hubiera visto al dragón.

—Dârion... ese índigo... —respondió aturdida— ¿Qué está pasando aquí?

—No tengo por qué darte explicaciones y debo pedirte que lo que hayas visto lo reserves solo para ti —respondió molesto—.

No deberías meterte en asuntos que no te conciernen y nunca vuelvas a seguirme, es una orden. Ahora dime ¿Qué fue lo que viste?

—Todo Dârion, vi absolutamente todo.

El veideo se sentó en una roca sobando sus manos sin decir nada.

—¿Eres un jinete de dragones acaso? —preguntó Beriel.

—No sé de qué hablas, solo sucedió —respondió fastidiado.

—¿Entiendes lo que esto representa Dârion?

—Ni lo pienses Beriel, esto es un secreto y debes jurarme que no dirás nada. Índigo es un animal noble, nos salvó una vez y gracias a él he podido seguir explorando este territorio. No merece que lo involucremos en una batalla que no es la suya, y esta es mi última palabra.

—Yo no diré nada Comandante, pero piensa bien en lo que decidas, de ello puede depender el éxito o el fracaso de todo por lo que hemos peleado y sufrido. De todas maneras sabes que puedes contar conmigo, no hablaré —finalizó la mujer, que luego se giró alejándose hasta perderse entre los recovecos del cañón.

El líder de la expedición se quedó pensando en todo lo que estaba viviendo. Ese día, en el que el dragón arrasó con los subterráneos y aterrizó delante de ellos, sintió un impulso incontrolable de acercarse a él, entonces recordó los cuentos de su abuela que relataba las aventuras de "Greal el Dragonauta", un supuesto antepasado de su familia, quien había salvado a los últimos índigos de los hombres, que por sus ansias de poder, buscaban dominarlos o acabar con ellos, pero siempre pensó que eran fábulas para irse a dormir y nada más. Sin embargo, esos relatos habían regresado a su memoria tan vívidos como si los hubiese escuchado tan solo un par de días antes. Ese impulso lo hizo acercarse la primera vez al dragón sin sentir temor, solo respeto y agradecimiento, y aquel mismo sentimiento lo había empujado a salir en su búsqueda, siguiendo tan solo su instinto, hasta dar con él.

Sentía temor, un temor inexplicable, pero no del dragón, sino de su gente y especialmente de Urbal; que intentaran hacerse del animal para usarlo como un arma contra sus enemigos. Pero tenía también un sentimiento que no podía explicar, la certeza que el índigo solo ayudaba a quienes eligiera y de manera voluntaria. Aquel lazo que describían los antiguos textos, esa fuerza extraña que había brotado en él de la nada durante esa tarde, en que lo vio sobrevolando a los enebergs, lo obligaba a protegerlo y tenía la seguridad que ese sentimiento era mutuo... no, no podía dejar que ese secreto terminara con la libertad de aquella increíble criatura, y estaba dispuesto a hacer lo necesario para evitar, que el hechicero, supiera lo que sucedía.

—Si decide ayudarnos a enfrentar esta guerra lo hará de mutuo propio, un dragón índigo elige su destino y no dejaré que otros intenten decidir por él —dijo murmurando mientras arrojaba una piedrecilla contra una roca.

No sabía si confiar en Beriel en este asunto, pero por ahora no tenía opción.

CARA A CARA
(PARTE 1)

Hacía más de una semana que Nóntar había salido con destino a Paso Discordia para esperar allí el avance de las tropas de Acantilado Dolmen, dejando como custodio del trono a sir Lemand, el primer ministro y a Belder como consejero del mismo, quien además tenía la tarea de informarle cualquier movimiento inusual durante su ausencia.

En el último gabinete antes de su viaje, el nuevo gobernante insistió respecto a que el objetivo no era otro que evitar una guerra. Al contrario de lo que muchos pudieran pensar, el ejército que acompañaba a Nóntar era más bien de carácter disuasivo y no tenía intenciones de iniciar hostilidades, a no ser que se viera absolutamente obligado a repeler un ataque de parte de Ervand y Hallrron. Aun así, el destacamento que lo acompañaba superaba los cinco mil hombres, y a ellos se sumaban seis mil más que fueron enviados desde Fértlas y Puerta del Norte para reforzar el bloqueo del paso entre las colinas Jardas y las Andualas.

El campamento ya se había consolidado y se preparó una almenara improvisada a varias leguas de distancia en la parte alta de las Jardas, a la que fueron designados cuatro soldados para encender las alarmas apenas divisarán al ejército de Ervand avanzando hacia el valle, en donde estaba asentado Nóntar y sus hombres. Allí cavaron zanjas y enterraron en ellas estacas para defender su posición en caso de ser atacados, pero Nóntar tenía un as guardado que esperaba rindiera sus frutos para poder evitar la casi segura batalla y ganar tiempo.

Llevaban dos días instalados en el lugar cuando Gânmion, acompañando de otro hombre que vestía como campesino, caminó hacia la tienda del rey, que se encontraba escribiendo una nota en la que informaba a Lemand que hasta el momento no había novedades. Un soldado centinela anunció a Nóntar la visita y este le indicó que hiciera pasar al senescal.

—Majestad —dijo Gânmion al entrar haciendo una reverencia mientras su acompañante lo imitaba.

—Buenas tardes, Gânmion —respondió Nóntar poniéndose de pie y observando al campesino— ¿Me puedes explicar de qué se trata esto?

—Sí, mi Señor... él es Tok, la persona a quien le encargué la tarea que me encomendó.

—Entiendo...

—Señor el mensaje fue entregado con éxito y esperamos que todo resulte como tiene estipulado —agregó el senescal.

El rey con las manos en la espalda caminó hasta Tok, quien en silencio permanecía en actitud reverencial con la cabeza gacha.

—Dime muchacho —inquirió Nóntar— ¿A quién le entregaste el mensaje?

—Alteza, el mensaje fue entregado a quien me indicó su senescal.

—Muy bien, si todo resulta como espero recibirás tu paga, ahora retírate y déjame con Gânmion.

El joven asintió y retrocedió hasta la entrada para salir de la tienda bajo el silencio de Nóntar y Gânmion.

—Dime Senescal ¿De dónde sacaste a este muchacho?

—Es un saqueador del patíbulo y créame, es el mejor cuando se trata de escabullirse.

—¿Confías en él?

—Majestad, no le habría confiado este encargo si no tuviera la certeza de que cumpliría con lo acordado, además sabía que si me fallaba su cabeza habría rodado antes que se diera cuenta.

—Bien Gânmion, esperemos que no te equivoques y esto no acabe en un desastre, es nuestra última carta para impedir la guerra o al menos dilatar su inicio. Ahora retírate, prepara todo para repeler un eventual ataque. Nuestra estrategia ya la conoces, si esto acaba en una batalla los dejaremos tomar la iniciativa, no dispararemos la primera flecha.

—¡Señor! —respondió Gânmion inclinándose antes de retirarse.

Nóntar regresó a su escritorio y miró el mapa. Sabía que aquel valle era la única opción que tenía Ervand de llegar a Vesladar con sus tropas, porque los cañones de la costa junto a los pantanos no permitían elegir otro camino. Paso Discordia era la vía más rápida y contaba con que su hermano ni siquiera imaginaba que saldría a su encuentro considerando la disparidad de fuerzas. El sentido común indicaba que debido a lo desigual que eran ambos ejércitos la única opción de Nóntar era esperar resguardado en la capital con las ventajas que ofrece una fortaleza preparada para resistir.

Es lo que hubiese pensado cualquier estratega militar, pero había un detalle, Nóntar era un apostador, y esperaba que esta apuesta, aunque arriesgada, terminara entregándole un triunfo psicológico sobre su hermano.

Y tenía razón, Ervand había preparado el avance de su ejército esperando llegar a Vesladar y arrinconar a Nóntar hasta obligarlo a abdicar, nunca se le habría pasado por la cabeza que las fuerzas de la capital se aventuraran fuera de los límites de la ciudad, porque sería prácticamente un suicidio y aunque Hallrron opinaba igual, tenía ciertas aprehensiones, conocía a Nóntar y sabía que probablemente habría alguna sorpresa escondida. El viejo delegado estaba seguro que el menor de los Kerstier no se sentaría a esperar en el salón del trono hasta que Ervand irrumpiera en él, sin tener algún plan alternativo.

La mitad del total de las huestes de Acantilado, que superaban los cincuenta mil efectivos, avanzaban de forma ordenada hacia Paso Discordia, aunque aún estaban a un día y medio de distancia de las posiciones de Nóntar. Ya casi atardecía cuando Hallrron dio la orden de levantar un campamento cerca de un riachuelo antes de continuar. Habían salido del puerto cinco días después que el líder de la rebelión dejara Vesladar, lo que le permitió al nuevo y recién proclamado rey, asegurar su posición con tiempo suficiente.

Luego de despedirse de Lía, Dámber preparó sus pertrechos y a la mañana siguiente salió encabezando la marcha junto a Ervand, Hallrron y el comandante Plywood. Detrás de ellos marchaban cinco compañías de más de cuatro mil hombres cada una, dos de infantería, una de caballería y una de arqueros, zapadores y artilleros. Antes de salir, Ervand había aceptado el nombramiento de Dania como nuevo capitán a solicitud del senescal en retribución por sus servicios y ahora acompañaba la marcha.

Aunque no tenía a cargo alguna de las unidades, sí podía dar órdenes específicas si se requería y cabalgaba junto a los comandantes de tropa en una segunda línea tras los líderes.

Algunos la miraban con suspicacia, pero pronto les quedó claro que la mujer era de armas tomar y que no estaba dispuesta a aceptar jugarretas o tonterías. Uno de ellos ya había recibido un buen golpe por intentar pasarse de listo y terminó cayendo de su caballo bajo las risotadas de sus compañeros.

A pesar de estar adportas de una posible guerra, el ambiente era en general distendido y las tropas se veían relajadas y animadas. Al recibir las órdenes de detener la marcha, Dámber esperó hasta que Dania le dio alcance para saber cómo le iban las cosas. Ella le relató el capítulo del oficial que la había molestado y ambos rieron antes de seguir adelante hasta el sector aledaño, donde algunos hombres ya levantaban la tienda de Ervand.

Desmontaron y se quedaron observando como los soldados comenzaban a instalar el resto del campamento. Hacía frío y caía una leve llovizna a pesar del inicio de la cuarta estación. Dámber aún pensaba en su conversación con Lía, aunque intentaba dejar eso atrás, aquellos sentimientos no podían desdeñarse de la noche a la mañana.

Caminaron al lugar donde se levantaban las tiendas de los oficiales. Dámber se detuvo y ordenó a un par de guardias que encendieran rápidamente una fogata.

—En el sur, dicen que cuando llueve iniciando el verano, es porque vienen tiempos oscuros —dijo mirando el encapotado cielo—. Solo espero que esta campaña sea corta y que este clima no sea en verdad un mal augurio.

Dania, que se había quedado unos pasos atrás, avanzó y lo miró sonriendo.

—Por lo que sé la diferencia en cuanto a fuerzas es bastante decidora, eso podría disuadir al hermano del rey y evitarnos cruzar las espadas, ten fe.

—Lo sé Dania —dijo el senescal girándose hacia ella—, solo espero que ambos sepan razonar y evitemos el derramamiento de sangre entre compatriotas. Una guerra civil es la peor de las aberraciones… hermanos contra hermanos, una lucha sin sentido.

—Dámber, esto ya no está en tus manos, tienes que hacer lo que te corresponda y cumplir tu deber, para eso te has preparado desde que decidiste tomar las armas, ahora el momento ha llegado y puedes contar conmigo, yo te cuidaré el trasero Orlas.

Desde lejos Ervand observaba la escena aún sobre su caballo, tenía una sensación extraña. Pensaba que finalmente su querido amigo había encontrado su destino, una mujer con la que si podía hacer planes, aunque bajo las actuales circunstancias tal vez eso era mucho decir. Por otro lado, sentía algo de tristeza por su hermana, pensaba que tendría que sufrir si esa era la decisión de Dámber, pero en el fondo sabía que no había otra opción. Su senescal no merecía quedarse el resto de su vida venerando a Lía sin esperanza alguna.

Bajó del caballo y se dirigió a la tienda que ya habían levantado para él, pidió a su escolta que avisara a Hallrron, Dámber y Plywood que los esperaba en una hora. Era necesario revisar algunos detalles de la campaña. La tarde comenzaba a caer y las fogatas a arder.

Desde la altura de la sierra que se extendía entre dos cumbres en las Colinas Jardas, un soldado de la capital de nombre Eustace, vio pequeñas luces encenderse a la distancia, esperó unos minutos y llamó a su compañero Colter para que mirara y le diera su opinión. Era obvio, aquello era un campamento. Se les había encargado improvisar una almenara en un punto estratégico que permitiría una vez encendida verse solo desde las posiciones del ejército de Nóntar tras una peña, impidiendo que sus llamas pudieran ser detectadas desde el oeste, por donde avanzaba Ervand. Cuando estuvieron seguros de su descubrimiento descendieron unos cuatrocientos metros hasta el lugar escogido y encendieron las ramas y troncos que habían preparado.

—Anda Colter, lleva el mensaje al senescal, dile que el ejército de Acantilado Dolmen está a menos de un día de distancia, hazlo rápido.

El joven, que no superaba los dieciséis años, asintió y comenzó a correr ladera abajo lo más rápido que la abrupta geografía del lugar le permitía.

Desde la distancia un vigía vio las llamas y tocó el cuerno de alerta. Nóntar que estaba puliendo sus armas en la tienda salió envainando su espada y con el corazón acelerado.

—¡Almenara encendida! —gritó un hombre desde la vanguardia.

El rey caminó hacia los puestos de vigilancia y tras él llegó corriendo Gânmion.

—Da de inmediato órdenes de tomar posiciones, quiero a cada hombre listo, solo espero que si el ejército de Ervand marcha sobre nosotros nos dé tiempo de estar preparados. Que traigan mi caballo y mi armadura ligera, si debemos parlamentar no quiero que me vean listo para iniciar el combate, hay que usar cada resquicio.

—¡Majestad! —respondió Gânmion, antes de salir disparado a cumplir las órdenes.

Nóntar sabía que era necesario esperar al mensajero que estaba a cargo de llevar la información desde la almenara al campamento, lo que demoraría un par de horas, por eso era necesario estar preparados para cualquier eventualidad. Los lanceros corrieron a ubicarse tras las fosas repletas de picas destinadas a recibir el embate de la caballería si la lucha era inevitable. Los zapadores comenzaron a ubicar los escorpiones y catapultas que ya estaban ensambladas tras la infantería, que rápidamente comenzaba a formarse en escuadrones. Había cierto caos, pero Nóntar confiaba en que una vez pasada la sorpresa, sus hombres estarían prestos para defender sus posiciones.

Se quedó de pie cerca de donde se instalaba la artillería mientras sus dos escoltas llegaban hasta él. Uno de ellos traía a su caballo de las riendas y el otro le entregó la armadura de cuero ligera que rápidamente se colocó sobre la ropa antes de montar. Gânmion lo alcanzó un par de minutos después, luego de organizar la defensa, lo que hizo con prestancia y rapidez. Una vez a su lado, el rey le ordenó acompañarlo a la vanguardia a esperar al mensajero. Sabía que demoraría un buen rato más, pero no quería sorpresas. Siempre cabía la posibilidad que hubiesen detectado a los invasores demasiado tarde y que estuvieran a solo un par de horas de distancia.

La llovizna había amainado y las nubes extrañamente se disiparon para dar paso a una hermosa luna llena que permitía ver a mucha distancia; sin embargo, la temperatura bajó de pronto y el frío calaba los huesos. El silencio era absoluto, solo quedaba esperar.

Los minutos pasaban y una gélida brisa anunciaba probablemente una pronta ventisca, como si la segunda estación se hubiera instalado de pronto entre las montañas del paso. Algunos lanceros intentaban calentar sus manos con el aliento mientras la espera se alargaba. Solo se oía el ruido de las llamas de los braseros al agitarse con aquella brisa y los relinchos de algunos caballos.

Cerca de una hora y media estuvieron así, esperando estoicamente las instrucciones del rey que permanecía impávido sobre su montura, mirando hacia la ladera de la colina, hasta que algunas rocas rodaron y se escuchó un grito.

—¡Vigía arribando, vigía arribando! —dijo un centinela apostado a mitad de una ladera.

—¡Que lo traigan directo a mí de inmediato! —ordenó Nóntar a Gânmion.

Colter llegó agitado y dando tumbos, de hecho, se veía que había sufrido más de alguna caída en su intento de llegar lo antes posible al campamento. Una vez al pie de las colinas, Gânmion estiró su mano para subirlo al caballo y regresó con él hasta la posición de Nóntar, bajo la atenta y ansiosa mirada de los soldados.

El rey los vio llegar y se acercó a Gânmion que se detuvo para que Colter bajara del caballo.

—¡Majestad! —dijo el muchacho.

—¡Shhhh!, habla más bajo niño, solo yo necesito escuchar lo que tengas que decir.

Aún resollando el chico asintió.

—Majestad, hemos detectado el campamento de los de Acantilado. Considerando que esta noche descansaran y retomaran la marcha temprano mañana, llegarán aquí antes del atardecer.

Nóntar se echó hacia atrás con un gesto de alivio, respiró hondo y miró al senescal.

—Gânmion, rompan filas, que los hombres duerman y se alimenten bien, mañana a partir de la hora diez quiero a todos en sus posiciones... ¿Entendido?

—¡Sí, mi Señor!

—Muy bien chico, has cumplido tu deber, pasa por mi tienda antes de regresar a tu puesto de vigilancia, te has ganado una botella de la mejor cerveza —dijo el rey a Colter, que sonrió y se quedó de pie, mientras Gânmion daba gritos ordenando romper filas e instruyendo a sus oficiales para dar curso a las instrucciones.

El resto de la noche transcurrió sin sobresaltos. Nóntar a pesar de la obvia ansiedad logró dormir, aunque sus sueños fueron confusos y desagradables y un par de veces se despertó sobresaltado, pero considerando las circunstancias, pudo descansar.

A varias horas de allí e ignorante de que su hermano lo esperaba a no mucha distancia, Ervand leía "Las travesías de Bunster el corsario", un libro que adoraba desde niño y que cada cierto tiempo volvía a revisar. Su prosa lo trasladaba a las alegres tardes de la cuarta estación en los jardines del palacio, con el aroma de la carne de ciervo asándose lentamente en la glorieta en la que se instalaba la mesa de banquetes de su padre, en los luminosos días de sol de esa época del año. Casi podía ver a su hermana recogiendo flores con sus doncellas, mientras su padre bebía una copa de vino con los miembros del gabinete.

Cerró los ojos y por un momento viajó a esos lejanos días dejando atrás toda aquella locura que ahora cubría con un negro velo el destino de su familia. Nunca imaginó que su propio hermano, que durante esas entrañables jornadas leía sentado junto a la gran mesa de banquetes, levantaría la mano contra él. A pesar que sus circunstancias los habían distanciado desde muy jóvenes, alguna vez compartieron juegos y paseos por los bosques cercanos.

Sabía que una vez derrotado Nóntar —porque no tenía dudas que su caída era inevitable— debería decidir el destino de su hermano. Había pensado en ello un par de veces y sabía que la presión del gobierno, una vez reinstaurado, exigiría un castigo, pero solo pensar en una sentencia de muerte, que era lo que correspondía en estos casos, lo destrozaba, porque a pesar de todo lo amaba y también se culpaba por haberlo descuidado una vez muerto su padre.

Dejó el libro sobre una mesilla de noche y bebió una copa de vino sentado en la cama. Su estómago de pronto se revolvió y sintió ganas de vomitar, era una mezcla de miedo, dolor y angustia, aun así resistió y volvió a beber. No sabía por qué, pero aunque hacía varias noches le costaba conciliar el sueño, ahora era distinto, como si algo augurara que pronto las cosas se precipitarían.

¿Cómo habían llegado a este punto? ¿Cómo fue que todo se salió de control?

En Acantilado Dolmen, Lía compartía aquella sensación de pesadumbre, como cuando era pequeña y un pícnic organizado por su madre cerca de Lago Espejo, al este de Vesladar, se veía amenazado por negras nubes justo antes de salir. Recordaba que eso le generaba una incertidumbre que nunca olvidó, ese sentimiento de no saber que pasara finalmente y que aquello no dependía ni de ella ni de nadie, sino que simplemente del destino.

Estaba encerrada en su habitación y no quería salir ni ver a nadie. La mañana que su hermano inicio el viaje hacia la capital, observó desde una torre a las tropas avanzar hasta perderse por el camino. Ahí a la vanguardia junto a su hermano iba Dámber y el solo verlo alejarse nuevamente le partía el corazón, pero esta vez era distinto. Finalmente había aceptado sus sentimientos, aunque sabía que era demasiado tarde. La mujer vasconiana también iba junto a ellos y Lía tenía la sensación que el senescal se sentía muy cómodo en su compañía, lo notó la primera vez que los vio cuando llegaron al puerto. Se preguntaba si Dámber tenía planes respecto a Dania, si tan solo era una afinidad derivada de las circunstancias, o había algo más entre ellos.

Por más que discutió con Ervand la posibilidad de acompañarlos, el rey se negó argumentando que en caso de que algo le sucediera a él, se necesitaría a alguien para guiar a su pueblo en lo que viniera y esa persona no podía ser otra sino ella.

Han, el consejero de Hallrron, se mantenía atento a sus necesidades, pendiente de sus requerimientos al igual que Maynor, que intentaba estar disponible en todo momento. El recién nombrado caballero no la perdía de vista, acompañándola en sus caminatas y asegurándose que siempre hubiera un centinela en la puerta de su cuarto. Verla le daba algo de tristeza, la princesa se adivinaba angustiada, su mirada denotaba un profundo dolor y los días siguientes a la partida del ejército pareció empeorar. Durante una jornada no salió de su cuarto ni probo bocado y Maynor decidió visitarla para ver qué pasaba.

La encontró en el pequeño balcón de la habitación, sentada en una silla simplemente observando el horizonte, absolutamente ensimismada, tanto que ni siquiera se tomó la molestia de mirarlo cuando el hombre se detuvo a mitad del cuarto para preguntarle si requería algo.

—No te preocupes Maynor, solo necesito pensar.

—Majestad no ha comido nada, debe alimentarse o enfermará.

—Cuando sienta apetito comeré, no antes. Puedes quedarte tranquilo amigo, si crees que moriré de hambre estás equivocado, simplemente necesito tiempo para asimilar todo.

—Princesa, dependiendo de las noticias que envíe el rey es

probable que deban hacerse preparativos para partir, el viaje es largo y debe estar fuerte.

Lía se puso de pie y miró a su escolta.

—Maynor, por favor, sé que tienes buenas intenciones, pero quiero estar sola.

—Majestad... —dijo el hombre haciendo una reverencia para luego retirarse.

Lía abrió su mano y miró aquel topacio que llevaba apretado en su puño, como si quisiera destruirlo junto con la pequeña esperanza que aún guardaba en el fondo de su corazón, de poder estar con Dámber nuevamente algún día como hacía ya tantos años, una época que ahora parecía tan lejana, una especie de ensoñación.

...Y no era que Dámber hubiese olvidado todo de golpe. Luego de entregarle el colgante a la princesa y salir de su cuarto aguantó las lágrimas hasta llegar a su habitación, sabía que no había vuelta atrás, que era tiempo de dejar ese dolor en el pasado junto a los recuerdos. Bebió hasta que el sopor del vino lo hizo dormirse pensando en Lía.

Eran cuatro personas, cuatro corazones que estaban al borde de un abismo, los hermanos Kerstier y Dámber, que, aunque no pertenecía a la familia real se sentía responsable de intentar superar con éxito este momento aciago.

Ya amanecía cuando el senescal escuchó los ruidos de los hombres que comenzaban a levantar el campamento. Rápidamente se vistió y salió de la tienda ordenando a sus escoltas que se preocuparan de preparar sus pertrechos y tener todo listo para partir a la hora siete como había ordenado Ervand.

A la distancia, vio a los soldados hablando mientras comían pan y queso además de beber abundantes jarras de café de trigo antes de reiniciar la marcha. Caminó hacia la tienda del rey y al entrar vio que ya estaban allí Plywood y Hallrron, revisando algunos detalles antes de continuar.

—Buenos días Dámber. Por favor, acércate —dijo el rey.

—Majestad...

—Señores, estamos a solo seis jornadas de llegar a los límites de la capital, ya que tenemos todo preparado. Les pido que por favor revisen la artillería y organicen bien a sus hombres durante el tiempo que queda de viaje.

—Todo estará preparado Señor—respondió Hallrron.

—Eso espero, lo que debe pasar es que Nóntar dimita lo antes posible para evitar un largo sitio, eso podría bajar la moral de los soldados —agregó Ervand—. Bueno, queremos hacer esto rápido partimos en media hora ¿Por favor caballeros?

Los hombres se retiraron y supervisaron el desmantelamiento del campamento. Rápidamente los soldados estuvieron listos para partir y Dámber montó haciendo una última revisión de su compañía antes de cabalgar a la vanguardia, donde el rey esperaba junto a Hallrron. Pasó a un lado de la caballería y saludó desde lejos a Dania que ya trotaba en un hermoso pura sangre color azabache.

El robusto ejército avanzó durante varias horas sin detenerse, hasta que vieron venir hacia ellos a un jinete que llevaba una bandera blanca, que apareció de pronto por uno de los recodos de las Jardas.

—Mi Señor —alcanzó a decir Hallrron antes que el rey levantara su mano para que guardara silencio—. Mi catalejo —dijo a uno de sus escoltas que le entregó el instrumento.

Dámber ordenó detener la marcha, solo se escuchaba el viento golpeando los árboles de las faldas de las colinas y muy a lo lejos, los cascos del caballo que se acercaba corriendo a toda velocidad.

—Es un soldado de Vesladar —dijo Ervand devolviendo el catalejo—. Me pregunto de qué se trata esto...

—Majestad —respondió Hallrron—, tal vez hay soldados desertando de la capital, trae una bandera blanca.

—Lo sé... dejen que se acerque.

Pasaron varios minutos hasta que el jinete estuvo a tan solo unos metros, los necesarios como para hacerse escuchar. Frenó su caballo que relinchó y luego extrajo un pergamino enrollado que levantó en el aire.

—¡Mi Señor, traigo un mensaje de su hermano! —el soldado no quiso referirse a Nóntar como el rey, no estaba dispuesto a enredarse en una discusión con todo un ejército.

—¡Acércate y dame eso! —respondió Ervand.

El hombre desmontó y una vez al alcance del rey, estiró el documento hacia él, que sin demora rompió el sello de la alianza y leyó bajo la mirada de sus oficiales. Su rostro enrojeció y entregó el documento a Hallrron para que lo leyera.

—Solado, regresa a tu campamento y dile a mi hermano que lo espero en cuatro horas en el campo de batalla, si quiere negociar lo haremos cara a cara.

El soldado asintió y salió corriendo para montar y regresar al galope sobre sus pasos. Dámber estaba confundido y la cabeza le daba vueltas.

Hallrron le entregó el pergamino al senescal que leyó en silencio:

Ervand:
Si pensabas que dejaría a tu ejército llegar a las barbas de la capital es que no me conoces. No expondré la ciudad a una masacre, por lo tanto, he

instalado mi campamento en Paso Discordia y espero que podamos llegar a un acuerdo. Mis hombres no retrocederán, y pase lo que pase no podrás ganar esta batalla hermano, te invito a negociar.

—Algo se trae entre manos —dijo Hallrron sacando al senescal de su sorpresa—. Debe haber cavado trincheras y apostado arqueros en las colinas.

—Aun así, sabe que no puede ganar, es un soberbio —agregó el rey en tono molesto—. Están a solo unas horas de aquí, esto no me lo esperaba, un combate en terreno abierto nos da muchas más ventajas, no entiendo qué es lo que pretende, es un suicidio.

—Majestad, su hermano es inteligente, seguro tiene algo preparado, debemos ser cautos pero firmes. Si sale a parlamentar hay que dejarle claro que no tiene oportunidad —respondió el señor del puerto.

—¡Vamos, apuren la marcha al trote! —dijo Ervand dirigiéndose a Dámber, que devolvió el documento a Hallrron y salió con Plywood a entregar instrucciones.

—¡Soldados avancen! —gritó mientras se acercaba a la infantería.

A paso redoblado, las huestes del puerto avanzaron rápidamente. Pronto los hombres se dieron cuenta que algo pasaba y que probablemente la lucha llegaría antes de lo esperado. Murmuraban entre ellos en voz baja y el negro manto de la duda que antecede a la batalla se confundía con las oscuras nubes que anunciaban un nuevo aguacero.

COSTA DE FUEGO

El encorvado eneberg encargado de mantener vigilados a los veideos, llegó agitado hasta la caverna que Pillum denominaba salón del trono, aunque no era más que un oscuro agujero con un sitial de piedra mal tallado. Sus criados goblins corrían de un lado a otro intentando mantenerlo cómodo, de lo contrario sus cabezas estaban en riesgo. El rey de los subterráneos mataba esclavos como moscas, para él eran seres insignificantes y prescindibles.

Al ver llegar al vigía, se enderezó en su asiento y con un gesto le ordenó acercarse. Habían pasado unas tres semanas desde el fracaso de Gundall y Pillum no pensaba quedarse de brazos cruzados. Estaba esperando el momento preciso para caer con toda su fuerza sobre la mermada tropa de Dârion y tenía a varios guerreros apostados en las inmediaciones del campamento de los veideos.

Hacktar estaba a cargo de los seleccionados para la tarea, y hacía permanentes rondas recogiendo información de los movimientos de los que consideraban invasores, pero la aparición del índigo los mantenía a raya. Desde aquel episodio no se habían atrevido a atacar, más bien esperaban que por alguna razón Dârion decidiera mover el campamento a algún lugar menos accidentado geográficamente y alejado de las montañas, donde probablemente el dragón tendría su hogar.

—Te escucho, inútil —dijo Pillum cuando el vigía estuvo a unos metros de él.

—Traigo noticias que creo no le agradarán, Señor... —dijo algo tembloroso.

—¡Ya habla de una vez, sabes que no tengo mucha paciencia! —agregó el obeso monarca mientras mordía un trozo de carne.

—Es la costa Majestad. Hemos visto que a unas horas de la playa se acerca una flota de barcos. En la noche no se advertía del todo de qué se trataba excepto por las lejanas luces, pero al amanecer quedó claro, son muchas naves.

El rey se puso de pie acercándose al soldado que agachó la mirada en actitud sumisa.

—Cuántos barcos...

—Es... es difícil saber, Señor... pero traen velas azules y blancas así que suponemos que son más veideos —respondió Hacktar con voz trémula.

El eneberg dio un gruñido y lanzó lejos a un goblin que tuvo la mala suerte de pasar a su lado llevando un plato con comida hacia su trono.

—¡Maldición, más de esos hijos de puta! ¡Ve de inmediato a preparar las tropas, quiero a todos los guerreros disponibles listos, y también a los grendell! No dejaremos que se tomen nuestro territorio, hay que hacerlos pedazos apenas toquen tierra ¿¡Me oíste!? Luego nos ocuparemos de los que están escondidos en esas jodidas cavernas... ¡Ahora muévete antes que te ensarte en una lanza y te ponga sobre una hoguera! Les daremos una calurosa bienvenida...

El soldado, sin decir palabra, se sintió aliviado por haber salido de ese predicamento, pudo terminar mucho peor, así que asintiendo, se apresuró a realizar los arreglos ordenados por Pillum.

Lo que habían visto los enebergs apostados cerca de la playa era la flota de Fardel, que gracias a condiciones favorables en menos de cuatro semanas logró llegar hasta las islas y se preparaba para el desembarco. Ya era media mañana cuando los veideos comenzaron a descolgar los botes para que un grupo de avanzada se adelantara a evaluar la situación. Fardel estaba preocupado, esperaba que al llegar se pudiera vislumbrar alguna señal de la expedición de Dârion, humo de fogatas, botes en faenas de pesca, pero nada. Solo a lo lejos se podía ver lo que parecía una empalizada; sin embargo, todo estaba demasiado tranquilo, una brisa suave apenas mecía las embarcaciones que se balanceaban a poca distancia de la bahía.

En estos pensamientos estaba en el puente de mando cuando Bowen lo interrumpió.

—General, su bote está listo, lo esperan para bajarlo.

—¿Cuántos van conmigo?

—Diez embarcaciones, en total cien hombres, yo iré con usted y Urbal.

—Bien, entonces qué esperamos... Un momento, debo hacer algo antes, denme unos minutos, ya los alcanzo.

Tomó la capa que un soldado sostenía junto a él y caminó hacia la sala de mando, donde Breenad esperaba luego que Fardel le pidiera aguardar allí mientras definía sus siguientes pasos. Se colocó la prenda a medida que avanzaba hasta llegar al lugar en donde la joven herrera miraba nerviosa a través de los ventanales.

—Breenad —dijo el general llamando la atención de la chica que se volteó a verlo.

—Fardel ¿Ya bajarán?

El joven líder se acercó y la abrazó besando su frente.

—Sí, ya vamos, pero estoy algo preocupado, no se ve movimiento, ningún indicio del grupo de exploración, solo lo que parece una empalizada a lo lejos.

—Eso es un poco inquietante, me gustaría acompañarte.

—No, por ahora es mejor que esperes aquí, si te llega a pasar algo tu padre me perseguirá hasta las Islas Bastión para colgarme de una viga —respondió sonriendo—, no demoraremos.

La chica, no muy convencida, asintió y tomó sus manos.

—Está bien, pero por favor sé prudente y cuidadoso, nadie sabe que puede haber en estas islas.

Fardel se despidió y salió hacia donde Bowen lo esperaba para descolgar el bote en el que iban, además de Urbal, siete soldados encargados de los remos con sus escudos y espadas a la espalda.

Había una brisa suave y cálida, el verano ya parecía haberse instalado en esas tierras indómitas. El mar estaba sereno y permitió a los veideos avanzar sin contratiempos hacia la bahía que, a medida que se acercaban, seguía sin mostrar algún indicio de habitantes, solo aquella empalizada y lo que desde la distancia parecían botes en la playa. Urbal miraba impávido y en su fuero interno sabía que tal vez la expedición había tenido un final indeseado, pero todos guardaban silencio. Solo se escuchaba el golpeteo de los remos en el agua.

Fardel miró a Bowen con rostro preocupado y luego observó al viejo hechicero mientras pensaba que probablemente aquella odisea podría haber sido un error. Tal vez organizar la rebelión desde el sur, aun con los escasos recursos con los que allí contaban, podría haberles dado al menos la seguridad de enfrentar peligros conocidos y no la incertidumbre.

No demoraron más de veinte minutos hasta que algunos soldados saltaron fuera de las embarcaciones para arrastrarlas hacia la orilla, bajo un silencio que apenas era roto por las olas que se perdían en la arena de la playa a la que meses antes Dârion había llegado con su división. Fardel bajó junto a Bowen y Urbal, observaron aquella suerte de aldea que obviamente debió ser levantada por los exploradores, pero se notaba que los botes no habían sido usados por un tiempo, estaban llenos de arenisca dentro y heces de aves, lo que denotaba su abandono.

—Avanzaremos con cautela, estén preparados y forma a los hombres, es obvio que este campamento está vacío —ordenó Fardel a Bowen.

Urbal seguía en silencio escrutando los bosques que se levantaban en las faldas de las montañas y el cielo que a ratos era cruzado por alguna gaviota. Tenía la secreta esperanza de que Dârion hubiese trasladado el campamento en busca de más recursos o protección. Nada había dicho a los demás acerca de las noticias recibidas desde el norte, en las cuáles el comandante de los exploradores relataba al hechicero el primer ataque de los enebergs tras lo cual no volvió a tener noticias del grupo. Era el único que podía hacerse una idea de por qué aquel campamento estaba abandonado, pero tampoco tenía certezas, solo podía imaginar lo que pudo suceder.

Los veideos avanzaron hasta llegar a una trampilla que daba

acceso al interior de la empalizada, Fardel quedó paralizado cuando vio a su alrededor mientras el resto lo seguía. Todo era un desorden, tiendas hechas jirones, chozas destruidas, utensilios tirados por doquier y vasijas rotas, ropa volando entre los escombros, vestigios de plantaciones resecas y sembradíos sin germinar.

Era como si todo hubiese sido abandonado de forma brusca y súbita, como si de un momento a otro las personas dejaran todo lo que no era absolutamente necesario para huir. Sin decir palabra, comenzaron a revisar el lugar, todo indicaba que los expedicionarios habían sufrido algún tipo de ataque, ya que el improvisado portón flanqueado por dos torretas de troncos había sido derribado, pero no se veían cuerpos, nada que indicara una matanza, lo que los hizo sentir algo aliviados. Fardel solo miraba a Urbal con expresión de incredulidad, pero sin decir nada, mientras Bowen ordenaba a los soldados revisar cada rincón del campamento.

—¡Señor, señor! —gritó un veideo regresando desde las afueras de la empalizada, donde tampoco se veía un alma, era como si se los hubiera tragado la tierra.

—¡Qué pasa! —respondió Bowen.

—Hay tumbas. Al menos veinte en una hilera, a unos cincuenta metros —dijo el soldado resollando.

Fardel miró a su compañero con gesto confundido y después de unos segundos salieron corriendo junto con el soldado que los guio hasta el sitio. Al llegar, vieron una fila de veintitrés túmulos coronados con piedras a la usanza veidea, marcando las tumbas. El general se acercó en silencio y escudriñó uno de los montículos, vio que las rocas más grandes que se apilaban sobre cada entierro tenían los nombres de los muertos pintados con tinta vaniosta.

—Me pregunto qué demonios pasó aquí ¿Un ataque? ¿Murieron de hambre tal vez? —dijo Fardel aún inclinado a un lado de la hilera de tumbas.

Nadie respondió, Bowen solo se miró con el soldado, no podían tener certeza de qué había ocurrido; sin embargo, el mestizo escudriñó los árboles cercanos y algo llamó su atención. La corteza de varios de ellos se veía negra, se acercó y examinó uno de los troncos confirmando que estaba quemado en una de sus caras. Pasó su dedo que quedó sucio de hollín y lo mostró al general que caminaba hacia él.

—Aquí ocurrió algo raro, los árboles están quemados —dijo Bowen.

Urbal llegó hasta el sitio y miró las sepulturas para luego acercarse al comandante y su capitán.

—Fueron atacados, eso es casi seguro, tal vez huyeron a un lugar más protegido, de otra forma habría más tumbas y cuerpos por todos lados. Otro soldado encontró a unos doscientos metros de aquí una gran fosa, que supongo, también tiene cuerpos, les ordené investigar, pero no hay marcas ni señales como suele hacerse en las tumbas de nuestros muertos, por lo que imagino que sea lo que sea, se trata de lo que atacó el campamento.

—¡Por acá, Señor! —gritó un sargento desde la entrada del portón.

Fardel y los demás caminaron de regreso al interior de la empalizada y el hombre les indicó que lo siguieran.

—Vea esto General, es un mensaje —dijo el soldado mostrándole una tabla que estaba escrita y que habían encontrado bajo algunos escombros.

Pudieron leer el mensaje que ordenara escribir Dârion antes de escapar y decía "Montañas Rojas", nada más.

—Huyeron hacia una zona más alta —dijo Urbal mirando la inscripción con algo de alivio—. Imagino que buscando refugio. Probablemente alguna tribu local los obligó a tomar resguardos. Es claro que aquí hubo a lo menos un enfrentamiento, pero contra qué o quiénes...

—Tal vez todos estén muertos —respondió Fardel mirando a Urbal un tanto ofuscado—. Bowen, prepara un grupo de diez soldados, hay que explorar. Si aún hay alguien con vida debemos encontrarlo.

Bowen asintió y salió corriendo a cumplir las órdenes del general, mientras el hechicero observaba las faldas de las montañas examinando los tupidos bosques que las cubrían. Tal vez, sus peores temores se habían hecho realidad, pero no era eso lo que más le preocupaba, sino saber qué tan expuestos podían estar él y la flota. Era necesario fortalecer de inmediato las fuerzas de la avanzada y sugirió a Fardel dar la orden de desembarcar a por lo menos un cuarto de la flota, pero el joven se negó, señalando que mientras no tuvieran certeza de lo que estaba pasando, no arriesgaría más vidas innecesariamente.

Urbal se sintió algo contrariado con la disposición de Fardel, que con el correr de los días había cambiado lentamente su carácter de un muchacho inseguro a un veideo resuelto y que al parecer no estaba dispuesto a recibir órdenes, más bien evaluaba sugerencias antes de decidir cualquier cosa y por ahora consideraba que la tropa de cien soldados incluyéndolo a él, era suficiente para averiguar lo que estaba pasando.

Hacktar y sus vigías observaban desde lejos, ocultos entre las copas de las gigantescas sequollas que cubrían las laderas cercanas a la playa. Eran cuatro en total, todos siguiendo atentamente los movimientos de los "invasores". Dos de ellos estaban a cargo de vigilar la zona cercana a las cavernas donde Dârion y su gente se refugiaba, pero ahora Hacktar les había ordenado concentrarse en la costa, después de todo, la mermada fuerza de la primera expedición no representaba peligro para los enebergs y más bien esperaban el momento preciso para caerles encima y aprovecharlos como alimento.

Apenas vio que los botes se acercaban, envió a uno de sus guerreros a informar a Pillum que los veideos ya comenzaban a tocar tierra, al menos un grupo, tal y como el rey de los subterráneos le ordenó. Hacktar había dejado a otro eneberg de su confianza organizando las tropas y esperaba que la noche comenzara a llegar para atacar a los visitantes, esperando que la oscuridad lograra confundirlos, y que además sus potenciales refuerzos no pudieran tener claridad de lo que sucedía desde los barcos. Luego del fracaso de Gundall, el nuevo encargado de repeler y en lo posible de atrapar a los veideos, pudo reunir a unos tres mil subterráneos, que junto con treinta grendells, eran garantía suficiente para aplastar a la pequeña compañía que acaba de desembarcar, pero rogaba que el resto de las fuerzas veideas no decidieran abandonar los barcos, porque las cosas se complicarían. Hacktar pensaba que si durante la noche acababa con la avanzada de Fardel, eso generaría confusión en el resto de sus tropas que probablemente temerosos decidirían irse, o a lo menos pensar dos veces en la posibilidad de aventurarse a tierra firme.

Pero no solo los subterráneos habían descubierto la llegada de Fardel; subido en lo alto de un gran pino, que permitía ver toda la playa desde la distancia, Benckerang mantenía vigilados los alrededores y esperaba el momento preciso para regresar a las cavernas e informar a Dârion sobre el arribo de la flota veidea, aunque sabían que alejarse de su improvisado refugio era un suicidio, solo les quedaba esperar.

Pasado el mediodía, el grupo de exploración organizado por Bowen, se adentraba al interior de las islas siguiendo lo que parecían ser rastros de personas que probablemente habían evacuado la zona. Apenas Benckerang notó aquel movimiento descendió del árbol y corrió a informar a su comandante que un grupo de veideos se acercaba a la ladera siguiendo sus rastros; no obstante, bastó que saliera hacia un pequeño claro entre el bosque, para que desde un sitio indefinido cayeran sobre él a lo menos cuatro flechas que dieron en su espalda atravesándolo limpiamente y dejándolo agonizante sobre la maleza, antes de ser rematado de la forma más ominosa por los enebergs.

Pronto, Hacktar fue informado del descubrimiento del vigía veideo y supo que el pequeño grupo de sobrevivientes aún debía estar escondido no tan lejos de allí. Era necesario evitar que ambos grupos se encontraran, eso solo dificultaría las cosas. A medida que la tarde avanzaba su impaciencia aumentaba y envió a unos quince soldados a cortarle el paso al grupo de Bowen, que estaba cada vez más cerca de sus posiciones.

Ajenos e ignorantes del peligro, pero en actitud vigilante y atenta, Bowen y sus hombres avanzaban espada en mano intentando no hacer demasiado ruido. A ratos el mestizo se agachaba a revisar posibles indicios de una marcha forzada y a esas alturas ya tenía la certeza que al menos unas sesenta personas habían pasado por allí hacia las montañas. Guardaba la esperanza de encontrar algunos con vida, pero aún estaba lejos del refugio de Dârion, por lo menos una hora y media de caminata. Le preocupaba que el sol ya comenzaba a descender y dudaba si seguir adelante o regresar a la playa e informar que había un rastro claro de un grupo numeroso de lo que suponía eran los sobrevivientes.

—Muchachos, descansen un par de minutos, beban algo de agua —dijo Bowen mientras, a la cabeza del grupo, intentaba descubrir entre los árboles algún indicio de habitantes; sin embargo, solo se oían los pájaros que aleteaban entre el follaje—. Definitivamente se me dan mejor los espacios abiertos de Lásterdan —dijo el mestizo en voz baja, antes de escuchar el inconfundible silbido de una flecha cortando el aire que pasó muy cerca de él.

Apenas se giró vio a uno de los veideos caer abatido por la flecha y antes que reaccionaran cayeron más proyectiles que alcanzaron a dos soldados matándolos casi al instante, e hiriendo a otros tres.

Bowen supo de inmediato que no tenían opción y que estaban en un callejón donde serían presa fácil, entonces gritó ordenando a sus soldados retroceder. El grupo de cinco veideos y el mestizo comenzó a correr ladera abajo mientras a sus espaldas, de entre el bosque, salían varios subterráneos y remataban a los veideos que habían caído heridos.

De pronto, saltaron frente a ellos unos diez enebergs. Bowen los miró incrédulo, no entendía que podían ser esas cosas que parecían seres a medio camino entre hombres y animales, con rostros deformes, sucios y con armaduras que más se asimilaban a andrajos recubiertos por placas metálicas.

No tenían opción, mirándose entre sí sacaron sus espadas y comenzaron a defenderse. Los subterráneos eran fuertes y cada golpe de sus cimitarras hacía estremecer a los veideos que aun así eran superiores en agilidad y destreza, aunque dos más fueron abatidos y rematados con crueldad.

Rápidamente el resto eliminó a cuatro atacantes abriéndose

camino y retomaron su carrera.

—¡Corran sin mirar atrás!, ¡por Erit Valias! —gritó Bowen con desesperación, sintiendo nuevamente algunas flechas silbar cerca de él.

Otro veideo cayó alcanzado por un proyectil, pero al mirar hacia atrás el mestizo vio que al parecer habían perdido a los que los seguían. Corrieron tropezando en algunos tramos esquivabando ramas y rocas hasta que a varios metros pudieron vislumbrar que el bosque comenzaba a ser menos espeso, la playa estaba a un par de kilómetros. Cuando ya casi desfallecían, dejaron de escuchar gritos, pero no se arriesgarían, continuaron huyendo sin bajar el ritmo.

En la empalizada, Fardel sentado en una banca bebía agua pensativo bajo la atenta mirada de Urbal, que de pie y con su báculo en la mano, observaba al joven. Lo notaba preocupado y algo aturdido, pero sabía que necesitaba darle espacio y tiempo. Cuando Bowen regresara tendrían más información para saber cómo actuar.

Los veideos acumulaban escombros a los pies del destruido portón, haciendo barricadas para defender aquella posición si era necesario, aunque realmente no tenían la menor idea de lo que enfrentaban, excepto por Urbal que sospechaba lo que podían encontrarse. De todas maneras, era mejor estar preparados para lo que fuera y Fardel así lo entendía, por lo que ordenó proteger y asegurar el sitio ante cualquier eventualidad.

—¡Ya regresan! —exclamó un soldado que, encaramado en una de las torretas que habían quedado en pie, vigilaba los lindes del bosque— ¡Son solo tres!

Fardel corrió hacia el lugar donde instalaban las barricadas. Los veideos detuvieron su trabajo y se quedaron viendo a Bowen que corría seguido de dos soldados. Urbal no se movió, simplemente observó la escena, hasta que el mestizo llegó a la empalizada.

—¡Nos atacaron! —dijo resollando—, solo nosotros pudimos escapar —agregó mientras jadeaba parcialmente inclinado, afirmado en sus rodillas.

Los dos veideos junto a él se dejaron caer absolutamente agotados. Uno de ellos vomitó mientras intentaba sostenerse en cuclillas.

—¿¡Quién los atacó!? —preguntó Fardel en tono firme.

—No sé qué demonios eran, esas cosas... parecían animales, pero en dos patas… y están armados, tienes espadas y arcos— respondió Bowen.

—¿De qué tamaño eran muchacho? —preguntó Urbal acercándose.

—No... no más altos que nosotros, pero muy fornidos, de rasgos deformes y piernas encorvadas y gruesas.

Urbal asintió como si las palabras del hombre confirmaran sus sospechas.

—Son enebergs, estoy casi seguro. Los trasgos son más pequeños y no usan espadas, solo palos y piedras —dijo el viejo afirmándose con ambas manos sobre su báculo.

Fardel lo miró con el rostro enrojecido, en una mezcla de espanto y furia.

—¡Regresaremos a los barcos! —ordenó consternado.

—Coincido hijo, hay que volver con refuerzos y rastrillar la costa, debemos deshacernos de ellos y si quedan sobrevivientes encontrarlos —respondió Urbal.

Bowen se dejó caer sentado en la arena aún entre resuellos.

A la distancia Hacktar, encaramado en una de las sequollas entendió que ya no tenía opción, debía atacar de una vez o seguro los veideos regresarían con refuerzos y las cosas podrían torcerse. Ordenó a uno de sus guerreros avisar que prepararan todo y atacaran cuando vieran su flecha volar. Ya el sol estaba cerca del horizonte y no podían permitirse dilaciones, era necesario acabar con aquello rápidamente. Bajó del árbol y ordenó a uno de sus ayudantes de campo encender una antorcha. El eneberg se sentó en el suelo y sacando dos piedras de una alforja, comenzó a golpearlas hasta que las chispas encendieron la tea para después entregársela a su líder con una estúpida sonrisa de satisfacción.

—Veo que no eres un inútil después de todo… Mantenla así— dijo Hacktar.

Tomó una botella que llevaba colgada al cinturón y bebió su contenido de un solo trago, calculando el tiempo en que su enviado demoraría en llegar hasta donde se habían instalado sus fuerzas a la espera de atacar. Los grendell estaban atados a estacas con cadenas, sentados aguardando que los liberaran, a pesar de tener un cerebro pequeño entendían que resistirse solo les traía golpes y latigazos.

Luego de entregar las instrucciones las huestes de Pillum se levantaron y prepararon sus pertrechos. No se podía hablar realmente de una formación de ataque, más bien se trataba de un desordenado tropel esperando lanzarse sobre su enemigo. En el cielo las nubes cobraban tonos rojos y amarillos bajo la incipiente puesta de sol. Hacktar creía que los veideos que permanecían en los barcos, lo pensarían antes de desembarcar cuando notaran la emboscada y ya había dado instrucciones de ensartar cabezas en picas y ponerlas por toda la playa, era necesario infundirles temor y que así desistieran de su empresa.

Cuando consideró que la tenue luz que separa el atardecer de la noche ya les daba algo de ventaja, se acercó con una flecha a la antorcha y la encendió. Tensó la cuerda de su arco y apuntó al cielo.

—Ahora sabrán cabrones a donde se metieron, se arrepentirán de haber venido —dijo mientras soltaba el proyectil que fue visto por sus huestes y también por los veideos que aún preparaban todo para regresar a los barcos y planear una incursión masiva al día siguiente.

Bastó que la flecha cruzara los cielos para que desde sus posiciones sintieran la tierra temblar, tal como semanas atrás lo experimentara el grupo de Dârion, y supieron que no tendrían tiempo de huir, al menos no todos.

—¡Qué salgan dos botes de inmediato! —gritó Fardel— ¡Urbal ya vete! —añadió dirigiéndose al viejo.

—¡Fardel no puedes, no debes quedarte! —respondió el hechicero.

—¡Dije qué te fueras, nosotros cubriremos la retirada, es una orden!

Un tanto desconcertado, Urbal observó al joven general que sacando su espada de la vaina se encaminó hacia las barricadas. Estaban encerrados contra el mar, no había salida, pensó que todo podría terminarse antes de empezar. La tierra temblaba más fuerte y los gritos de los enebergs llenaron el aire, tres mil subterráneos y sus grendells se abalanzaban sobre los menos de cien veideos. Las opciones de sobrevivir eran prácticamente nulas.

Fardel y Bowen miraban desde su posición hacia los árboles hasta que vieron cómo se agitaban y de entre ellos aparecían las hordas de Hacktar corriendo decididas hacia su posición, pero más grande fue su sorpresa cuando vieron las imponentes figuras de los grendells bramando furiosos. Fardel sintió que las piernas se le acalambraban y palideció.

—¿Pero, qué demonios son esas cosas? —dijo Bowen absolutamente desconcertado.

Urbal llegó a la orilla donde algunos veideos preparaban un par de botes; sin embargo, antes de subir pensó que irse no era opción, al menos con algo de magia podría ayudar a resistir. Se plantó allí y ordenó a los soldados que se fueran sin él, no podía abandonar a Fardel. Solo rogaba a su Dios que los atacantes no fueran tan numerosos, pero era demasiado optimista, no tenían oportunidad.

—¡Arqueros disparen! —ordenó Fardel a unos veinte hombres que se habían encaramado en la parte alta de la empalizada.

Algunos estaban tan descompuestos que ni siquiera podían colocar la flecha en su lugar para disparar, sus manos temblaban y los proyectiles que alcanzaron a ser lanzados fueron como la picadura de un zancudo en un búberin, era inútil.

—¡Aguanten su posición, no pueden pasar! —gritó el general levantando su espada.

Lo enebergs estaban a menos de cien metros y justo cuando los veideos se preparaban para la embestida, dos grendells se adelantaron dispuestos a aplastarlos. Bowen y Fardel se miraron y sin decir nada supieron que morirían. El joven líder recordó a su padre, a su hermana, a Breenad, y pensó en que al menos dejaría las Tierras Boreales luchando hasta su último aliento.

—Muy bien amigo, si no prevalecemos te veré en Valias —le dijo a Bowen estrechando su mano. Una especie de electricidad que los recorrió a ambos los sorprendió, pero no había tiempo de cavilaciones y de inmediato retomaron sus posiciones.

Un grendell dio un salto y se abalanzó sobre las improvisadas barricadas, Fardel lanzó un grito furioso para animar a sus hombres...

—No... no puede ser... —masculló Urbal desde la playa cuando un bramido terrible se escuchó en el cielo antes que una llamarada celeste abrasara a los grendell que estaban a pocos metros de los defensores.

El índigo giró en el aire y las escamas de su cuello se iluminaban mientras preparaba una nueva andanada de fuego que arrasó con la vanguardia de los atacantes. Urbal dio unos pasos hacia adelante y observó la escena absolutamente anonadado.

Fardel y Bowen estaban paralizados y retrocedieron varios metros por el calor de las llamas que aparecieron de la nada frente a ellos, solo después de unos segundos pudieron ver el majestuoso animal cruzando el cielo.

Los enebergs una vez más huían despavoridos y todo era confusión, algunos eran aplastados por sus propios grendell que también intentaban salvarse. El dragón giraba de lado a lado arrasando a los subterráneos bajo la incrédula mirada de los veideos. Fardel soltó su espada y cayó hincado observando la escena, sin aún asimilar lo que veía.

El dragón se elevó en línea recta y haciendo un ruido imponente con sus alas, descendió y sobrevoló la empalizada. Los veideos asustados se agacharon cubriéndose entre los escombros, pero el índigo no los atacó, simplemente se quedó detenido en el aire, sin dejar de aletear, como observando si todo estaba bien, y Urbal desde su posición pudo ver a alguien montando al animal, alguien que le pareció reconocer por su larga cabellera flotando en el viento... Dârion... ¿Dârion un jinete de dragón?

El viejo observó asombrado y emocionado mientras unas lágrimas caían por sus ojos. Si Dârion era un dragonauta podía ser una bendición, o tal vez... una amenaza.

CARA CARA
(PARTE 2)

Hank Plywood, el comandante de las fuerzas de Acantilado Dolmen era un hombre ya maduro que pisaba los cincuenta años. De barba tupida y rubia, cabello largo y contextura robusta. Provenía de la Casa Branton, señores de Puerta del Norte y conocidos como los "Guardianes de la Frontera". Su fortaleza se ubicaba cerca de Fértlas, al este del Tres Brazos y en los lindes de los bosques de Gárdesal. A pesar de tener autonomía, estaban anexados a Fértlas desde el inicio de la reorganización del reino, una figura muy parecida a la de Lanza Antigua.

Su madre era hermana del señor de la ciudadela, sir Asper Branton, y fue comandante en jefe de su milicia hasta que sir Hallrron le ofreció hacerse cargo de la infantería del puerto hacía unos veinte años. Hallrron era el líder de su propio ejército y Almirante de la armada de Fáistand. Lo apodaban el "Señor de los mares occidentales" y "Comandante de la caballería del Puerto", pero organizar a un ejército tan grande requería ayuda y convenció al tío de Plywood para que le permitiera servir bajo sus órdenes y hacerse cargo de algunas de las divisiones de infantería.

Ahora comandaba a casi la mitad de los hombres que engrosaban las filas del ejército con el que Ervand enfrentaba aquella especie de emboscada de parte de Nóntar, y a diferencia de las demás divisiones, la mayoría de sus hombres, así como sus oficiales provenían de Puerta del Norte. Montaba a la derecha de Dámber y de Hallrron que observaba a la distancia, esperando la aparición de la comitiva que suponían encabezaría el menor de los Kerstier mientras cabalgaban a paso lento hacia el recodo del valle que ocultaba las posiciones de Nóntar.

El rey jamás pensó que saldrían a cortarle el paso en su camino a la capital, aunque el hecho de que sus fuerzas más que doblaran a las del usurpador le daba tranquilidad y esperaba que al parlamentar se pudiera llegar a un acuerdo de no agresión e iniciar las negociaciones, de no ser así no tendría otra opción que atacar.

Unas horas antes Nóntar y Gânmion junto a sus oficiales montados esperaban al mensajero que había sido enviado a solicitar una negociación. Cuando el hombre regresó fue directo hacia el rey que esperaba serenamente al soldado, hincó la rodilla y habló sin mirarlo directamente.

—Majestad, su hermano ha recibido el mensaje y dice que lo espera en el campo de batalla para parlamentar, ya están cerca, creo que en menos de una hora podremos ver a su ejército apareciendo por el recodo del valle.

—Bien hecho soldado, vuelve a tu posición... pero antes dime, ¿tienes una idea de cuántos hombres vienen con él?

—Al menos veinte mil Majestad, diría que más.

—Gracias, retírate —Gânmion lo miró algo contrariado—.

Tranquilo amigo, si hiciste todo lo que te dije y ese saqueador que enviaste cumplió su cometido como dijo, estaremos bien, si no créeme, serás el primero en enterarte —agregó sonriendo.

Sabía que el éxito de su cometido pendía de una hebra muy delgada, ya no estaba en sus manos y solo podía esperar; no obstante, se había preparado para aguantar lo que fuera necesario y evitar que Ervand avanzara. Al menos le quedaría el consuelo de no haber expuesto a los habitantes de Vesladar a un cruento sitio que podría casi matarlos de hambre antes de ser liquidados por los atacantes.

Pidió un trago de cerveza y organizó una pequeña avanzada para ir a encontrarse con su hermano antes de iniciar cualquier hostilidad. Los soldados dejaron caer nuevamente la rampa por la que había ingresado el mensajero sobre las trincheras repletas de picas enterradas y listas para repeler una eventual carga de caballería. Nóntar salió seguido de Gânmion, dos oficiales, cuatro soldados y una carreta cerrada que no permitía ver su carga. Uno de los escoltas llevaba el estandarte verde que el nuevo rey mandara a confeccionar antes de la batalla de Vesladar. Cabalgaron tranquilamente por un buen rato, hasta que vieron asomarse a unos dos kilómetros de distancia las filas de los invasores y se detuvieron.

—Ahora a esperar señores —dijo Nóntar.

Desde su posición Ervand pudo ver la comitiva y a lo lejos el humo de los braseros del campamento de su hermano, entonces detuvo la marcha.

—Dámber, Hallrron, Plywood, escojan a cinco soldados y me acompañan, nos adelantaremos —ordenó—. Es la hora de estar frente a frente.

Ambos grupos avanzaron por unos minutos hasta que

pudieron verse las caras. Ervand ordenó detenerse y esperar mientras Nóntar se acercaba en actitud relajada, pero sin decir palabra.

—¿Qué podría traer en esa carreta? —preguntó Plywood un tanto preocupado.

—No lo sé, pero hay que estar preparados para cualquier eventualidad —respondió Ervand mirando a Dámber con rostro contrariado.

Los segundos parecían eternos, en tanto la comitiva de la capital se acercaba. Cuando no los separaban más de quince metros Nóntar dio la orden de detenerse.

— ¡Bueno Ervand, que puedo decirte, mira hasta dónde nos ha traído tu idea de irte de paseo! —dijo con tono irónico.

Ervand, sin responder, azuzó el caballo y se acercó a su hermano hasta quedar a una distancia que les permitiera hablar sin que los demás escucharan.

—Esto es una locura Nóntar, como es posible que te dejaras engatusar por Unger de forma tan inocente.

Nóntar sonrió.

—La verdad hermano es que tu reino era una caldera a punto de explotar y créeme que haber estado en medio del estallido no fue mi decisión, solo intenté aminorar los daños. Pero sé que no tiene sentido explicarte todo lo que pasó, no me creerás, por lo tanto, en lugar de perder el tiempo dime cuáles son tus condiciones para retirarte.

—¿Para retirarme dices? No estás en posición de exigir nada, más bien dime qué esperas conseguir antes de dimitir, no tienes oportunidad de ganar en una batalla y menos a campo abierto. Créeme, no tengo intenciones de ponerte en un callejón sin salida, pero tampoco me vas a amedrentar hermano.

—No es mi intención amedrentarte, muy por el contrario, mi objetivo es evitar la guerra y la muerte inútil de población civil, es por eso que, aunque tengo la absoluta disposición de que lleguemos a un acuerdo, vine a encontrarte lejos de la capital. Ambos sabemos que los soldados son difíciles de controlar en un conflicto y una vez que entran a una ciudad son capaces de cualquier cosa.

—Nóntar, te lo diré solo una vez más, rinde tus fuerzas y entrega el trono, sabes que no puedes ganar. Te prometo que recibirás clemencia y que abogaré para que se respete tu vida.

—Vamos Ervand, deja tu soberbia de lado. Sé que a pesar que las medidas que ordené que se tomaran en términos administrativos no han sido aceptadas, ni menos aplicadas en Acantilado porque no reconoces a mi Gobierno como legítimo, en el fondo sabes que son correctas y que debieron implementarse desde hace tiempo. El pueblo está conforme y me apoya tanto en Vesladar como en Fértlas. Te ofrecería acompañarme a regir el reino, pero sé que no aceptarás, por lo tanto, te doy la opción que establecer un estado con un gobierno autónomo pero anexado a Vesladar en Acantilado Dolmen, es decir que formemos una mancomunidad.

Ervand sonrió con gesto incrédulo.

—¡Estás loco Nóntar, eso no pasará! Por favor, no hagas esto más difícil y abdica de una vez.

—¡Gânmion! —dijo Nóntar levantando su mano derecha—. Tráiganlo ahora.

El senescal asintió y ordenó al conductor de la carreta que se adelantara unos metros.

Hallrron, Plywood y Dámber tomaron las empuñaduras de sus espadas en actitud preocupada, mientras dos solados iban hacia la parte trasera de la carreta.

—No intentes nada estúpido Nóntar —dijo Ervand con tono amenazante. El aludido se limitó a sonreír.

Se escuchó el repiqueteo de cadenas y de pronto vieron que se trataba de un prisionero, un hombre engrillado que los soldados arrastraron fuera de la carreta. El sujeto se veía sucio, delgado y no levantaba la cabeza, Ervand miraba sin entender si se trataba de alguna jugarreta de su hermano y sujetó el pomo de su espada con desconfianza. Una vez que el cautivo estuvo cerca de los jinetes, Gânmion lo tomó del cabello para que mostrara su rostro. Era Unger, aunque lucía muy diferente de aquel tipo robusto y de actitud orgullosa, ahora parecía más bien un pordiosero mal alimentado.

—Te he traído este presente como muestra de buena voluntad hermano, una ofrenda de paz. Es a ti a quien le corresponde juzgarlo por su deslealtad, no a mí —dijo Nóntar, que a pesar de no saber que Ervand había estado a punto de morir en manos de los mercenarios contratados por el exministro, sí consideraba traición a la corona el levantamiento que promovió Unger, pero esa traición no había sido contra él.

Ervand, sin embargo, se había enterado del intento de magnicidio gracias a lo que les relató Roric, aquel secuaz de Twin que fue llevado hasta el puerto por Dámber y Dania. Aunque no lo reconoció de inmediato, después de unos segundos supo de quién se trataba. Sorprendido, su rostro enrojeció e hizo un gesto a sus escoltas para que lo llevarán hasta él recibiéndolo de manos de los soldados de la capital, que volvieron a sus caballos mientras la carreta daba media vuelta hacia el campamento.

Una vez que Unger estuvo cerca de Ervand este le habló.

—Sé que intentaste matarnos a Dámber y a mí, debería

eliminarte con mi propia espada ahora mismo, pero todos merecen un juicio justo y la oportunidad de defenderse... ¡Llévenselo!, ¡quítenlo de mi vista!

Nóntar escuchó sorprendido aquella afirmación, pero se mantuvo impávido. El viejo solo miraba al suelo sin decir nada y se dejó arrastrar por uno de los soldados que volvió a montar, atándolo de una cuerda a su caballo por las muñecas. Se veía absolutamente disminuido y entregado a sus circunstancias, al parecer entendía que sus días estaban contados y que ni su diestra labia lo salvaría esta vez.

—¿Qué dices ahora hermano?, ahí tienes una muestra de buena voluntad. ¿Estás dispuesto a negociar y aceptar mi propuesta? —dijo Nóntar en tono conciliador.

—Tienes hasta el mediodía para entregarte, si no lo haces tendré que sacarte del camino —respondió Ervand.

—Bien, veo que perdemos el tiempo aquí, si no hay otra salida, entonces intenta abrirte paso e inicia una guerra, solo recuerda, muchos saben cómo comienza una, pero nadie cómo terminará. ¡Nos vamos muchachos! —agregó girándose junto al caballo para regresar a sus posiciones.

—Señor... —murmuró Gânmion en voz baja dirigiéndose a su rey.

—Silencio —interrumpió Nontar—, no ahora. Prepara la defensa, ya veremos después.

Ervand se quedó inmóvil junto a su comitiva y lo vio alejarse en silencio, parecía estar sopesando aquellas últimas palabras de su hermano, evaluando las consecuencias de la decisión que debería tomar a continuación, pero sentía que no tenía opción, que la única salida era acabar con aquello y de la manera más rápida y limpia posible. Finalmente, volteó hacia sus oficiales.

—Amigos, no tengo otra alternativa. Dámber, encárgate de un pelotón de infantería y de los arqueros, Hallrron, tú encabezarás la carga de caballería, Plywood, serás el primero en atacar después de que disparemos las catapultas y flechas. Les deseo mucha fortuna y espero verlos en mitad del campo de batalla cuando todo esto acabe. Vamos, al mal paso darle prisa.

Los oficiales asintieron y cabalgaron al trote junto a su rey de regreso a las posiciones que ocupaba el ejército del puerto.

Cuando ya estaban cerca de su campamento, Nóntar reunió a sus oficiales encabezados por Gânmion, todos aún montados en sus caballos.

—Bueno señores, nuestros esfuerzos no han dado frutos, Ervand atacará. Prepárense para la defensa y recuerden, que los hombres se protejan en las trincheras y bajo las rampas que construyeron, es obvio que antes de cargar dispararán su artillería para intimidarnos y debilitarnos. Formación en grupos aislados, de no más de cinco soldados, separado a unos diez metros el uno del otro, no queremos que una roca de cuenta de quince o más de una vez. Finalmente, ya lo saben, no responderemos el ataque hasta que yo no lo disponga, y confiemos en que todo saldrá como está planeado, si no es así, espero que sepan morir con honor por la gloria de nuestro reino… ¡Ahora muévanse!

Los hombres salieron a entregar las instrucciones sin decir palabra, al mismo tiempo que Nóntar cabalgaba hasta su tienda para prepararse con la armadura de batalla. Los soldados descargaban tarimas de gruesos troncos que más bien parecían paredes movibles y las instalaban en la disposición indicada por los capitanes, levantándolas de manera que quedarán inclinadas unos setenta grados para cubrir un área más amplia. Bajo ellos unos diez a quince hombres podrían protegerse. Otras fueron puestas sobre trincheras en las que rápidamente comenzaron a refugiarse los lanceros que tendrían la misión de intentar contener la carga de la caballería, junto a las picas instaladas en las fosas cavadas en la primera línea de defensa.

Todo era ordenado, se notaba que la preparación había sido concienzuda y cada uno tenía clara su tarea. Algunos estaban entusiasmados por la posibilidad de una lucha, otros en cambio sentían las náuseas obvias de la batalla.

Desde lejos, Ervand observaba como las tropas de su hermano se preparaban para la defensa y decidió que darles más tiempo solo complicaría aún más las cosas, por lo que dio órdenes a los oficiales para acelerar las maniobras e iniciar de una vez el ataque. Las catapultas ya estaban ensambladas desde la noche anterior y avanzaron junto con las tropas. Iban dispuestas en una larga fila detrás de la infantería, los arqueros y delante de la caballería. Ervand esperaba con su brillante armadura plateada la señal de su senescal para iniciar las hostilidades. El frío calaba los huesos y las nubes, aunque amenazantes se resistían a soltar un aguacero.

Cuando todo estuvo preparado, Dámber cabalgó hasta Dania que estaba a cargo de apoyar el pelotón de infantería que se le había encomendado.

—Bueno señorita, creo que esto ya no tiene vuelta atrás, quédate cerca de mí y por favor cuídate mucho —dijo el senescal acercando su caballo al de la mujer.

—Si lo dices porque necesitas que cubra tus espaldas Orlas, no te preocupes, estás seguro conmigo —respondió ella riendo.

—Dania, por favor, sé cautelosa, no te arriesgues más de la cuenta —agregó Dámber en tono sombrío.

Ella acomodó su casco bajando la visera.

—No seas tan optimista Dámber, deshacerte de mí no te será

tan fácil.

Del otro lado del campo de batalla, Nóntar salió de su tienda y un soldado le entregó el caballo nuevamente. Era un pura sangre hermoso de color café profundo y largo crin, que también había sido provisto de una armadura de cuero con pequeñas placas de acero rectangulares. Cabalgó hasta la mitad del campamento donde Gânmion ya lo esperaba mirando hacia las fuerzas de Ervand que preparaban el ataque.

—Bien, es hora amigo, a ver si nuestro plan funciona, si no, te deseo la mejor de las suertes —dijo Nóntar a su senescal.

—Majestad, pase lo que pase solo quiero decirle que ha sido un honor servirle y que si sucede lo peor, el ejército jamás olvidará lo que ha hecho por ellos. Luego, desenvainó su espada y comenzó a entregar instrucciones.

—¡Bajo las rampas muchachos y a esperar con calma! —gritó el oficial, corriendo entre sus soldados que se ordenaban como había sido dispuesto— ¡Protéjanse lo mejor que puedan, aguanten y tengan paciencia!

—¡Señor, catapultas listas! —dijo un joven oficial de Acantilado que cabalgó presuroso hacia la posición de Ervand, quien esperaba junto a Hallrron, el senescal y Plywood para autorizar el ataque.

El rey asintió y pidió a un soldado que estaba de pie junto a él encender una flecha y entregársela con un arco.

—Todos a sus posiciones. Plywood, prepara a tus hombres para atacar apenas terminen de disparar los arqueros.

—¡Sí, Majestad! —dijo Plywood azuzando su caballo.

—Lo mismo para ti Dámber, si la carga de Plywood no es suficiente lo apoyarás.

—¡Señor! —respondió el senescal asintiendo, antes de ir a

ubicarse frente a su división junto a Dania.

El rey tomó la flecha y dando una última mirada a las posiciones del que antes era su ejército, disparó. Al instante los zapadores gritaron a los artilleros dando la orden de soltar sus proyectiles. Las rocas que ardían tras ser embetunadas con brea volaron dejando una estela de humo y un sonido aterrador que rompió el aire.

Nóntar vio los proyectiles volando hacia ellos y en lugar de cubrirse se quedó inmóvil, esperando la andanada para inyectar valor a sus tropas. Las rocas cayeron, golpeando varias rampas de las que se habían levantado, lanzando lejos a los soldados que se refugiaban tras ellas. Algunos murieron al instante, otros gritaban heridos.

—¡¡Aguanten muchachos!! —gritó Nóntar que solo en ese momento comenzó a cabalgar entre sus hombres para ver que tanto daño habían recibido.

Las rampas estaban siendo bastante útiles; sin embargo, ya había algunas bajas. Antes de terminar su recorrido sintió aquel horrible silbido una vez más y vio que un nuevo ataque de artillería se acercaba. Gânmion lo observó e intentó alcanzarlo.

—¡Majestad, cúbrase! —dijo el senescal, pero Nóntar apenas lo miró y siguió dándole ánimo a sus solados entre aquel caos, gritándoles y pidiéndoles resistir.

Muchos hombres sentían que la batalla sería rápida y que los aplastarían, pero la mayoría confiaba en que su nuevo rey tendría un "plan b", no podía haberlos llevado directo al matadero sin tener otras opciones. Por otro lado, era un conflicto que nació desde las demandas del propio ejército, no podían retroceder ahora, estaban decididos a prevalecer o morir en el intento.

Las catapultas lanzaban ya su quinta andanada bajo la mirada de Ervand, que desde la distancia veía el desastre que causaban, pero su posición no le permitía notar que, lejos de sus cálculos, el ataque estaba provocando mucho menos daño de lo que, sin las medidas adoptadas por Nóntar, deberían haber causado.

—¡Suficiente, creo que eso habrá servido para debilitarlos, que se preparen los arqueros! —ordenó el rey a Hallrron que entregó las instrucciones.

Desde la primera línea de la unidad de arqueros, un hombre levantó un estandarte rojo con tres flechas cruzadas, la señal para que los soldados se adelantaran. Un oficial dio las órdenes y la división avanzó y disparó miles de flechas que oscurecieron el cielo de la tarde. Del otro lado Gânmion vio venir la amenaza y se cubrió tras una rampa junto a Nóntar. Las flechas llovían incesantemente, pero no causaban las bajas que Ervand esperaba. Cuando los arqueros acabaron su tarea, los hombres de Nóntar vitorearon golpeando sus escudos.

Ervand comenzó a perder la paciencia, esos vítores le hicieron entender que su única opción era avanzar de una vez y dejar las dilaciones. Llamó a Hallrron para que le comunicara a sir Plywood que alistara a sus dos unidades de infantería para atacar.

El Hombre de Puerta Norte preparó todo y esperó la orden de avanzar. Un soldado levantó el estandarte de infantería que daba la señal: las cartas estaban echadas, ya nada evitaría la masacre. Los soldados se prepararon y miraron como Plywood avanzaba encabezándolos sobre su caballo.

—¡Bien muchachos, la hora ha llegado, adelante! —gritó el comandante de Acantilado y los soldados comenzaron a marchar tras él, al principio sin apuro, ganando metros antes de que se les diera la orden de cargar. Hallrron revisó que la caballería estuviera dispuesta para avanzar una vez que Ervand lo indicara.

La infantería avanzaba ordenadamente, y cuando casi llegaban a la mitad del camino que los separaba de las trincheras de Nóntar, Plywood ordenó redoblar el paso. Nóntar miró a Gânmion con un gesto de complicidad y el senescal salió solo hacia la vanguardia, abandonado las trincheras y quedándose allí a la espera de la carga del enemigo. Todos lo miraban extrañados.

Las unidades de Plywood aceleraron la marcha, y cuando el oficial alzó su espada salieron disparados corriendo a toda velocidad para la carga final. Gânmion se quedó inmóvil, dio un profundo respiro y cerró los ojos bajo la mirada atónita de sus hombres. El comandante del puerto revoleaba su espada en el aire y lanzó un grito furioso cuando ya estaba a unos cien metros de las trincheras. Nóntar miraba a su senescal mientras ordenaba la defensa.

—¡¡Tranquilos, no hagan nada hasta mi señal, mantengan sus posiciones!! —dijo a los soldados que a pie firme aguardaban en sus trincheras.

Cuando parecía que la infantería de Plywood caía con todo sobre el campamento, el oficial del puerto se detuvo en seco y volvió a revolear la espada en el aire.

—¡Alto! —gritó volviéndose hacia sus soldados, que detuvieron la marcha de forma inesperada.

Espada en mano cabalgó con dirección a Gânmion, y una vez cerca de él desmontó al mismo tiempo que el nuevo senescal lo imitaba. El silencio era absoluto y desde la distancia Ervand observaba confundido aquella escena.

Plywood y Gânmion quedaron frente a frente mirándose sin decir palabra y con rostros impávidos.

—Bien amigo, he cumplido con lo que comprometí, mis unidades son fieles a nuestro nuevo rey —dijo Plywood, a lo que

Gânmion respondió sonriendo para luego abrazarlo.

—Gracias Sir Plywood, bienvenido —dijo finalmente el senescal.

Tanto los hombres de Plywood como los de la capital gritaron vítores mientras se abrazaban mezclándose. Nóntar sonrió y se acercó al oficial del puerto para darle la bienvenida. Llegó hasta la posición y desmontó mientras Plywood se inclinaba entregándole su espada.

—Mi Rey, juro absoluta lealtad de mi parte y de mis hombres hacia quien ha reivindicado nuestros derechos y ha reorganizado el glorioso reino de Fáistand, mi espada es suya Señor —dijo el oficial.

—De pie amigo, sé bienvenido, que tus hombres ingresen al campamento, ahora veremos si mi hermano entiende que su empresa está perdida.

Ervand se sentía desconcertado, diez mil hombres habían desertado y la balanza ahora estaba inclinada hacia Nóntar, atacarlos en posiciones ya consolidadas con apenas una unidad de infantería era un suicidio. Dámber y Hallrron no creían lo que estaba sucediendo, pero era simple, aquel ladronzuelo del patíbulo había sido enviado por Gânmion a Acantilado llevando un mensaje a Plywood, en el que le explicaba que Hallrron no había querido implementar las medidas ordenadas desde la capital y que mejoraban las condiciones de los soldados, además le advertía que Fértlas era su aliado y que Puerta Norte por ende también se les uniría, era un hecho de la causa. Luego de meditarlo, Plywood entendió que lo mejor para él y sus hombres, la mayoría provenientes de Puerta Norte, era sumarse a aquella alianza y por añadidura recibir las nuevas regalías otorgadas por la corona, algo que se les había negado en el puerto.

Hallrron se acercó al ahora golpeado rey Ervand que a pesar de aquel aturdimiento que le causaba la situación, tenía aún la lucidez para entender que la batalla había acabado antes de iniciar.

—Señor, esperamos sus instrucciones —dijo a Ervand que dudó unos segundos.

—¿Qué no lo ves Arton? Nóntar nos ha derrotado, debo reconocer que, aunque no conozco los detalles, ha jugado bien y ha ganado la apuesta, prepara a los hombres para retirarnos, esto se acabó.

—Pero, Majestad...

—Es una orden Sir Hallrron, regresamos al puerto, mi pequeño hermanito me ha vencido...

Nóntar observó junto a sus oficiales cuando las tropas del puerto comenzaban a retirarse y respiró con alivio.

—Bueno —dijo con tono seguro—, hoy hemos evitado una masacre y el inicio de una guerra, por ahora la tarea se ha cumplido, ya veremos mañana...

Fue una jugada arriesgada, aunque había servido para que por el momento Fáistand no se convirtiera en un río de sangre. Ahora habría que ver cómo reaccionaría Ervand, venía el tiempo de envainar las espadas y apelar a la diplomacia, al menos eso esperaba Nóntar, pero muy pronto se daría cuenta que las tormentas nunca llegan solas y que un peligro mucho mayor se engendraba lejos de allí, uno que tal vez cambiaría para siempre la suerte de los reinos humanos...

R. B. Wegner

Escritor y periodista Ricardo Wegner Barrientos, más conocido como R.B. Wegner nació en Temuco, Chile, en el año 1975. Tras terminar la enseñanza media en su ciudad natal, estudió Periodismo en la Universidad de la Frontera. Mientras cursaba su formación de pregrado, se destacó por participar como expositor en distintos seminarios de comunicación y medios digitales realizados en Chile, Perú y Ecuador. Durante esta etapa desarrolló el gusto por la escritura, influenciado por escritores de la talla de J.R.R. Tolkien, Lewis Carroll, C. S. Lewis, Edgar Allan Poe, y H.P Lovecraft, quienes definieron el estilo e interés por la literatura de fantasía y terror.

Entre sus obras más destacadas se encuentran: "Las Guerras Boreales" saga de fantasía épica; cuyo primer tomo, "Legado de sangre", ha sido premiado en varios concursos y reconocido en diversas plataformas literarias, al igual que "Furia Elemtal", segunda entrega de la serie, ambos bajo sello Claymore. También es autor de "Exploradora por accidente", novela juvenil de fantasía steampunk, escogida para participar del programa de fomento a la lectura "Diálogos en movimiento" del Ministerio del Arte, las Culturas y el Patrimonio de Chile en la región de La Araucanía.

ÍNDICE